华侨大学 哲学社会科学文库·文学系列
HUAQIAO UNIVERSITY

越华文学的整理与研究

THE COLLATION AND RESEARCH OF
VIETNAMESE-CHINESE LITERATURE

涂文晖 著

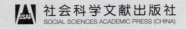
社会科学文献出版社
SOCIAL SCIENCES ACADEMIC PRESS (CHINA)

构建原创性学术平台　打造新时代精品力作

——《华侨大学哲学社会科学文库》总序

习近平总书记在哲学社会科学工作座谈会上提出："哲学社会科学是人们认识世界、改造世界的重要工具，是推动历史发展和社会进步的重要力量。"中国特色社会主义建设已经进入新时代，我国社会的主要矛盾已经发生变化，要把握这一变化的新特点，将党的十九大描绘的决胜全面建成小康社会、夺取新时代中国特色社会主义伟大胜利的宏伟蓝图变为现实，迫切需要哲学社会科学的发展和支撑，需要加快构建中国特色哲学社会科学。当前我国的哲学社会科学事业已经进入大繁荣大发展时期，党和国家对哲学社会科学事业的投入不断增加，伴随我国社会的转型、经济的高质量发展，对于哲学社会科学优秀成果的需求也日益增长，可以说，当代的哲学社会科学研究迎来了前所未有的发展机遇与挑战。

构建中国特色哲学社会科学，必须以习近平新时代中国特色社会主义思想为指导，坚持"以人民为中心"的根本立场，围绕我国和世界面临的重大理论和现实问题，努力打造体现中国特色、中国风格、中国气派的哲学社会科学精品力作，提升中华文化软实力。要推出具有时代价值和中国特色的优秀作品，必须发挥广大学者的主体作用，必须为哲学社会科学工作者提供广阔的发展平台。今天，这样一个广阔的发展平台正在被搭建起来。

华侨大学是我国著名的华侨高等学府，多年来始终坚持走内涵发展、特色发展之路，注重发挥比较优势，在为侨服务、传播中华文化的过程中，形成了深厚的人文底蕴和独特的发展模式。新时代，我校审时度势，积极融入构建中国特色哲学社会科学的伟大事业中，努力为学者发挥创造力、打造精品力作提供优质平台，一大批优秀成果得以涌现。依托侨校的天然优势，以"为侨服务、传播中华文化"为宗旨，华侨大学积极承担涉侨研究，努力打造具有侨校特色的新型智库，在海外华文教育、侨务理论与政策、侨务公共外交、华商研究、海上丝绸之路研究、东南亚国别与区域研究、海外宗教文化研究等诸多领域形成具有特色的研究方向，推出了以《华侨华人蓝皮书：华侨华人研究报告》《世界华文教育年鉴》《泰国蓝皮书：泰国研究报告》《海丝蓝皮书：21世纪海上丝绸之路研究报告》等为代表的一系列标志性成果。

围绕党和国家加快构建中国特色哲学社会科学、繁荣哲学社会科学的重大历史任务，华侨大学颁布实施《华侨大学哲学社会科学繁荣计划》，作为学校哲学社会科学的行动纲领和大平台，切实推进和保障了学校哲学社会科学事业的繁荣发展。"华侨大学哲学社会科学学术著作专项资助计划"是《华侨大学哲学社会科学繁荣计划》的子计划，旨在产出一批在国内外有较大影响力的高水平原创性研究成果。作为此资助计划的重要成果——《华侨大学哲学社会科学文库》已推出一批具有相当学术参考价值的学术著作。这些著作凝聚着华侨大学人文学者的心力与智慧，充分体现了他们多年围绕重大理论与现实问题进行的研判与思考，得到同行学术共同体的认可和好评，其社会影响力逐渐显现。

《华侨大学哲学社会科学文库》按学科划分为哲学、法学、经济学、管理学、文学、历史学、艺术学、教育学8个系列，内容涵盖马克思主义理论、哲学、法学、应用经济、国际政治、华商研究、旅游管理、依法治国、中华文化研究、海外华文教育、"一带一路"等基础理论与特色研究，其选题紧扣时代问题和人民需求，致力于解决新时代面临的新问题、新困境，其成果直接或间接服务于国家侨务事业和经济社会发展，服务于国家华文教育事业与中华文化软实力的提升。可以说，该文库是华侨大学展示自身哲学社会科学研究力、创造力、价值引领力的原创学术平台。

《华侨大学哲学社会科学繁荣计划》的实施成效显著，学校的文科整体实力明显提升，一大批高水平研究成果相继问世。凝结着华侨大学学者智慧的《华侨大学哲学社会科学文库》的陆续出版，必将鼓励更多的哲学社会科学工作者尤其是青年教师勇攀学术高峰，努力打造更多的造福于国家与人民的精品力作。

最后，让我们共同期待更多的优秀作品在《华侨大学哲学社会科学文库》这一优质平台上出版，为新时代决胜全面建成小康社会、开启全面建设社会主义现代化国家新征程做出更大的贡献。

我们将以更大的决心、更宽广的视野、更精心的设计、更有效的措施、更优质的服务，促进华侨大学哲学社会科学的繁荣发展，更好地履行"两个面向"的办学使命，早日将华侨大学建成特色鲜明、海内外著名的高水平大学！

华侨大学校长　徐西鹏

2018 年 11 月 22 日

摘　要

　　本书所称的越华文学，指的是越南的华人用华文写作的新文学作品。越南的华人主要聚居于南方的西贡（今胡志明市）堤岸（今第五郡），越华文学也主要生成、发展于越南南方。越华文学是在中国抗战文学的激发下，由同步进而逐步本土化并最终成长起来的。越华文学的发展史就是越南华人与异族文化之间冲突与融合的历史，它的价值就在于其独立的主体性和多元文化的内涵。

　　基于越华文学的特点，本书选择跨文化作为研究视角。越华文学的跨文化现象源自越南特殊的文化语境。西贡华人经济的繁荣支撑了华校与华报的发展，培育出了越华作家队伍。越华作家以传承中华文化为己任，同时他们又必须适应越南的文化语境。西贡自近代以来就是东西方文化的一个交汇点，华人处于多重异族文化的包围之中。为了民族文化的生存，越华作家一方面通过华文写作传承民族文化，另一方面又主动吸纳异族文化，改造民族文化，越华文学因而具有了丰富的跨文化内涵。

　　就文学内部而言，战争、乡土与婚恋是越华文学的三大主题，这一文学现象折射出越华社会特殊的历史文化传统。战争主题反映了越南华人强烈的民族意识与反抗入籍的心态；乡土主题体现了越南华人对越南在家园层面的认同与在国家层面的拒绝；婚恋主题表现了越南华人对儒家伦理道德的持守与对西方文化的吸收。主题影响作家的审美取向。越华作家为了提炼多元化的文学主题，在审美底蕴、审美情趣、审美心理方面均呈现出斑斓的色彩。

　　在吸取异族文化的过程中，越华老作家注重的是"旧瓶装新酒"，他们对文体革新没有太多的热情。越华青年作家则从内容到形式都锐意创新，他们跨越文化局限的步伐迈得更大。越华现代诗的崛起汇聚了越华青年作家的革新热情。越华现代诗在经历了 20 世纪 60 年代的激进与反叛之后，于 20 世纪 70 年代奏响了回归传统的主旋律。

以上论述遵循由外而内、由表及里、由整体到局部的思路，多方面考察了越华文学的跨文化表现。在此基础上，本书从坚守民族文化与吸纳外来文化两方面总结了越华文学的发展规律，并最终归结到越华文学经典的建构与越华文学史的撰写两方面，以彰显越华文学的本土特色。

由于越南特殊的国情，越华文学在 1975 年越南统一之前达到高潮，1975 年之后骤然陷入沉寂，20 世纪 80 年代末开始逐渐复苏。本书重点分析 1975 年之前的越华文学，同时也指出了 1975 年之后越华文学的新貌。当前，越华文学仍处于复苏阶段，其后续发展有待进一步观察。

关键词：越华文学　文化冲突　文化融合　本土特色

Abstract

In this book, the Vietnamese-Chinese literature refers to modern Chinese literature created by ethnic Chinese in Vietnam, who mainly lived in Di-An district (now the fifth county) of Sai Kung (now Ho Chi Minh City), so the Vietnamese-Chinese literature mainly originated from the south of Vietnam, which was inspired by the Anti-Japanese War literature in China. In the beginning, the Vietnamese-Chinese literature synchronized its steps with the Chinese Anti-Japanese War literature, then it was gradually localized and eventually grew up. The history of the Vietnamese-Chinese literature is the conflict and fusion between Vietnamese Chinese and alien culture. The value of the Vietnamese-Chinese literature lies in its independent subjectivity and multicultural connotation.

Based on the characteristics of Vietnamese-Chinese literature, this book chooses cross-cultural perspective as the research point. The cross-cultural phenomena of the Vietnamese-Chinese literature originated from the special cultural context of Vietnam. The prosperity of Chinese economy in Sai Kung supported the development of Chinese schools and newspapers, and cultivated the Vietnamese-Chinese writers' team. The Vietnamese-Chinese writers regarded it as their duty to inherit Chinese culture, and at the same time, they must adapt to the cultural context of Vietnam. Saigon had been an intersection of the East and West culture since modern times, where Chinese people were surrounded by multiple alien cultures. For the survival of the national culture, on the one hand the Vietnamese-Chinese writers inherited the national culture through Chinese writing, on the other hand they took the initiative to absorb alien culture and transform national culture. Thus, the Vietnamese-Chinese literature had a rich intercultural connotation.

In terms of literature, war (Vietnam War) 、land and marriage were the three main themes of the Vietnamese-Chinese literature, which reflected the special historical and cultural traditions of the Vietnamese-Chinese society. The war theme reflected the strong national consciousness of the Vietnamese-Chinese and their psychology of resisting naturalization; the land theme embodied the attitude of the Vietnamese-Chinese towards Vietnam: accepting it at home level and rejecting it at national level; the marriage theme showed that Vietnamese-Chinese held the Confucian ethics and absorbed the Western culture. Theme influences the writer's aesthetic orientation. In order to refine diverse literary theme , the Vietnamese-Chinese writers presented a gorgeous color in aesthetic connotation、aesthetic taste and aesthetic psychology.

In the process of absorbing alien cultures, the old Vietnamese-Chinese writers focused on "old bottles of new wine", they didn't have much enthusiasm for stylistic innovation. While the young Vietnamese-Chinese writers were innovative both in content and form, their pace of crossing culture boundaries was faster. The rise of modern poetry had gathered the innovation enthusiasm of the young writers. After the radical and rebellious 1960s, the Vietnamese-Chinese modern poetry played a theme of returning to the traditions in the 1970s.

The above discussion follows the train of thought from the outside to the inside, from the surface to the centre, from the whole to the part, and investigates the cross-cultural expression of the Vietnamese-Chinese literature in many aspects. On this basis, this book sums up the development law of the Vietnamese-Chinese literature from two aspects of adhering to national culture and absorbing alien cultures, and finally concludes the construction of the Vietnamese-Chinese literature classics and the writing of the Vietnamese-Chinese literary history, in order to demonstrate the native characteristics of the Vietnamese-Chinese literature.

Due to the special situation in Vietnam, the Vietnamese-Chinese literature reached its climax before the year 1975. After 1975, the Vietnamese-Chinese literature suddenly became silent, and it began a slow recovery at the end of 1980s. This book focuses on the analysis of the Vietnamese-Chinese literature before 1975, and also points out the new appearance of the Vietnamese-Chineseliterature after 1975. At present, the Vietnamese-Chinese literature is still in the recovery stage, its follow-up development needs to be further observed.

Keywords: the Vietnamese-Chinese literature　Culture conflict　Culture-fusion　Native characteristics

目 录

Catalog

绪　论

一　研究对象、研究角度及研究意义

（一）研究对象

本书是一部系统论述越华文学的专著。本书所研究的越华文学（越南华文文学的简称），指的是越南的华人用华文写作的新文学作品。越南的华人大致分成三类。第一类是在明朝灭亡之后，因不甘清王朝的统治而迁居到越南南部的华人，叫作"明香"（Minh Huong）。第二类是在清代早期迁至越南的华人，叫作"清河"（Thanh Ha）。这两类华人都与越南当地人通婚，二者仅在文化同化程度上有所区别。"第三类则是完全保留中华文化，没有与越南人进行通婚或没有被越南社会同化的中国移民。他们选择居住在远离越南族群的地方，自成一区，并保持着鲜明的传统中华文化，抗拒着异族文化的入侵。"① 本书的越南华人指的就是第三类华人社群，他们主要聚居于越南南方的西贡（今胡志明市）堤岸（今第五郡），越华文学主要生成、发展于越南南方。

越华作家队伍的构成、越华文学的演变轨迹受到中、越两国政治格局的深刻影响。本书依据重大的政治事件，将越华文学史划分为以下三个阶段。

第一个阶段，1937～1954 年的越华文学。这一阶段越华作家的身份是华侨，他们与中国的联系十分紧密。中国的抗日战争促成越华文学的诞

---

① 〔马来西亚〕黄子坚、潘碧华、蔡晓玲：《战乱与爱：叶传华及其在"越战"期间创作的华文诗歌》，《外国文学研究》2014 年第 6 期。

生，叶传华①的诗歌充分表现了越南华侨的爱国热情。抗战结束之后，中国内地爆发了解放战争，在战火之中，一批文化人从中国内地及港台来到越南，扩大了越华文学的写作阵容，促进了越华文学的发展。马禾里就是其中之一。马禾里于 1949 年出版的新诗集《都市二重奏》是越华文坛的第一本现代主义诗集，它引发了越华文坛的强烈震动，不过并未造成风潮。马禾里在该书的"后记"中自述他是"凭借一个异乡人的感情、目光、心境"写下那些文字，倾吐了一个中国游子的心声。

第二个阶段，1954～1975 年的越华文学。这一阶段越华作家已被迫入籍，由华侨转变为越南华裔，他们与中国内地的联系也被割断了，但是他们内心深处并不认可这种被强加的"越南人"的政治身份。1954 年的日内瓦协议将越南分割为南北两部分，美国积极扶持南越政权并最终发动了越战。② 南越政权对华侨的核心政策就是强迫华侨入籍越南，并强征华裔青年入伍。在战争中，越华文坛不再有外来的移民作家，而由两类本土作家组成：一类是已经在越南居住了几十年的老移民作家，代表人物有蛰蛮、山人等，他们的副刊专栏汲取中、越两国的文化资源，在读者中影响极大；另一类是在越南土生土长的青年作家（大多出生于 20 世纪三四十年代），他们虽然成长于越南，但是对中国仍有着浓厚的乡情。越华青年作家人数众多、创作活跃、勇于创新，自组结社并出版期刊。自 1962 年"海韵文社"成立至 20 世纪 70 年代初，由越华青年作家组成的文学社团出现了十几家，几乎每个社团都出版了期刊。其中最引人瞩目的是现代主义诗社的出现，20 世纪 60 年代有存在诗社，20 世纪 70 年代有风笛诗社。风笛诗社是对存在诗社过于西化的反拨。越华现代诗的崛起是这一阶段越华文学的主要成就，它是在中国台湾现代派的影响下，越华新诗内部一次革新的成果。越华现代诗引发了越华诗坛新旧两派激烈的论争，并推动了越华诗坛自身的理论建设。

第三个阶段，1975 年以来的越华文学。1975 年 4 月 30 日越南统一。

---

① 叶传华亦称叶华。

② 1964 年 8 月，美国开始轰炸越南北方。1965 年 3 月，美军在岘港登陆，正式拉开了越南战争的序幕。1973 年"巴黎协定"签订后，美军撤出越南。1975 年，越南人民军发动"胡志明战役"，于 4 月 30 日解放了西贡和整个越南南方。

统一初期的越南政府实行排华政策，越南本土的华文创作骤然跌至谷底。在排华浪潮中，不少越华作家流亡到世界各地，他们创作了不少反映越南生活的作品，在世界华文文坛产生了很大影响，引起了外界对越南的关注。由于这些作家已经离开了越南，本书将这一特殊作家群称为"前越华作家"，代表人物有陈大哲、陶里、心水等。

越南统一之后，华人被正式纳入越南的民族大家庭之中，赋予了越南"华族"的身份。① 这是越南政府对华人政策的核心理念。随着越南政策的调整，越南本土的华文文学于 20 世纪 80 年代末开始重新起步。进入 20 世纪 90 年代，继中、越两国关系正常化之后，越华文学复苏的步伐有所加快。如今的越华作家由老、中、青三代组成。老作家大多是 1975 年之前就活跃在越华文坛上的那批作家，如刘为安、秋梦、刀飞、陈国正、林松风、谢振煜等。中年作家大多出生于 20 世纪 60 年代，越南统一之后才开始创作，如赵明、余问耕、钟灵等。青年作家大多出生于 20 世纪 80 年代，是越南统一之后成长起来的新生代华文作家，如林小东、曾广健、李伟贤、蔡忠等。除了上述作家之外，越南统一之后，也有北方的文化人南下，加入越华作家的队伍中，最具代表性的就是陆进义。这一阶段的越南本土华文作家已经视越南为自己的祖国，文学创作为越南党和国家的政策服务，具有了政治色彩。

由于越南文教政策的不稳定，越华文学的复苏道路一波三折。目前越华文学的发表园地维持着"一报两刊"② 的格局，诗歌是创作的主体，现代诗在此时已基本成为越华新诗的代称，而与越战时期的现代主义诗歌不尽相同。这一阶段的文学社团、文学论争几乎是空白。与 1975 年之前相比，复苏期的越华文学寥落了很多。

（二）选择跨文化作为研究视角的原因

由上述对越华文学的梳理可以看出，越华作家生活在异族文化的包围

---

① 现今越南官方确认的境内民族有 54 个，包括华族。越（京）族为主体民族，其余为少数民族。

② "一报"指的是华文《西贡解放日报》，创刊于 1975 年 5 月，是越南共产党胡志明市委机关报。"两刊"指的是 2008 年华人自办的《越南华文文学》与 2012 年半官方的胡志明市华文文学会创办的《文艺季刊》。

之中，因而其文学中的文化诉求和表现"总是这样或那样地表现出中外文化复合的跨文化特色。这也是它区别于中国本土文学的最基本的特征。"①这就需要研究者从跨文化的角度予以阐释。

从跨文化的角度切入越华文学，必然要联系越南的文化语境。越南自古深受中华文化的侵染，然而自 19 世纪末沦为法国的殖民地之后，越南的"民族文化被迫逐渐放弃了传统的形式与内涵，进入西方的文化风暴之中"。② 历届越南政府对华人都采取了"越化"的措施，区别只在于执行力度强弱的不同。在异族文化的包围中，越华作家既坚守民族文化的核心理念，又基于生存而选择性地吸收了异族文化元素，从而铸就了越华文学的跨文化风貌。

（三）越华文学的研究意义

1. 拓展海外华文文学的研究领域，促进海外华文文学的学科建设。近年来，海外华文文学研究不断深入，已进入百年海外华文文学的整体研究阶段，却缺少越华文学这一必要的环节。越南是"一带一路"沿线的重要国家，与中国的历史文化渊源十分深厚，百年海外华文文学研究理应包括越华文学，尤其是 1975 年之前的越华文学。

2. 扩展中国现当代文学的研究视野，推动中国现当代文学研究的深入。越华文学与中国现当代文学同源而异流，对越华文学的研究有助于切换中国现当代文学研究的某些视角，比如，越华现代诗既深受台湾现代诗的影响，又有其自身的特点，对越华现代诗的研究为深入探讨中国台湾现代诗的历史影响提供了新的视角。

3. 探究越南华人本土化的心路历程，提供了解当代越南华人的历史借鉴。二战之后，东南亚各国的华人相继本土化，这是历史的客观要求，越南华人也不例外，却有其自身的特点：他们的本土化与越战深度交织。关于越战，人们最为熟悉的是美国的越战叙事，对越战时期的越南华人则知之甚少。虽然越战早已结束，但它深刻影响了战后越南华人的生活。越华文学的越战叙事不仅还原了越南华人在越战时期的矛盾、挣扎与无奈，

---

① 饶芃子：《海外华文文学在中国学界的兴起及其意义》，《华文文学》2008 年第 3 期。

② 社论《越南文艺作家所面临的问题》，《远东日报》1972 年 2 月 7 日，第 1 版。

而且也为了解当代越南的华人社会提供了宝贵的借鉴。

二　越华文学研究综述

越华文学研究十分寂寥，除了越华作家、前越华作家（因排华等因素陆续离开了越南的华文作家）之外，少有人问津（主要缘于资料难觅），研究领域主要集中于越华现代诗和越华文学史的分期两方面。

（一）越华现代诗研究

这项研究起步早，研究成果较多。20 世纪 60 年代，受台湾现代派影响，越华现代诗崛起，现代诗的晦涩引发了越华文坛的激烈论争，反对晦涩的声音逐渐占了上风，代表人物是萧艾、谢振煜。1973 年萧艾的长篇论文《写诗难》从古今对比的角度，全面分析了现代诗创作所面临的问题，特别强调现代诗应利用平凡的意象取得不平凡的效果，反对晦涩。1975 年 3 月，谢振煜出版了文学评论集《伞·古怪·现代诗》，对现代诗进行了更为系统的阐释，他强调现代诗的独创性以及形式上的革新，也反对晦涩。

1975 年 4 月越南统一之后，越华现代诗的研究旋即停顿。1980 年痖弦主编《当代中国新文学大系诗集》时，在序言《新诗运动——甲子》中感叹道："如越南，它原是保存中华文化最多的地区，华侨的文艺活动非常兴盛，易帜之前，无论诗社或诗刊都达到了相当的水准。然而由于我们过去的疏忽，对作家作品的认识与搜求两阙，如今这一部分已随越南政权变化而散失，待来日的整理是必然的，可卜的困难也是必然的。"

从 20 世纪 90 年代开始，越华现代诗的研究重新出发。在新的历史时期，基于拯救心理，越华作家及前越华作家均致力于史料的搜集与整理，代表成果是前越华作家方明 2014 年出版的专著《越南华文现代诗的发展——兼谈越华战争诗作（1960 年—1975 年）》。方明 1954 年出生于越南西贡堤岸，1973 年就读于台湾大学，后赴巴黎深造。方明令许多珍贵的史料重见天日，功不可没！不过，美中不足的是，方明缺少 1975 年之前越南华报副刊上的资料，而且他坦言只"偏向越华诗料之寻集，而非注重于学术上的论说"。

随着资料的陆续披露，对越华现代诗的专题研究开始出现，侧重点是越华现代诗的越战书写：马来亚大学黄子坚、潘碧华、蔡晓玲的联名文章《战乱与爱：叶传华及其在越战期间创作的华文诗歌》（2014），华侨大学林明贤的文章《民族意识与文化坚守——从南越华文文学作品看越战时期越南华人的身份认同》（2013）对于探讨越南华人的越战体验做了有益的尝试。此外，香港中文大学危令敦的专著《〈当代文艺〉研究：以香港、马新、南越的文学创作为中心的考察》（2019）对越战期间入选《当代文艺》的若干越华诗人的作品进行了点评，也有助于进一步了解越华现代诗的创作面貌。

（二）越华文学史的不同时期

这项研究始于 20 世纪 90 年代，已基本定型，代表人物是前越华作家陈大哲和陶里。陈大哲（1934～2013）生于福建厦门，1937 年随父母移居越南西贡堤岸，1981 年移居中国台湾，1987 年移民美国旧金山，2013 年病逝。陈大哲的《越南华文文学史》（1992）等文章从文化空间的角度将南越华文文学史划分为中土文学（20 世纪三四十年代）、本土文学（20 世纪五六十年代）、新土文学（20 世纪七八十年代）三个阶段，其中"新土"是指越华作家离开越南之后所定居的第三地，以有别于中土（中国）和本土（越南）。陈大哲奠定了越华文学史的基本框架，但时段划分还较为粗疏，他的"本土文学"实际是从抗战后到越南统一为止，涵盖了越南南北分裂的 20 年。陈大哲指出了"本土文学"的繁荣，但囿于文章的篇幅，点到即止。

陶里也成长于越南西贡，后辗转至澳门。他的《越南华文文学的发展、扩散及现状》（1995）一文按照文学自身的发展规律，将越华文学史划分为萌芽期（1937～1945）、发展期（1949～1955）、忧患期（1955～1975）、扩展期（1975～　）四个阶段。与陈大哲相比，陶里的时段划分更为细致，尤其是他将越南南北分裂的 20 年单列出来，命名为"忧患期"，而非一般的"成熟期"，意即成熟期的越华文学作品充满极其沉重的忧患感，观点精当，可惜未能详论。

以上就是越华文学研究的现状：文学史的分期已基本厘清。各文体之中只有现代诗的研究成果较多，然而现代诗的研究成果也以史料整理居多，真正学理性的研究寥寥可数。这实在令人遗憾，不过也给后人深入研究提供了空间。

本书所使用的资料绝大部分为国内尚无人使用过的全新研究资料，主要来源有三：一是越华作家直接从海外寄来的资料，二是风笛网站（主编为现居美国的前越华作家荣惠伦）所提供的资料，三是中国国家图书馆馆藏的越南华文《远东日报》①（1953～1975，1971年缺）文艺副刊原件。为了不影响论述，本书选择了一些珍贵的史料附于书后，并且交代了选录的原因。其中，部分史料在字词、标点、排列等方面存在一些错误，本书均照原文引用，并在注释中予以说明。

三　研究思路、研究方法及主要创新点

文化是由精神、行为、制度、物质四个方面构成的复杂有机体，这四个方面既紧密相连又具有从核心到外层的层级关系。"在每一种文化中，其构成最稳定、最核心，把文化塑造成一种特定的文化的部分往往是文化的精神方面。而最外层一般都是文化的物质方面，也是文化体系中最不稳定的方面。"②本书主要依据这种层级关系展开对越华文学跨文化现象的描述。

本书的基本研究思路：不仅关注越华作家对不同民族文化的接受，而且将这一现象与越华作家跨文化意识的增长，以及越南在迈向现代化的进程中所出现的重要文化思想现象相联系。对文学现象的分析，既注重整体特征的归纳，又进行经典个案的考察。循着这一思路，本书的具体研究框架如下。

首先，厘清越华文学得以产生的外部环境，进而探询在这种环境下创作主体所具有的文化心态，以及在这种心态的指引下结出的创作果实，由此对越华文学有一个宏观的把握。

其次，在外部的宏观考察之后，本书即进入文本内部的微观探询，分别从文学主题、审美取向及文体新变三方面详细考察越华文学中的跨文化现象。本书从战争（越战）、乡土与婚恋这三大主题切入，通过战争主题中爱国主义与英雄主义的空白，彰显越南华人的民族意识；通过越南的文

---

① 《远东日报》是越南华人自办的一份商报，创办于1939年，越南统一之后连同其他华人自办的报纸一起被取消。《远东日报》在各华报中销路最广，其文艺副刊在1975年之前的越华文坛居于领导地位。

② 郑晓云：《文化认同与文化变迁》，中国社会科学出版社，1992，第33页。

学形象的演变（从"异乡"到"第二故乡"再到"国家"），反映越南华人家国观念的嬗递；再通过越南华人婚恋中的自由与保守的兼顾，提炼出东西混合的婚恋观。主题影响到作家的审美取向。本书主要从多元化的审美底蕴、传统牧歌的审美情趣、含蓄幽默的审美心理三方面论述越华文学在审美层面的多样化。在越华文学的各文体中，现代诗是最能代表越华文学跨文化的艺术成就的。为此，本书接下来对现代诗进行了专题论述。研究的重点在现代诗的西化与回归这两个彼此制约、相辅相成的方面。

最后，本书从宏观的角度总结了中华文化与异族文化对越华文学的双重推动作用，以及越华文学如何朝着本土化的目标不断前进。

本书采用的研究方法：（1）社会历史研究法。本书对抗战至今越南的社会历史背景进行考察，厘清影响越华文学生成、发展的外部环境。（2）形象研究的方法。文化研究中的形象"是一种文化想象，形象是不是具有审美价值并不重要，重要的是一个形象是特定的文化语境中形塑的对他者的想象，一方面表征他者（对象），另一方面又展示出形塑形象的主体自身的存在状况"。[①] 本书通过对越华文学中一些具有代表性的形象的分析，既把握越华作家对他者的集体想象，也探寻作为想象主体的越华作家所面临的文化困境，包括自我认同的困境、文化价值的困境等。（3）比较的方法。本书将越华文学与中国现当代文学的一些相似现象进行比照，通过探询越华作家与中国作家在文化选择、文化表现等方面的异同，既彰显越华文学的本土特色，也为重新审视中国现当代文学提供了新的参照。

本书的主要创新点：（1）研究资料的创新。本书运用许多前人未曾涉猎的史料，尤其是1975年之前越南华报副刊的原始资料。（2）研究角度的创新。本书首次从跨文化的角度研究越华文学，涉及历史、文化等学科领域，具有明显的跨学科特点。（3）研究领域的创新。以往的研究对越华文学史的梳理截至20世纪90年代，本书系统梳理越华文学自诞生以来直至21世纪的发展脉络；以往对越华文学文体的研究局限于现代诗，本书扩大至对越华诗歌、散文、小说的研究；以往对越华文学代表性作家作品只有零星的个案分析，思潮流派尚属空白，本书对它们进行整体的观照。

---

① 李勇：《文化研究：以形象为方法》，《文艺理论研究》2014年第1期。

第一章　越华文学生成的文化语境及创作概况

越华作家队伍的成长离不开华校和华报的培育，背后是华人经济的支撑。越华作家以传承中华文化为己任，在异国的土地上展开了轰轰烈烈的华文写作。越华作家既深受传统文化的熏陶，又在日常生活中面临不同民族文化的渗透，因而他们面临的共同问题是如何协调中华文化与不同民族文化之间的关系。对此，越华作家的总体文化取向是在坚守传统文化核心观念的基础上，有所选择地吸收不同民族文化。越华文学由此呈现了越华作家丰富多彩的精神成长的心路历程。

第一节　不同民族制约下越华社会的历史沿革

越南华人的祖先都是为了避难而移居越南的中国人。他们虽然侨居海外，但是心念祖国，因而华人大都聚族而居，保持着家乡的风俗习惯。西堤（西贡堤岸的简称）是越南华人最主要的聚居地，素有"中国城"的美誉。它也是越华文学生产的中心地带。对越华文学的溯源离不开对西堤华人社会的经济状况与文教事业的考察，它们是越华作家成长的广阔的社会背景，决定着越华作家的文化观念与文学创作。

一　华人经济的起伏

长期以来，华人在越南胼手胝足、披荆斩棘，为繁荣当地经济做出了巨大贡献，却屡遭越南执政当局的"顾忌"。越南华人的经济是在当地政府的压制下顽强发展起来的。

　　西贡位于越南南部东区与湄公河三角洲之间，是越南的水陆空交通枢纽，地理位置十分重要。法属时期，法国殖民者将西贡作为直属殖民地，刻意经营。"西元一八六〇年，法国占领南越，以之为殖民地，辟西贡为商港，华侨集中于堤岸，收集各种土产，其经营米业、运输业及建筑业者，资本最为雄厚。而出入口之贸易，多仰赖华侨商人为媒介，使越南经济日趋繁盛。"① 法国殖民当局对华侨的基本政策是"利用、限制与压制相结合"。② 在政治上，法国殖民者承袭了越南阮朝时期对华侨的分帮管理制度，③ 后又将华侨各帮公所改名为中华理事会馆，同时将帮长制度改为理事长制度。在经济上，法国殖民者既利用又剥削华侨的廉价劳动力，对华侨征收各种苛捐杂税。

　　南越政权成立之后，此时越南的"狭隘民族主义思想抬头，排斥外侨之经济活动，华侨人数众多，经营事业最广，首当其冲。所采行压迫华侨之种种措施，使越南华侨面临空前之危难。其采行之方式，在政治上，强迫华侨入越南籍；在经济上，禁止及限制华侨经营若干行业"。④ 禁营令的实施不仅沉重打击了华侨经济，也伤及南越的经济。为此，1958 年之后，除了在华侨入籍的问题上拒绝让步之外，"西贡当局的经济'禁营'政策逐渐有所宽动，华侨资本开始重整工商业，逐步缓解了南越的经济困境，华侨经济也得到了不俗的发展"。⑤

　　1975 年越南统一之后，执政当局实行排华政策，华人经济遭受重创，越南也陷入严重的经济社会危机之中。为了摆脱困境，1986 年越南正式实施革新政策。"随着革新开放中越南社会经济的持续发展和华人政策的逐步落实，越南华人生活环境渐趋宽松，政治地位有所回升，经济状况日益改善。"⑥

---

① 《越南华侨志》，"华侨志编纂委员会"（台北），1958，第 194 页。
② 王士录主编《当代越南》（当代东南亚系列），四川人民出版社，1992，第 271 页。
③ 越南阮朝时期，曾经按照语言和风俗的区别将华侨分为广肇、福建、潮州、海南、客家等五帮，各设帮公所与帮长，分帮自行管理。
④ 《越南华侨志》，"华侨志编纂委员会"（台北），1958，第 212 页。
⑤ 徐善福、林明华：《越南华侨史》（东南亚华侨史丛书），广东高等教育出版社，2011，第 306 页。
⑥ 徐善福、林明华：《越南华侨史》（东南亚华侨史丛书），广东高等教育出版社，2011，第 335 页。

华人不仅对越南当地经济做出了巨大贡献，对于中国的经济也发挥了重要作用。他们通过进出口贸易，促进了中越两国的商品交流。二战结束前，越南并不限制华人的汇款，越南华人每年寄回中国的汇款数额巨大，有力地支持了中国政府的财政。"至于返国投资，赈灾兴学或协助家乡建设，造福同胞，皆有所贡献。"①

通过以上对近代以来越南华人的经济活动的简要回顾，我们既能感受到中华民族勤劳勇敢、吃苦耐劳的优良品质，也能感受到越南华人"心怀故土，热爱宗邦"②的强烈的民族感情。在经济基础稳固之后，华人便开始了对文教事业的投资。

二　华校的兴衰

华人在越南创基立业之后就着手兴资办学，让子女接受中华文化的教育。但是在异国的土地上，华文教育不可避免地渗入了不同民族文化元素。梳理越南华校的发展历程，可以从一个侧面呈现越华知识分子思想文化的发展轨迹。

越南华校的创办，迟于印尼、新加坡、马来西亚等地。华校的前身为传统的私塾与蒙馆，教材与教学观念陈旧。现代华校的创立，始于孙中山先生对越南华侨民智的开启。"自中国废科举、设学校，国父孙中山先生南来宣传革命，越南侨胞受其启示，知潮流所趋，非倡办学校，无以期望其子弟在侨社中自立与发展。"③华校首先在华人最集中的西堤创办起来。1907年，闽漳学校与中法学校率先在堤岸开办。此后华校次第设立，并发展到越南其他地区。

从办学层次来看，最初的华校都是小学，直至1931年堤岸才开办了暨南中学与中国公学两所华校中学，1935年越南海防的华侨中学、河内的中华中学也都相继成立。抗战时期，广州沦陷，中国国内许多教育界人士到越南避难，促进了越南的华校中学的蓬勃发展。比如著名的国民中学就是在日军占据广州之后，由避难到越南的教育界人士于1940年秋创办。

---

① 《越南华侨志》，"华侨志编纂委员会"（台北），1958，第197页。
② 陈清文：《越南华侨志·序》，"华侨志编纂委员会"（台北），1958，第1页。
③ 《越南华侨志》，"华侨志编纂委员会"（台北），1958，第93页。

1941 年之后，若干华校中学陆续停办，帮立各中学也时办时停。1954 年越南被分割为南北两部分，一大批华侨撤到越南南部，导致堤岸华校的学生数量骤增，志诚、英德、中英、振中、南洋、桥越等中学陆续开办。各华校中学最先开办高中的是知用中学。1939 年知用中学创立之时，即设有小学、初中、高中。为了解决师资问题，知用中学还曾办过简易师范班，囿于条件，未能续办。后来其他一些中学也陆续开办高中，但囿于办学条件，又受到越南政府的限制，时有停办。

华校在当地政府方面都被视为私立学校，但在侨社内部，又分公立、私立两种。公立学校由各帮理事会举办，因为有理事会馆的经济支撑，办学设备较好，收费较低；私立学校主要由私人或小集团自行筹办，靠学费维持，收费较贵，一旦生源减少，办学就陷入困境。

整体而言，由于受到时局、华人经济及当地政府政策的制约，华校的开办与停办变动频繁，关于西堤华校的统计数字也存在较大出入。根据 1958 年 4 月西堤华侨学校代表报告，西堤"计有侨校中等学校十六所，小学七十九所，共九十五所"。① 从这些数据也能看出越南华校的普及和华文教育的活跃。

越南华校的师资，大多从中国国内聘请。二战结束以后，越南入境限制较严，导致华校的师资十分缺乏。南北越对立期间，南越政权与台湾当局"建交"，南越华校接受台湾当局与越南当地政府的双重指导，华校在经费、师资、教材等问题上获得了台湾当局的资助。

长期以来，越南华校的语文教学以华文为主，兼及法、越。法属时期，法国殖民者起初对于华校的设立不太在意，后来随着华校数量的增多，法国殖民当局"警惕"起来，并加强了管理。比如 1933 年颁布外国人教育条例，"规定训蒙学校（初小）每周须教授法文或越文三小时，小学（高小）每周教授法文八小时，越文可自由教授。至学校教职员之年龄资历、考试办法与设立学校、停办学校、呈报查学等手续，无不详细列明；惟执行尚宽，侨校仍可尽量发展。"②

---

① 《越南华侨志》，"华侨志编纂委员会"（台北），1958，第 101 页。
② 《越南华侨志》，"华侨志编纂委员会"（台北），1958，第 94 页。

　　南越政权成立之后，在强迫华侨入籍越南的同时，也强制华校"越化"，对华校中学"限令停办；几经交涉，迄无效果。各侨办中学迫于环境情形，遂以土生华侨为校长立案，办理越制第一级中学（初中），继而小学课程亦须增授越文，师资审查亦多留难，侨校备受打击，影响殊大"。① 1960 年，南越当局下令解散各地中华理事会，成立由西贡市市长和各省省长为主席的"帮产资产委员会"，接管各地侨界社团组织的公所、会馆、学校、医院等资产，自此公立华校基本绝迹，私立华校则不断增加，它们挑起了南越华文教育的重任，直至 1975 年越南统一为止。方明回忆说："当时华校的教育人士深知'中华文化之根'的重要性，便分配每周四小时的'国文'，余下则是'中国历史'与'地理'……。值得庆幸，当时教授国文的老师，年龄均为 40～50 岁（1965～1970 年期间），大部分来自大陆撤退时直接到越南定居授业，亦即他们年轻期间在接受中文教育时，约 1930 年至 1940 年在大陆完成高中及大学的教育，这群老师们不但国学根基深厚，更重要的是他们保持'儒家'的风范，谆谆不悔地讲解与引导，加上他们简朴的起居生活，言教身教一丝不苟的严谨行为，对莘莘学子起到了很好的示范，尤其是我们所谓'青年作家'所受到的熏陶，更树立其日后处世待人的圭臬。"②

　　南北越对峙时期，在坚持传统文化教育的基础上，西堤华校的教育更趋多元化。法国虽然已经撤出越南，但其文化影响依然强劲。1955 年英德中学成立，它是由西堤华侨天主教促进会筹办，由杜德安、倪德正两神父负责主持。英德中学被当年的台湾相关部门列入"重要侨校"名录，在西堤的影响不容忽视。在法国的影响犹在的背景下，随着美国对南越的扶持，英文也流行起来。根据 1956 年 6 月西堤华侨教育会的统计数字，西堤已经出现了中英英文书院（兼办高中）、名世英文学校（专办初中）、林威廉英文学校（专办初中）这样的中等学校。③

　　总而言之，1975 年之前，华人子女普遍就读于华校，而且教育水准

---

① 《越南华侨志》，"华侨志编纂委员会"（台北），1958，第 94～95 页。
② 方明：《越南华文现代诗的发展——兼谈越华战争诗作（1960 年—1975 年）》，唐山出版社（台北），2014，第 14～15 页。
③ 《越南华侨志》，"华侨志编纂委员会"（台北），1958，第 100 页。

也较高。

1975 年越南统一之后，华校"全部被越南当局接管，禁授中文课，全授越文课"。① 虽然如此，仍有华人聘请私家教师在家偷偷学习华文。越南实行改革开放以后，华文的经济价值日益显著，政府也为华文教育松绑，要求华人子弟在学好越文的基础上学好华文。1989 年，华人聚居的各郡纷纷申办华文中心，② 并附设在越南的正规学校中。胡志明市一开始就出现了十几家。胡志明市华文教育辅助会、华语教师俱乐部也于 1989 年成立。

华文中心与以往的华校是有所区别的。首先，以往的华校是一个独立的办学实体，而华文中心则长期附属于越南的普通学校。2015 年华文中心开始自己办学，但仍租用越南学校的校舍。其次，以往的华校是全日制教学，而华文中心与越南的普通学校一样实行半日制教学（一般都是下午授课）。再次，以往的华校课程很多，而华文中心主要是民族语文的语言学习，主课只有一门华语语文，附加图画、音乐、体育、常识、尺牍、注音等副科，不开设自然科学的课程。

2007 年越南的普通学校由半日制改为全日制，这对华文中心的生源影响很大。越文学校改制之前，华人子弟可以半天学习越文，半天学习中文；越文学校改制以后，华人子弟学习中文主要得依靠晚上或假期（主要是暑假）。在这种情况之下，很多华人子弟都优先学越文，放弃了华文，各华文中心下午的学生人数减少到只有 100 人左右，一个班只有 6 ~ 10 个学生。③ 面对困境，各华文中心也采取了一些挽救措施，比如开办了夜学班④。夜学班的学生较多，一个华文中心约有三四百人。

近年来，随着中国经济的腾飞，中国商人的涌入，华人子弟学习中文

---

① 王士录主编《当代越南》（当代东南亚系列），四川人民出版社，1992，第 275 页。
② 本书关于越南华文中心的信息，除了所标明的文章之外，其余均来自笔者对胡志明市启秀华文中心教师的访谈。
③ 20 世纪 80 年代末、90 年代初，华文中心刚开办时曾经非常兴旺，平均一个华文中心就有 2000 多名学生，各种年龄层次都有，一个班就有 100 多人。
④ 夜学班分为 17 点、19 点两个时段，每次授课一个半小时。17 点班有 300 多名学生，19 点班有 400 多名学生。为了减轻学生负担，夜学班每周只有 3 个晚上开班，每周一、三、五或二、四、六晚上上课。

的热情增加了，不过他们更多地着眼于中文的经济价值。

当前，华文中心面临的最大问题是师资与经费问题。华文中心的华文教师不属于国家教师编制，工作辛苦，报酬低。当前支撑华文中心的教学骨干大多是 1975 年以前西堤各华校的教师，他们的年龄偏大；也有部分 1975 年刚毕业的华文高中生，青年教师少而不精，他们的"学习时间短，并且大部分知识面不够广"。① 至于华文中心的办学经费则主要靠学费维持，与英文教学机构相比，华文中心的收费低得多。英文教学机构平均每月收费 100 美元，华文中心每月收费 10 美元。尽管如此，学英文的人数仍然远多于华文。个中缘由，值得深思。

综上所述，越南华校一直在逆境中生存。在很长一段历史时期，越南当地政府对华校采取的是打压甚至取消的措施。在这样的背景下，华文写作对于越华作家来说就具有特殊的意义，因为它是民族文化存在的标志。

三　华文报刊的沉浮

经济的发展、华校的兴办为华文报刊的创设提供了条件，培养了阅读和写作队伍。华文报刊是越南华人的主要精神食粮之一，它们最集中地反映了广大华人的精神面貌，在文化传承与文化交流中起着不可替代的作用。通过对越南华文报刊的演变过程的梳理，可以进一步认识越华知识分子成长的重要侧影，以及内在思想发展的广阔的文化语境。

从 1905 年第一份华文报纸《大越新报》创刊开始，② 在繁荣的华人经济的支持下，各华文报纸陆续问世，彼此之间展开竞争。从东北沦陷到抗战兴起，其间"侨胞关怀国事，报业骤形蓬勃"，③ 大大小小的华报增加了十几家，包括著名的《远东日报》。后来由于各种因素，华报时办时停，难以尽述。到 1939 年，只剩下《中国日报》《中华日报》《远东日报》《民报》四家。20 世纪 40 年代初，日军进驻西贡，《远东日报》与《民报》自动停刊，此时成为越南华报最为寥落的时期。日军投降之后，

---

① 李红蕾：《越南华文教育兴起的原因和问题分析》，《现代交际》2016 年第 7 期，总第 436 期。

② 易文、赖荣生：《越南华文媒体：历史、现状与前景》，《东南亚纵横》2009 年第 12 期。

③ 《越南华侨志》，"华侨志编纂委员会"（台北），1958，第 118 页。

越南华报重整旗鼓，复办与新办的华文报刊达到十几家，其后数量多有变动。1965 年下半年，西贡当局认为华报太多，要求合并，合并之后的华报只剩 7 家。1966 年以后，又有几家华报先后复办或创刊，到 1975 年 4 月 30 日越南统一之前，还有 9 家华文报纸，它们是《远东日报》《成功日报》《新论坛报》《越华报》《亚洲日报》《新闻快报》《建国日报》《人人日报》《光华日报》。①

在这些华报中，《远东日报》是影响力最大、也最具代表性的个案。《远东日报》创刊于 1939 年 3 月 29 日，② 之所以选择这天，该报在创刊 24 周年纪念日声明中道："本报创刊于 24 年前对日抗战怒潮最高涨的时代，所以选择这青年节日来创刊，固然是因为在这存亡绝续之秋，为争取抗战胜利，实有发扬民族革命精神之必要；同时，也因为青年是民族革命的中坚，所以也借此寄望于海外的青年。"③《远东日报》创办时的社长为蔡文玄，由蔡天健、陈自强、邹增厚、冯卓勋等主理笔政，起初与《全民日报》竞争激烈，《全民日报》停刊后，《远东日报》开始在华报中占据优势地位。《远东日报》创刊后不到两年，因为日军进驻越南而自动停刊，抗战胜利后复刊，由于人才集中、计划得当，销量突破了万份纪录。1955 年 3 月，该报因政治立场问题被越南当局停刊，后经改组重新复刊。复刊后的《远东日报》"言论公正，并能把握读者心理，故能一纸风行，每日出纸一万二千份，销路遍于中南越各省及柬埔寨寮国等地，为越南华文日报销路最广者，经济情况亦佳，每月营业均有盈余"。④

《远东日报》不仅仅是一份盈利的华报，它在思想文化建设方面也有突出的贡献，被读者誉为"文化先锋"。⑤《远东日报》文艺副刊主要有三大板块，满足不同读者群的精神需求。第一个板块主要刊载港台作家

---

① 徐善福、林明华：《越南华侨史》（东南亚华侨史丛书），广东高等教育出版社，2011，第 315 页。
② 1911 年 4 月 27 日，即农历辛亥年 3 月 29 日，广州黄花岗起义爆发。后来中华民国政府为了纪念黄花岗起义，将 3 月 29 日定为青年节。
③ 社论《青年节与本报创刊二十四周年纪念》，《远东日报》1963 年 3 月 29 日，第 1 版。
④ 《越南华侨志》，"华侨志编纂委员会"（台北），1958，第 120 页。
⑤ 汉民：《我所认识的〈远东日报〉》（为《远东日报》二十五周年纪念而作），《远东日报》"学风"版第 115 期，1964 年 3 月 31 日。

的历史、武打、言情类小说，如南宫博、郭良蕙等的作品。第二个板块
是各种文艺专栏，主要撰稿人有蛰蛮、山人等老移民作家。第三个板块
是专门为青年学生开辟的"学风"版。后两个板块是推动越华文学自
身建设的重要阵地，尤其是"学风"版。以下，笔者对"学风"版进
行专门介绍。

"学风"创刊于 1961 年 12 月 13 日，它的发刊词首段写道：

> 本报为负起促进文化的使命，在各方面的协助下，办了多个专
> 刊，如：医药、邮趣、人生、佛学、影艺、大众科学、体育等，惟有
> 关青年学生的专刊尚付阙如。而这些学友们平时把他（她）们的写
> 作投交本报发表，也因体裁关系，不能不割爱，这都是我们深感不安
> 的事。现在这个学风专刊，就是为我们的青年学生而增辟的，它的园
> 地完全公开，希望大家借此机会能够联络感情，切磋学问。如果能够
> 由此养成一种学术风气，以提高大家求知的精神，则固所愿也。本刊
> 之所以名为学风，也就是这个理由。

本着"促进文化"的使命，"学风"从创刊之日起就秉承兼容并蓄的
宗旨，提倡多元文化。先来了解一下"学风"创刊号。"学风"创刊号除
了发刊词、征稿条例之外，还包括以下内容：陈玄①的《世纪末的文学思
潮》、秋魂的《谈文艺创作上的灵感》、"岭外寄简"之信口的《如何写
长文和短文》、"英语研习"之寒流的《英语的起源》、"名著介绍"之南
来雁的《最普及的一部书三国演义》、翻译小说《星》（顾影译自法国杜
德周一故事集）。从创刊号可以看出，"学风"意在多种文化的交流，因
而古今中外都有涉及。

自创刊之后，除了台港文学以外，"学风"还刊登了不少翻译作品。
20 世纪 60 年代，"学风"刊登的译作大致可分为以下三个方面。

首先是对越南文坛的关注。越华作家与越南其他民族作家处于共同的

---

① 陈玄，原名陈明开，1935 年生，《远东日报》副刊举足轻重的专栏作家与评论家，除杂
  感小品、文艺评论之外，还擅长写推理小说与家庭幽默小说等。其他笔名还有"有疾"
  "金采""若夫""大讷"等。越南统一之后去向不明。

时空之下，又有相似的文化传统，因而在许多问题上都存在共鸣。越华文艺界有识之士都自觉关注越南文坛的动态，而越文的掌握也为他们扫除了语言障碍。这些有心人常常阅读越文报刊，并选择相关作品翻译成中文发表，比如他们翻译的越文散文《蠹鱼的话》、越文诗歌《母亲》等。越文为越华作家开辟了一块新天地，有的作家还通过越文来获取外国文艺信息，比如仲秋翻译的《诗之纯粹》就译自越译法文本的《二十世纪文学》（原作者为法国的雷尼·马里尔·阿黎瑞），还有他翻译的美国小说《裸麦之捕捉者》（原作者为美国作家沙灵格），也译自冯庆越译版。除了翻译之外，有的作家还直接撰文对越南文坛动态进行介绍，代表性的文章是杜风人的《当代越南文学思潮》。这些措施都促进了华越文坛的交流。

其次是对西方文坛的关注。古希腊和罗马神话对西方文化影响深远，越华文坛十分注重这方面的译介。树泽翻译了一系列的古希腊和罗马神话故事，如《找寻金羊毛》《在托里的伊菲珍莱亚》《罗马人的神》等。树泽的神话翻译在"学风"上连载长达100多期，显示了越华文坛对古希腊和罗马神话的高度重视。法国文坛也是越华作家译介的重点，除了莫泊桑、都德等名家的作品之外，越华文坛十分注重对法国文论的介绍，其中首屈一指的是老作家叶华（即叶传华）直接译自法文原文的系列文论，如《文明与文化》《文学的来源》《为存在主义辩护》等。英美作家作品也受到越华作家的关注，比如《田园歌者与战地诗人布兰顿》（未标注作者）、灵凤的《霍桑和他的〈红字〉》。1968年6月19日第318期"学风"还开辟了"英诗译注"栏目，首期介绍了莫尔的诗歌《塔拉的竖琴》，由余光中译注。同时配有编者按："本版定于本期起，将陆续介绍余光中译注之英诗，以飨读者，俾初学者可以借镜，使一般诗作者更进一步了解英诗之格律与声韵。"越华作家还紧跟英美文坛动态，1965年12月英国作家毛姆去世之后不久，简堂就发表了《刚逝世的英国文豪毛姆及其作品》。此外还有杜丽的《去年杪逝世的美国小说家史坦倍克》（"史坦倍克"即"斯坦倍克"）等。

最后是对亚洲文坛的关注，重点是日本和印度的文坛。1967年1月，陈玄发表了《谈"推理小说"》之后不久，晏洲就发表了《松本清张和他的推理小说》（上、下），介绍了日本著名的推理小说大师松本清张，随即晏洲又发表了由他翻译的、松本清张的推理小说《跨越天城山》。《跨越天城山》从 1967 年 2 月 7 日开始连载至 1967 年 4 月，时间长达两个多月，这在版面紧俏的"学风"的历史上也是少见的。还有，当日本作家川端康成获得诺贝尔文学奖之后，越华作家迅速做出反应，发表了《川端康成及其作品荣获本年诺贝尔文学奖》（作者不详）。川端康成的小说《伊豆的舞娘》、文论《日本文学之美》也都在"学风"刊出。另一位日本著名作家芥川龙之介的作品在"学风"版也有介绍，如《芥川龙之介及其作品》，并登载了芥川龙之介的小说《地狱变》。印度作家中受到关注的主要是大文豪泰戈尔，比如秋梦翻译的泰戈尔的作品《贱民的女儿》和《邮政局》。除此之外，亚洲古国的文学作品也得到介绍，比如不鸣译自英文东方文库的《波斯寓言四则》。

总而言之，"学风"所译介的都是名家名篇。这些译作跨越时空、来源广泛、体裁多样，对于开阔越华作家的视野和提高文学修养大有裨益。"学风"自创刊之后，先后两次扩版，[①] 这表明越华作家吸收外来文化的阵地不断扩大，这是一种有意识的选择。

在积极推进翻译之外，"学风"还组织文学论战，对热点社会文化现象展开讨论，比如震动越华文坛的关于现代诗的大论战，关于嬉皮士的大讨论等都是以"学风"为主要的论争园地。

除了文艺板块之外，《远东日报》还开辟了"人文"版，"旨在刊载印支之文史"，[②] 对于促进中国与越（越南）、棉（柬埔寨）、寮（老挝）三国的文化学术交流，做出了重大贡献。

总而言之，以《远东日报》为代表的越南华报"历经时代风雨冲刷，在商业风气日重的西堤守住一块阵地实属不易，在弘扬中华传统文化、推动华侨社群建设、促进中越文化交流等方面均发挥了一定的作用。可惜1975 年 4 月 30 日越南南方解放后，上述侨报全部停刊。越南全境，仅有

---

① "学风"成立之初，每两周出版一期。从 1969 年 7 月起"学风"扩版，改为一周两期。1972 年 8 月，"学风"再次扩版，每周刊出三期。
② 《远东日报》"人文"版发刊词，1969 年 12 月 14 日。

《解放日报》华文版发行至今，但它已不再是一份华人报纸"。①

　　20 世纪六七十年代，除了华报副刊以外，越华青年作家结社、办刊也十分踊跃。由于"当年，报章副刊的有限文艺园地，已不能满足众多文友的作品展示。所以各文社纷纷自资出版各种文刊、诗刊（其时申请批阅，非常困难）"。② 当时几乎每个社团都出版了文艺刊物，比如"文艺社"的《序幕》《时代的琢磨》《爱与希望》，"存在诗社"的《像岩谷》，"飘飘诗社"的《飘飘诗页》，"思集文社"的《火光》，"涛声文社"的《水之湄》《湄风》，"奔流文社"的《奔流》，"风车文艺"的《风车》，"水手诗社"的《水手》，"笔垒文社"的《笔垒》等。这一时期的越华文艺期刊十分活跃。可惜的是，由于身处乱世，又缺乏经费，绝大部分文艺期刊只出版了一两期就无以为续了。

　　越南统一之后，华人自办的报刊荡然无存。在很长的一段时间内，官方的华文《西贡解放日报》（简称《解放日报》）文艺版是越华文学作品发表的唯一园地，而且只有《解放日报》可以组织华文文学的各项活动。《解放日报》的文艺版很不稳定。1990 年，在中越关系正常化的大背景下，《解放日报》曾开辟了"桂冠文艺"副刊，有力地推动了越华新诗的复兴。有评论指出，"桂冠文艺"自创刊以来，"短短三年多，已发表新诗近六百篇，……而作者群更囊括目前越南华文诗坛老、中、青三代。因此，这个副刊，实有一定代表性，足以反映当地诗坛近貌"。③ 然而，1997 年"桂冠文艺"停刊了。《解放日报》的其他文艺栏目也时起时落。④《解放日报》还组织过文友培训，但间断了很长时间，导致华文写作队伍青黄不接。随着问题的日益突出，2017 年 5 月 21 日《解放日报》又成立了青年创作俱乐部，会员为各华文中心推荐的爱好写作的初高中

① 徐善福、林明华：《越南华侨史》（东南亚华侨史丛书），广东高等教育出版社，2011，第 316 页。

② 刀飞：《风笛诗社的燃烧岁月》，《新大陆》（美国）诗刊第 125 期，2011 年 8 月。

③ 胡国贤：《不接亦相接的青黄——从桂冠文艺看越南新诗近貌》，《诗双月刊》（香港）第 5 卷第 5、第 6 期，总第 29、第 30 期，1994 年 5 月 1 日。

④ 1997 年，"桂冠文艺"停刊，"幼苗"版（学生园地）和"文艺"版也停办。2004 年，《解放日报》又恢复了"文艺"版，逢周日出版，但只剩下半个版面的篇幅。2005 年 6 月，《解放日报》增加了周刊，但是 2013 年周刊又停刊了。2015 年 8 月，曾广健接任"文艺"版主编，每周日的"文艺"版改为全版。

生，由曾广健担任主任。

除了《解放日报》的文艺版之外，也有寥寥可数的几本越华文艺期刊。《堤岸文艺》① 只存在了一期，《越华文学艺术》② 也因缺乏经费而停刊。当前，只有《越南华文文学》和《文艺季刊》两份季刊发行，它们都靠热心人士赞助，没有稿酬。

复苏期的越华文坛维持着"一报两刊"的格局，与统一之前相比，的确冷清了许多。

以上通过对近代以来越南华人社会的经济、文教事业的梳理可以看出，在很长的一个历史时期，越南华人都是在当地政权的压制下生存。这反而促使越南华人强化了对本民族的文化认同，并体现在敏感的越华作家的文化立场上。

第二节　越华作家的文化认同及其文化取向

西堤华人经济的繁荣促进了华校和华报的发展，培育出了越华作家队伍。越华作家深受传统文化的熏陶，他们有着强烈的文化使命感，华文写作是表达他们的文化诉求的一个重要方式。因而，在进入文学的本体考察之前，了解创作主体的文化认同及文化取向是十分必要的。

文化认同包括对本民族的文化认同与对不同民族文化的认同两个方面，前者是一个民族文化存在的基础，后者则是推动民族文化更新的动力。"对本文化的认同最有意义的时期是文化交融的时期，而当一种文化处于封闭状态之下，这种认同的价值与意义是不大的，亦如人类如果同属一个民族、一种文化时，也就不可能有民族、文化间的区分。而当文化处

---

① 1989 年，胡志明市的华人曾创办了一份自己的文艺杂志《堤岸文艺》，由胡志明市文艺出版社和《解放日报》联合出版。创刊号印行了 5000 册，很快就销售一空，但也立即得到指示："凡杂志，应由一个被认可的独立单位主办，不应是报社的附属刊物。"《堤岸文艺》就此停刊。见陶里《越南华文文学的发展、扩散及现状》，《华文文学》1995 年第 2 期。

② 1997 年《解放日报》"桂冠文艺"停刊后，陆进义推介越华文友加入胡志明市各民族文学艺术协会，成立了一个属该会名下的华文文学会。1997 年 12 月，华文文学会出版了《越华文学艺术》特刊，该刊不定期出版，2007 年因经费问题，出版至第 22 期便停刊至今。

于交融状态中，人们对于自己的文化认同才会因交融所带来的文化冲突而在意识中变得强大起来。因为在文化交融中涉及文化价值乃至于文化的存在与前途，因此对本文化的认同往往表现为民族文化心理、文化价值、文化意识、自尊、情感等具有情感特征的方面。"① 南北越对峙时期是越华作家与不同民族文化互动最频繁的时期，这一时期也最能代表越华作家的文化认同及文化取向。

一　越华作家对儒家思想的维护

儒家思想是中华传统文化的核心部分，在华人对本民族的文化认同中居于最稳定的地位。"侨居异乡的人们对文化本体的认同，典型地反映了文化认同在对文化本体的认同这一层次上的稳定性。这种稳定性在与异文化的比较中不仅反映得比较突出，甚至具有各种特殊的意义：可能作为民族感情的寄托，也可能作为自己文化存在的一种价值与象征。"② 南北越对峙期间，美国文化强势登陆越南。南越社会乱象丛生，物质的繁荣与精神的倒退都是前所未有的。受美国文化的不良影响，不少越华青少年抛弃传统的伦理道德，一味追逐新潮，令越华文教界人士忧心如焚，比如《中学生》③ 第 2 期卷首语写道："目前社会风气败坏，嬉皮横行，对于青年男女的影响，无疑的是相当严重的。"

美国文化动摇了传统文化的根基，遭到越华作家的强烈反对。越华作家深受儒家文化的熏陶，再加上华人在越南处于弱势群体的地位，被迫入籍更加深了越南华人的民族危机感，因而他们对外来文化的"入侵"十分敏感，尤其是当外来文化与本民族文化差异较大时，必然发生文化冲突。对嬉皮士的痛批就是越华作家抵御外来文化的一个经典个案。站在传统文化的角度，嬉皮士是十足的异类。单是嬉皮士的发型、服饰就令传统人士深恶痛绝。越华作家何四郎发表于《中学生》第 2 期的文章《君子

---

① 郑晓云：《文化认同与文化变迁》，中国社会科学出版社，1992，第 40 ~ 41 页。
② 郑晓云：《文化认同与文化变迁》，中国社会科学出版社，1992，第 39 页。
③ 《中学生》创刊于 1973 年 3 月，由耀汉高级中学学生主编。它是一本文教合一的期刊，以登载越华文艺作品为主。《中学生》面向越华中学生发行，以引导越华年轻一代为己任。《中学生》第 2 期具体出版日期不详。

正其衣冠》最具代表性，文章写道：

> ……讲起喇叭裤，窄腰，我这个老乡就有一个顽固的看法，认为凡属半男不女的仁兄，都是患上心理变态，一律视之为"妖"。不管你这个"妖"神通怎么广大，学问怎么渊博，统统不放在我老乡眼内，只管放马过来！
>
> ……
>
> 文明的人，穿衣服不只是章身，而且是做人处世，社交应酬的重要仪表，衣服穿得得体、大方朴素，间接提高你的人格，获得朋友的敬重，如果打扮得怪里怪气，成个人妖的话，有识之士，见了你就"避之则吉"，所谓"羞与为伍"也。

　　何四郎写作此文时，已经是越华文坛的资深作家。他在越华文学早期就已开始创作，其生平在陈大哲的文章《越华早期作家传略》中有介绍。[①]《越华早期作家传略》记录了 1937~1950 年出生的共 33 位越华作家的生平简介，是关于这些早期越华作家的唯一珍贵资料。[②] 在文中，陈大哲对何四郎的记载是："何四郎，广东人。曲艺家何三郎之弟，历任《建国日报》、《人人日报》编辑及电影宣传，撰写散文小品，著有《蜗庐随笔》，亦以金重笔名写新派武侠小说，为西堤文坛所罕见。何氏于七十年代后期在越溘逝。"何四郎对嬉皮士的厌恶代表了越华文坛的主流价值判断。

　　嬉皮士不仅受到当时越华老作家的鄙弃，即使是青年作家对他们也大多持否定态度。"学风"为此专门组织过关于嬉皮士的大讨论，讨论的缘起是 1970 年 7 月 3 日，志忠在第 460 期"学风"上发表的一篇文章《谁的责任？》。志忠对嬉皮士表示了一定程度的理解与同情。这篇文章的主要观点有两点。其一，不能以貌取人。文中说："一个奇装异服，口衔卷烟，在街上大摇大摆而过的年轻人，只要他没有作恶，毕竟比一个西装革履，但暗地里却干尽种种寡廉鲜耻丑行的中年或老年'绅士'，还要高尚

---

① 陈大哲：《乘着歌声的翅膀》，亚洲华文作家协会越棉寮海外分会，2007，第 76 页。

② 陈大哲在《越华早期作家传略》文后注明："五十年代以后始从事写作或莅越者，报人而未有文艺创作，柬、寮当地作家三种成分未列入。"

得多。"其二，道德沦丧的责任，不应该只由年轻人承担。作者在结尾处写道："如果真的是世风日下，道德沉沦的话，让我们大家共同来想一想：这究竟是谁的责任。社会是大众的，单指责年轻人，无论如何，都是不公平的。"

志忠的文章发表之后，一石激起千层浪。1970 年 7 月 14 日，第 463 期"学风"的"学风笔谈会"专栏①刊登了邵克洛的文章《对"嬉皮士"的我见》，针对志忠的文章所包含的"年轻人喜欢嬉皮士，无可厚非"这一观点提出了质疑，编者同时发表了意见。

　　本版于 7 月 3 日刊出志忠文友《谁的责任？》一文后，引起了一个新的笔谈话题，青年堕落、日趋"嬉皮"化的问题，这是当前一个严重的社会问题，邵克洛文友所提的意见十分中肯。"年轻人喜欢'嬉皮士'是无可厚非吗"？我们希望青年文友对这问题热烈参加讨论。（编者）

在编者的号召下，越华青年作家纷纷发文，而主导倾向是批判性的。1970 年 8 月 4 日，正强在第 469 期"学风"上发表了《让我也来谈谈'嬉皮士'》，表达了对嬉皮士的强烈不满。这篇文章开篇介绍了写作的缘起："学风版自 7 月 3 日②刊出志忠君一篇名作——《谁的责任？》后，连接得到各文友的反应，先后有邵克洛、方明、遐思、毕君等文友提出他们宝贵的见解，有关青年堕落、嬉皮化的问题，而老编先生也欢迎青年文友对这个问题参加讨论，因此，笔者也来献献丑，要谈谈嬉皮士的问题。"之后进入正文，第一句话就说，"以我来说：'嬉皮士'根本就令人讨厌"，文中质问那些嬉皮士："假如说，我们要追上西欧文化，为什么人家科学的精神、工业的技术、自由平等的思想、高贵的行为、讲求礼貌的风气等不学，偏偏要学这些古怪异端的行径，还以为这是新潮、进步、文

---

① "学风笔谈会"是"学风"1966 年 8 月新开辟的一个文学评论专栏。首期"学风笔谈会"刊登于 1966 年 8 月 16 日。

② 正强的文章有误，志忠的《谁的责任》发表于 1970 年 7 月 3 日，不是 1970 年 6 月 3 日。——笔者注

明！"1970 年 8 月 7 日，南戈在第 470 期"学风"发表了《略谈"嬉皮士"》，南戈的语气较为平和，但态度也是不赞成的。南戈认为嬉皮士不只是一个纯粹的社会问题，"还是一项文化教育和青年修养的问题"。他指出嬉皮士是二战后西方物质文明社会的产物，至于越南，他说："在越南，这疾患该归咎连年烽火对社会秩序人心的破坏及舶来风气的昂然输入"，这一切都令年轻人措手不及，而老一辈的人中有很多假道学者，致使"青年人的行动失去了示范的楷模，这就无形中助长了嬉皮的风气"。饶有意味的是，南戈将放浪形骸的魏晋文人称为"中国古代的'嬉皮士'，并且认为魏晋文人在文化上起了一定的时代作用，而现在'嬉皮士'所推出的'嬉皮化'电影、文艺及艺术，只有破坏文化作用，反映着社会制度的腐化及没落"。南戈由此得出结论："这是一批值得怜悯的年轻人，也是西方物质文明的悲哀"，而他提出的解决方案是"青年只有自救，而正确思想的树立是最重要的"。除此之外，江明的《时代病"嬉皮士"》（1970 年 8 月 14 日第 472 期"学风"）、凡青的《我反对嬉皮作风》（1970 年 8 月 21 日第 474 期"学风"）等均从不同的角度对嬉皮士予以了否定。

在青年文友们展开热烈讨论的同时，志忠又发表了另一篇文章《我见"嬉皮士"》（1970 年 8 月 18 日第 473 期"学风"），文中指出："'嬉皮士'只不过是一班不满现实、反抗习俗、但可惜却走错了路的青年，他们是值得同情和可怜的，他们只不过是改革这个不完善社会的牺牲品，咒骂和压抑除了增加仇恨以外，是完全无济于事的。"

除了上述观点之外，还有人认为越南并不存在嬉皮士，代表性的是 1970 年 10 月仲秋的长篇译文《嬉皮士之实质》（原著：Mares Aporta[①]）。这篇文章分三次连载于"学风"，分别是第 488 期（10 月 20 日）、第 489 期（10 月 23 日）和第 490 期（10 月 27 日）。仲秋的翻译动机"意在介绍西方的嬉皮士运动实态"，并以此否定越南嬉皮士的存在，因为越南并没有能产生嬉皮士的"文明状态"。他认为，一位真正的嬉皮士与市井无赖是有所区别的。对于嬉皮士的态度，仲秋在"后记"的结尾处写道："译者无意鼓吹该风潮，译者不苟同本地许多人对他们的评点，原文说得

---

① 　Mares Aporta 为西班牙语，意即"马雷斯供稿"。——笔者注

好：我们想真正去认识这群不满的青年上策之法需要我们对之有所谅解，译者顺便引这句谨覆本地所有对嬉皮士风潮拒以不屑一观者或对之主观地抨击者。"仲秋的观点有一定的合理性，不过大部分越华作家还是将越南出现的新潮少年视为嬉皮士，毕竟这些新潮少年的出现是他们向西方嬉皮士跟风的结果。

总之，嬉皮士现象引发了越华文坛的大讨论，可谓仁者见仁、智者见智。不过，否定嬉皮士是越华文坛的主流倾向。

越华作家对美国文化的拒斥不仅源于两种文化之间的巨大差异，还因为中华文化本身有很多值得西方人学习之处。与美国的物质文化对比，越华作家突出了中华文化的人生价值。这方面最具代表性的当属何四郎的《东西文化拉杂谈》，该文是作者应《中学生》创刊号之邀而写的，基本上代表了越华文教界的立场。《东西文化拉杂谈》在标题处就引用美国总统尼克松的话说："美国物质上虽然丰富了，但精神上却感到空虚。"此文的核心观点是：中国文化能够教导青年"做人处世"，而西方文化"除了科学与应用技能外"，在人生哲理方面"根基浅薄"，以致"现代的美国青年，越来越不像话"。何四郎痛斥了当时美国流行的"性解放"与"同性恋"等现象。他语重心长地寄言越华青年，"于吸收西方文化外，请勿忘记还有自己的文化，自己的文化，才是最基础的。"另一篇重要的文章是 1967 年 7 月发表于《奔流》创刊号上的洪辅国的《浅论哲学》，这篇文章也表达了类似的观念，作者将重要的哲学分为三大类：人生哲学、物质哲学、宗教哲学。其中，"东方社会因过度注重道德哲学，忽略物质研究而致科学落后、民生贫困；西方社会则因过度醉心物质哲学，忽略伦理研究，致使道德败坏、人心堕落。"洪辅国认为，世界的发展趋势应是"人生哲学与物质哲学的混合"。何四郎、洪辅国的观点代表了越华作家对西方物质文化的警惕，背后是对中华文化在人生价值方面的自信。

自晚清以来，关于中西文化的辩论就持续不休。这既是老生常谈，也是一个历久弥新的话题。在漫长的辩论过程中，儒家的代表人物孔子或被偶像化，或被妖魔化。当今全球各地的数百所孔子学院再次证明了儒家文化的价值。从这个角度看，越华作家在 20 世纪六七十年代对儒家文化的坚守体现了他们的前瞻性，具有不可抹煞的历史价值。

二　越华作家对不同民族文化的吸收

历史已经证明，对不同民族文化的吸收是推动民族文化更新的动力。越华作家在认同中华母体文化的基础上，对不同民族文化也有所吸收。这种吸收是有选择、有层次的，也就是对不同民族文化的一种有限认同。它包括对越南本土固有的文化的认同，以及对西方文化的认同两个方面。

（一）对越南本土固有文化的认同

自古越南文化深受中华文化的浸染，"人们在观察越南文化特别是精神文化、制度文化和行为文化时，往往看到更多的是与中国文化形同或相近的地方，感到'像中国'，而本土文化的特色则多体现在物质文化层面"。[①] 这里的物质文化包括越南各民族的衣、食、住、行等方面。本书也主要从物质文化的层面辨析越华作家对越南的文化认同。

华人自从踏上越南的土地，在现实生活中就不可避免地要融入当地的生活，这是不以人的意志为转移的生存法则。从越华文学中，我们可以感受到这种融合的步伐。这方面莹瀛的短篇小说《方向》是一个很有意味的文本，这篇小说发表于1974年11月创刊的越华文艺期刊《风车》，小说的大意是越南华人少女艾以玲与来自台湾的篮球队员许瑞荣偶然相遇之后又分离了，小说篇幅虽短但寓意深刻，暗含着越南华人落地生根之意。小说中有这样一个细节：艾以玲带许瑞荣去吃越南特产"渔水"，艾以玲吃得津津有味，许瑞荣却觉得难以下咽。这个细节从饮食的角度反映了越南华人对越南文化的接受。

华人对越南文化的接受还体现在他们对越南土地的情感方面。越华作家大量描写越南的风土人情，诸如"大叻"的风景，"顺化"的古迹，"芽庄"的海滩等构成了越华文学最鲜明的地域特征。这些描写不仅是对异域风情的展示，而且倾注了越华作家的一片深情。它表明，越华作家已在地域层面对越南产生了认同并接受。需要指出的是，越华作家热爱的是越南的乡村，而非城市。与之相应，"城乡对立"是越华文学中的一个普遍现象。这种城乡二

---

① 孙衍峰、兰强、徐方宇、曾添翼、李华杰：《越南文化概论》，世界图书出版有限公司广东分公司，2014，第10页。

元结构的创作思路与沈从文遥相呼应。在绝大多数越华作家的笔下，越南的乡村风景如画、民风淳朴，而城市则充满了繁华与罪恶。最典型的是越华作家对西贡的态度。南越首府西贡是越华作家最集中的栖身之地、谋生之所，而多数作家表达了他们对西贡的"不喜欢"。越华文学中，即使是怀念西贡的作品，多数也将情感投射向西贡的自然风光。越华作家的这种"城乡对立"的情感选择是中华民族传统的"恋土"情结与越南华人的现实生存状况结合而成的。许多越华作家的出生地是西贡以外的某个小城、乡镇，他们长大以后，为了求学或求职才来到西贡。虽然人在西贡，他们内心却眷念着自己成长的乡村小镇。在战火连天的岁月，乡村的宁静更是令人向往。因而，越华作家在内心选择了越南的乡土，也认同了这片土地。

（二）　对西方文化的认同

法国文化是对越南影响最大的西方文化。80 多年的殖民统治使得法国文化已渗透进越南人生活的方方面面。法军撤离之后，法国作为西方先进国家之一，仍然是努力迈向现代化的越南学习的榜样。法国文化在越南的影响也长期存在。1995 年陶里在《越南华文文学的发展、扩散及现状》中指出："在法属期间，法国人刻意经营西贡（今胡志明市）的遗迹，如今历历在目，美国人虽然曾在这块土地投下比法国人更多的金钱和人命，但东方'小巴黎'的风韵依稀似当年，并不因为花旗大兵曾经染指而使之变为'小纽约'。"①

越华作家也不可避免地受到法国文化的侵染。当然，法国文化内容庞杂，并非所有的法国文化都能对越华作家产生重大影响。对越华作家影响最大的是法国的浪漫文化、宗教信仰和存在主义思潮。

法国的浪漫文化在越南影响深远。"尽管越南人的民族感情不接受法国人，但法国的自由浪漫文化特色具有引诱力，尤其是对于新一代的西贡人。"② 越南本土宗教高台教的圣殿内悬挂的"三圣"像分别是："越南先知阮秉谦、维克多·雨果及孙中山"。③ 法国浪漫文化的影响由此可见

① 陶里：《越南华文文学的发展、扩散及现状》，《华文文学》1995 年第 2 期。
② 陶里：《越南华文文学的发展、扩散及现状》，《华文文学》1995 年第 2 期。
③ 孙衍峰、兰强、徐方宇、曾添翼、李华杰：《越南文化概论》，世界图书出版有限公司广东分公司，2014，第 117 页。

一斑。20世纪六七十年代，几乎所有的越华青年作家都写过爱情题材的作品，推动这股爱情题材创作热潮的，除了琼瑶、郭良蕙①等言情小说家的影响以外，也与法国浪漫文化在越南的积淀有关。

法国的浪漫主义文豪对越华作家有深刻的影响。雨果的诗句是越华作家借以表情达意的权威符号之一。比如沙曼霞的译诗《明天，黎明时》（发表于《风车》），译者的译后注说这首诗"乃法国名诗人雨果为他早逝的大女儿而作，全诗洋溢丧女之悲痛，令人读后为之伤感"。在战争年代，多少家庭失去了孩子，如此伤感的诗很容易引发读者的共鸣。又如玮玮的短篇小说《翩翩云鬓》（发表于《风车》），它表现了青年人复杂的爱的思绪，其中一名普通学生也能随口念出"VICTO HUGO"（雨果）的法文诗句。再比如牧云的散文《孤寂的呓语》（发表于《中学生》创刊号），作品中的"我"引用了雨果的一首诗②寄托"我"在失恋后摆脱不了的悲哀，就如同诗中那个不懂悲哀的孩子长大之后仍然避免不了悲哀一样。

越华文学在接受法国浪漫文化影响的同时，也受到自身传统文化的制约，因而他们笔下的爱情呈现出一种中西混合的特征。首先是爱情与伦理的纠结。越华文学中的男女主人公多为青年学生，他们往往将爱情看得高于一切，而一旦触及传统伦理道德的红线时又几乎无一例外地后退，即使内心是痛苦的。这反映了传统伦理道德的强势。其次是忧郁感伤的作品基调。越华爱情作品虽然数量众多，但几乎遍布哀歌，欢乐的作品凤毛麟角。从文学上说，这种忧郁感伤的基调既有法国浪漫主义文学的影响，如法国浪漫主义的"产婆"斯塔尔夫人曾说过："忧郁的诗歌是和哲学最为

---

① 关于琼瑶的影响，方明在《越南华文现代诗的发展——兼谈越华战争诗作（1960年—1975年）》第12页写道："一本本琼瑶小说里的爱情梦幻之描述，引起时下的青年作家亦尝试以同样的形式，学习写出以情爱为题材的短篇小说"。至于郭良蕙，她曾经于1966年上半年访问过南越，引起强烈反响。1966年5月28日的《远东日报》发表了社论《由中国新文艺说到郭良蕙》，陈玄也在1966年5月31日的第222期"学风"发表了《郭良蕙小说片面谈》。

② 雨果的诗《童年》。作品中的译文不完整，中间缺了一段。作品中的译文如下："孩子在唱着，母亲在床上，呼吸快停止了，/她将要死了，她美丽的双目，在阴影之下俯下了；/死正在翱翔在她上面的云端；/我听见那死的响动，我听见那歌声。/母亲在礼拜堂的石下睡着了；孩子开始唱起来，/悲哀是一粒果子；上帝不使它生存；/太柔软不能载得起它的枝上。"

调和的诗歌。和人心的其他任何气质比起来，忧伤对人的性格和命运的影响要深刻得多。"① 同时它也离不开中国优秀爱情作品的熏陶，比如《红楼梦》的悲调是人所共知的。最后是西化的人物形象。越华文学作品中西化的人物形象不太多，但可以从一个侧面反映西方文化对越华青年的影响。这些人物在爱的表达方面大胆、直率，甚至显得有些放荡不羁，比如韩毅刚的小说《吹个口哨吧》（发表于《风车》）中的男主人公凌漠寒，他对女主人公晓寒一见钟情，直呼她为"小天使"。而当他被晓寒拒绝时，他说："你清高，可是，别以为你是圣女贞德，圣母玛利亚！"从这些点滴的细节可以看出法国文化对凌漠寒的影响。不过，对于传统的孝道，凌漠寒仍然是不能逾越的，当他见到晓寒的母亲时，作品写道："凌漠寒对母亲弯了弯腰，即使他放荡不羁，即使他狂妄，这时也有些局促。"这表明，传统的伦理道德依然是华人恪守的底线。

宗教信仰方面，早在16世纪天主教即由西方传教士传入越南。法属时期，作为法国殖民者文化政策的重要组成部分，天主教受到大力传播，在越南建立了广泛的社会基础，影响至今。1954年越南南北分裂之后，南越成为越南天主教的活动中心。在动荡的年代，许多华人选择天主教作为精神的寄托。由于天主教的"博爱"与儒家的"仁"、佛教的"慈悲"在本质上是相通的，因而能为许多华人接受。随着天主教的渗入，圣诞节在越南也日渐流行开来，并且逐渐由一种宗教节日演变成一种民众的集体狂欢与流行时尚。无论信教与否，大家都加入庆祝的队伍中来。热闹的节日背后，反映的是人们对光明和温暖的诉求。战乱中的人们需要慰藉，这是圣诞节得以流行的根本原因。几乎每逢圣诞节，越南的华报就会刊出圣诞节专号。以下两篇文章代表了广大越南华人的心声，它们都发表于1972年12月25日的《远东日报》副刊。第一篇是千夫的《圣诞颂》，文中写道："且看都市里的圣诞节吧，无论是信徒们把它作为信仰中心而活动，抑或非信徒们把它作为娱乐中心而活动，它都有着冲破寒冷，带来温暖的作用。"第二篇是欣欣的《银花火树圣诞钟》，文中提到圣诞节的气

① 〔法〕斯塔尔夫人：《论文学》，伍蠡甫主编《西方文论选》（下），上海译文出版社，1979，第125页。

氛可以"使家中儿童得到一些欢乐",而且圣诞装饰、圣诞歌曲都"足以娱人",因此"我没有任何宗教信仰,但侨居海外二十余年来,也习染了风气,每年例必寄发圣诞卡"。

存在主义在二战后几乎支配了整个西方文艺,它也是现代青年的思想主流之一。其中萨特的存在主义强调存在的荒谬性和悲剧性,是现代青年最熟悉的。萨特的存在主义在越南也广受关注,越南华报刊登了不少介绍性文章,比如叶华翻译的萨特的《为存在主义辩护》(1967年10月10日第292期"学风")、杭慰瑶辑译的《沙特·存在主义的解剖》(1967年3月21日第263期"学风")等。

萨特的存在主义契合处于战火中的越华知识分子的心态,为他们提供了审视现代人生存状况的文化视角。受存在主义的影响,许多越华文学作品都弥漫着一股虚无主义的色彩,这是一种对战争的否定,也是对前途的一种迷惘。这方面女作家尹玲①的创作可以作为代表。尹玲自中学起就深受法国文化的熏陶。她就读的西贡中法学堂所教授的几何、代数、数学、化学、物理、历史、地理等各科全部以法语授课。此外还有三门外语课:英文、中文、越文。中法学堂是当时唯一讲授四种语言课程的法国境外中学。尹玲的作品集《那一伞的圆》②书写了战火之中一代青年人的青春恋曲,被誉为"沉浸在罗曼蒂克涟漪里的作品"。③尹玲的作品不仅表现了法式风情,更弥漫着法国哲学的气息。尹玲读过康德、萨特、加缪等的著

---

① 尹玲(1945~　),本名何尹玲,又名何金兰,祖籍广东大埔,出生于越南小城美拖。1968年获得西贡文科大学文学学士学位,1969年赴台湾深造,先后获得台湾大学文学硕士及博士学位。1975年越南统一之后不能再回到越南,后来她又赴法国求学,获得了巴黎第七大学文学博士学位,学成返回台湾任教。著有散文、小说集《那一伞的圆》、诗集《当夜绽放如花》《一只白鸽飞过》《旋转木马》《发或背叛之河》,专著《文学社会学》《法国文学理论与实践》等。

② 2015年1月,尹玲出版了作品集《那一伞的圆》(名为"散文选",实际上所选作品包括小说),荟萃了她早期的作品106篇,按照由近及远的时间顺序,分为(卷一)"我们怎能无语"、(卷二)"因为六月的雨"、(卷三)"踏在夜的潮上"、(卷四)"故歌"、(卷五)"寄向虚无"。除了第一卷"我们怎能无语"(15篇)创作于作者赴台升学期间(1969~1976)之外,其余四卷(91篇)均写于20世纪60年代的南越,并都曾发表于当时南越的华报副刊上。

③ 萧萧:《昔日之惜,风华之华》,《那一伞的圆·序》,台湾秀威资讯科技股份有限公司,2015,第18页。

作，而她更倾向于萨特的"无神论和厌世观"。在她的作品中，形而上的追问比比皆是，甚至"一些最普通的问题似乎都蒙上了形而上的气氛"（《束缚》），① 而她所得出的结论几乎都是怀疑与悲观的，以下列举一些例证。

> 我不是无神论者，我只是不信教。遇到了不能解决的事时，我会想到神。但那不是主或上帝。那神是我的意念的，也许根本就不存在。（《生命的迷惘》）
>
> 若是上帝造人，怎不造完全至善的人？偏要在人与人之间加上各种各式各样的性格、脾气、思想？怎不令人类相亲相爱，偏使人们之间有距离有纷争？（《束缚》）
>
> 生命原只脆弱如同上帝的存在。为什么要判上帝的死刑呢？尼采真是一个无聊的家伙！根本上帝从来就没活过。（《有一叶云》）
>
> 我以为一切都是由人做成的。人们在事情发生后，才推到命运上去。（《断绝》）
>
> 人为什么要生出来受几十年的罪，再痛苦地死去。生不带来什么，死不带去什么，在生与死之间，是苦、是泪、是血和忍受。（《生命的问号》）

这些文字蕴含着强烈的现实批判色彩。正是战乱使得正值花样年华的尹玲对世界丧失了希望。她渴望爱和关怀，却处处感到人世间的虚无、飘忽、冷漠、孤独。她曾渴求生命的意义，追寻存在的价值，可是硝烟年代"生死只是一个偶然，一些姿势，一刹那"（《淅沥·淅沥·淅沥》），生命的意义又何在呢？基于此，尹玲对爱情与人生的认识主要建立在萨特的思想基础上。这种心态在越华青年中普遍存在，而尹玲以女性的细腻将青年人痛苦的灵魂刻画出来，其深刻动人之处较许多男性作家犹有过之。

以上从多个方面论述了越华作家对不同民族文化的接受。越华作家的文化认同折射出越南华人的社会心理与精神需求。在不动摇传统文化核心的基础上，他们对不同民族文化进行了选择性吸收，这种吸收是对民族传

---

① 如无特殊说明，本书所引尹玲的作品都出自尹玲的作品集《那一伞的圆》。

统文化的一种补充与完善。它反映了越南华人既希望坚守民族传统，又渴望更新传统的愿望，落脚点是为了中华文化在海外的传承与发展。"我们只有理解那个社会的情感与理智的主要动机，我们才能理解这些行为所采取的形式。"① 在非母语的文化空间中，越华作家的写作是一种逆水行舟，但是他们依然不放弃，即便是在已经掌握了越文的情况下。从 20 世纪 60 年代开始，凡是在华校高中毕业的学生都获得了中文、越文双语文凭，完全可以用越文写作，但是越华文学恰恰是在 20 世纪六七十年代达到高峰。对越华作家而言，选择华文写作本身就表明了他们的文化姿态。

以下，就让我们走进越华文学不平凡的历程。

第三节　越华文学创作的构成及其演变

越华文学是以诗歌、散文、短篇小说（受制于发表园地的限制）为主要形式的文学样式。它的思想内涵、情感特征与越南华人的民族生存紧密相连。在变幻莫测的时代风云中，越华文学几经沉浮，但它始终顽强地存在着，反映出越华作家特有的韧性。越华作家在"故乡"与"异乡"、文化认同与现实身份之间的拉扯，构成了其创作的永恒张力。

一　1937～1954 年的越华文学

越华文学的产生晚于大部分东南亚国家。"20 世纪 20 年代以后，中国五四新文化运动的影响也扩展到越南，当时有许多新文学作品在越南传播。但是，由于法国殖民主义者在思想上对华侨进行严格控制，这时期还没有形成越南华文文学。"② 促使越华文学产生的直接动力是中国的抗日战争，1938 年底，越南华侨救国总会主办的《全民日报》出版，"《全民日报》发表了不少反映抗日救国斗争的文学作品。1940 年初，该报改名《华商日报》，继续进行抗日宣传，发表描写当地华侨如何参加支援祖国抗日的文学作品，因此，《全民日报》的出版，标志着越南华文文学创作的开始"。③ "初生

① 郑晓云：《文化认同与文化变迁》，中国社会科学出版社，1992，第 48 页。
② 陈贤茂编《海外华文文学史》，鹭江出版社，1999，第 364 页。
③ 陈贤茂编《海外华文文学史》，鹭江出版社，1999，第 364 页。

的越南华文文艺，一开始就摆出了'战斗格'，作品的主要内容，在于描写当地华侨毁家纾难的民族情结，同仇敌忾的爱国节操。由于这些作家的呼吸，紧紧应和着祖国大地的脉搏，都是以抗日为基调的'前线文学'，和祖国及海外同时期的作品具有同样的时代场景，同样的民族心态，只不过'舞台'换上了南洋地区，人物穿上了热带服装（以本地的人、物作为'主角'）。他们的笔触、风格也还很是中国的，甚至是纯中国的。故此，人们形容这时期的越南华文文艺，仍然是中土文学的延伸段，抗战文学的海外版。"①

1940 年，日本占领了越南，越南华侨的抗日之声被镇压下去，转而出现了一本《南风》杂志，"它可以说是越南堤岸的第一本综合性华文月刊，所刊载的大多是消遣性的'软'文学，取代了抗日救亡的'硬'文学，而这份杂志和它的近亲《东亚日报》副刊就成为部分文人的避风港，避开了日本特务的注意"。② 当时在读者中间有一定影响力的作家有李亦华③、杨弘冠④、林真⑤、林宴春⑥等。

日据时期，虽然越南华侨的抗日之声被压制下去了，不过有一位越南华侨作家在中国国内，续写了越南华侨的抗日之歌，他就是叶传华。

叶传华（1918～1970），祖籍广东省丰顺县，出生于越南历史悠久的华埠会安，早期越南华侨中著名的学者、诗人。从 1933 年至 1947 年，叶传华数次回到中国接受教育，先后就读于广州培正中学、西南联大和清华大学。叶传华在西南联大就读期间是他最重要的写作年代。⑦ 1948 年，叶

① 陈大哲：《中华文化与越南华文文艺》，《香港文学》第 81 期，1991 年 9 月。
② 陶里：《越南华文文学的发展、扩散及现状》，《华文文学》1995 年第 2 期。
③ 李亦华，生年不详，广东潮州人，著有长篇小说《晓风残月》，抗战胜利后从越南返回潮汕后不久去世。（这一时期越华作家的注释，如无特别标注，主要依据陈大哲的《越华早期作家传略》。）
④ 杨弘冠，生年不详，浙江人，笔名雷家潭。1940 年由香港到越南，著有电影剧本《万世流芳》，爱情小说《小楼风雨黄昏》《小姨事件》《花是将开的红》等。1978 年从越南到台北，1985 年离台迁居澳洲墨尔本。
⑤ 林真，生年不详，福建厦门人，擅写散文小品。20 世纪 50 年代初去世。
⑥ 林宴春，生年不详，广东潮州人，作家兼画家，日治时期发表不少散文与插画。20 世纪 40 年代初去世。
⑦ 1941 年，叶传华经香港到达中国抗日时期的大后方昆明，考入西南联合大学哲学系。从 1943 年至 1945 年，叶传华完成了他绝大部分的诗歌创作。

传华重返会安，此后在越南长期从事教学、著述及报社的翻译工作，广受学生欢迎，为中越文化交流做出了重要贡献。1970 年，叶传华在越南因病去世。去世之前，叶传华将封藏了 20 多年的诗稿托付给友人陈明开（即陈玄），这些作品后来陆续刊登于越南的各华报副刊，尤其是《远东日报》"学风"版，引起了轰动。1971 年，在陈明开的筹划下，《叶华诗集》在越南堤岸出版，被视作越华文坛的一件大事（2004 年，该作品集由香港文学报社出版公司再版，并加入了作者最后几年刊登于越南华报副刊上的文章，更名为《叶传华诗文集》）。

《叶华诗集》包含 119 首诗歌，除了 3 首写于 1970 年以外，其余的都写于 1945 年前后，这些作品可大致分为哲理小诗和时代战歌两大类，它们充分反映了抗战时期叶传华的思想波澜与艺术追求。

《叶华诗集》包含 64 首小诗，它们是叶传华在西南联大沉思的结晶。当时西南联大校园诗人的整体创作特色是追求"诗"与"思"的融合，而叶传华的小诗就是这一特色的体现。就读于哲学系的叶传华具有高度的自省意识，善于对日常生活现象进行哲理性的提炼。他在一首小诗中写道："豪饮哲学的红酒/吐出诗的白泡沫"（《吐》），这正是他的创作写照。叶传华的小诗获得了前辈的赞赏，他的诗"曾刊登于各文艺刊物上。战后上海出版的《文艺复兴》（李健吾教授主编），也曾刊载作者小诗"。①

除了沉思的小诗以外，叶传华还写作了不少时代的战歌，比如《北望》这首诗，全诗如下：

> 一片黄土，
> 一道黄河，
> 一堆黄脸！……
> 　　南方孩子们，在遥想：
> 　　中原古来是这个模样。
> 黄土里竟长不出麦子，
> 黄河水又泛滥，

---

① 李家衡：《叶传华诗文集·再版序》，香港文学报社出版公司，2004，第 17 页。

黄脸更饥饿与大死亡！

　　南方孩子们，在遥想：

　　中原怎吃得住这回灾荒？

黄土上铁蹄又践踏而来了，

　　黄河已被敌舰渡过了，

　　黄河同胞更苦痛地起来挣扎！

　　南方孩子们，在遥想：

　　中原真会不会被抢光？

黄土要我们运麦子去！

黄河要我们把大军开出去！

黄脸人民向我们要最精锐的枪支！

　　南方孩子们，都祈愿：

　　我们中国先要死抱紧中原！

　　整首诗情绪激愤、斗志昂扬、旋律回荡，起到了鼓舞士气的作用。诗中的"南方孩子们"不仅指向在中国南方的"孩子们"，而且包括在越南的华侨同胞。这首诗表达的是海内外华人同仇敌忾的抗日心声。

　　叶传华的家庭有着光荣的抗日经历：抗战期间，他的父亲是越南当地的爱国侨领，因忧国病发而死；叶传华唯一的胞兄又被日本宪兵逮捕毒刑致死；叶传华本人也曾于 1938 年成立会安华侨青年团，进行救亡工作。进入西南联大之后，国仇家恨使叶传华长期徘徊在做文人还是当战士的矛盾、痛苦之中，这些都在他的作品中打下了深刻的烙印。

　　叶传华一方面在校园内沉思，一方面又对自己的沉思充满了质疑，尤其是当他的胞兄惨死于日寇之手时，叶传华痛切地写下了诗歌《问》。

　　里尔克，

　　你能无视战争的硝烟；

　　要是你的善良年轻的哥哥

　　被凶暴的敌人鞭死，

你难道只写一首眼泪的诗？

耶稣，
你能看着铁钉穿过你的掌心，
把你血淋淋吊在十字架上；
要是你的善良年轻的哥哥，
被兽性的敌人烧死，
你难道也能仁慈地审视？

康德，
你能在悠悠八十年中，
不走出家乡三十里；
要是你的善良年轻的哥哥，
被丧尽理性的敌人毒刑打死，
你难道仍能默然玄思？

在这首诗中，诗人内心的痛苦、自责与愧疚一览无遗。《英哥》《四望》等诗也都反映了诗人内心深刻的矛盾。国难当头，握笔还是握枪、读书还是上战场？这两种思想在叶传华的内心此消彼长。其实，这两种思想的出发点都是一致的，都是为了救国、爱国。当现实的要求更紧迫时，叶传华内心的负疚感就更为加剧，有时甚至流露出对书本知识的否定，不过，叶传华最终并没有抛弃书本，他也清醒地意识到，从长远来说，国家的建设离不开知识，写于 1945 年的诗歌《失去的乐园》（一篇未完成的作品）就表明了他的这一思想。在诗中，诗人一方面称赞"当然也有许多人参加了抗战/那是最果敢最有为最爽快的"，紧接着，诗人又写道，"但抗战打完/他们就揩着脑门上的汗/而对社会的改革一样茫然"。

总之，叶传华的思想波澜与艺术追求既是 20 世纪 40 年代中国校园诗人创作的一个缩影，也表现了越南华侨作家的爱国精神与社会担当，具有鲜明的时代印记。

抗战胜利之后，中、越两国的局势都发生了新的变化。法国在越南卷土重来，越南人民又一次投入抗法战争之中。中国内地则爆发了解放战争。战争中，又一批文化人从中国内地及港台来到越南，他们是连士升、秦川、莫洛、黎尚桓、金满城、凤兮、褚柏思、李雪荔等。① 这批文化人的加盟扩大了越华文学的写作阵容，促进了越华文学的发展。越南华报在抗战后逐渐恢复了生气，各华报副刊为华文作品提供了广阔的发表园地。除此以外，还有《红豆》电影周刊（主编杨弘冠，即雷家潭）和《剪影》百乐门周刊（主编何名爱，即夏行）这两家重要的文艺刊物。这一时期活跃在越华文坛上的作家有：陈维新②、陶亦夫③、夏行（何名爱）④、山人⑤、阿三（王松声）⑥、若舟（叶向阳）⑦、慕水（陈大藩）⑧、萧宾文⑨、林志凤⑩、邝鲁久⑪、刘十寒⑫、龙津（刘旋发）⑬ 等。

　　越华文学诞生之后一直以现实主义为主，抗战之后它也继续沿着现实主义的道路前进，不过中途却遭遇了一次现代主义的短暂冲击，那就是马

---

① 陶里：《越南华文文学的发展、扩散及现状》，《华文文学》1995 年第 2 期。

② 陈维新（1907～1957），陈大哲的父亲，祖籍福建厦门，笔名忱人。抗战爆发后由于工作需要携全家赴越南西贡，进行抗日爱国活动。太平洋战争爆发后，为日本宪兵队缉捕，经由广州湾逃往大后方。战争结束后回堤岸。以"经纪佬"笔名著有长篇社会讽刺小说《经纪外记》。

③ 陶亦夫，生平不详，出版有新诗集《我的歌》，后离开越南到香港，写有文章《越华文艺纵谈》。

④ 何名爱，生年不详，祖籍海南，笔名夏行，在香港期刊发表小说《我通过爱情的考试》，20 世纪 70 年代执笔《新越报》文艺版"三人行"专栏，1982 年去世。

⑤ 岑可勤，生卒年不详，祖籍广东，笔名山人，先在《红豆》撰稿，后来在《远东日报》文艺副刊设立"应毋庸议斋随笔"专栏。1959 年出版了单行本《应毋庸议斋随笔》1～3 辑，也写过小说。20 世纪 80 年代担任加拿大一家越华报刊的总编辑。已去世。

⑥ 王松声，生年不详，祖籍福建厦门，原名王宗派，笔名有阿三、可人等，曾于《红豆》发表散文小品。1965 年去世。

⑦ 叶向阳，生年不详，祖籍福建厦门，抗战时系黄埔分校军医，到西贡后常在《红豆》发表诗词散文。2003 年在台北去世。

⑧ 陈大藩，生平不详，祖籍广东潮州，笔名慕水，写过多篇小说。

⑨ 萧宾文，生平不详，原名唐静，马禾里之挚友，与马禾里合著《诗论》。

⑩ 林志凤，生卒年不详，祖籍海南。华报编辑、专栏及影评作家。已逝。

⑪ 邝鲁久，生年不详，祖籍广东，写有革命历史小说《越海风沙录》，艳情小说《南游记》《古都街二奶传奇》。1981 年赴台湾，著有"越战"背景伤痕小说《再生》，同年去世。

⑫ 刘十寒，生平不详，祖籍福建，以改写聊斋小说为特色。

⑬ 刘旋发，生平不详，祖籍广东，笔名龙津，在《远东日报》副刊长期撰写专栏。现居美国西雅图。

禾里的诗歌理论与实践。

马禾里，生平不详，目前仅知他 1946 年秋天从中国移居越南，当时他 20 多岁，刚从法国留学回来不久。到越南之后，马禾里于 1949 年 11 月出版了新诗集《都市二重奏》，整本诗集只有 20 首诗以及 50 则短短的诗话，却在越华诗坛引发了一次"地震"，毁誉参半。不过这本诗集并未引发越华现代主义诗歌创作的风潮，马禾里后来的去向也是渺如云烟。岁月流逝，马禾里其人其诗几乎为越华文坛所遗忘，这种现象本身就说明了当年越华诗坛对现代主义的一种排斥。尽管如此，马禾里在越华文坛留下的雪泥鸿爪还是被有心人关注着。陈大哲在《越华早期作家传略》中对马禾里有着极为简略却重要的介绍："马禾里，名诗人，原名李天钰。著有《马禾里诗选》等，当年诗作多见于《远东日报》。"这里的《马禾里诗选》应当指的就是《都市二重奏》。

另一位资深的前越华作家陶里更是对马禾里有着刻骨铭心的印象。多年之后，当陶里无意中得到了《都市二重奏》的影印本时，记忆的闸门骤然开启。

　　十三年里第五次来到胡志明市，从华裔诗人余问耕手中接到马禾里诗集《都市二重奏》影印本，我惊喜万分！两年前，我在胡志明市和几位华文诗人聚会的时候，曾经提及这本诗集，而且指出马禾里在一九四九年出版成熟的现代诗集，那是石破天惊的海外华文文学大事。当时，余问耕说从我的作品中读到马禾里，但城中五六十岁的华文诗人没有人听过马禾里其人的名字。

　　马禾里发表于越南堤岸（现为胡志明市第五郡，旧时华人区）华文《远东日报》的"怪诞新诗"曾经猛烈地震撼着崇拜徐志摩、戴望舒和穆旦的我和我的青年朋友，当我唶着他的诗集《都市二重奏》而茫然失措时，感谢我的语文教师：《远东日报》的"主笔"郇增厚老师的一句话："那是现代主义的作品，和平后流行于法国；马禾里刚从那边留学回来。"

　　……

　　诗集的排版和印刷技术，在当时的华人社会，可属先进，诗行

横排，却是破题儿第一遭，非常触目。我在一间中学的图书馆桌上
发现这诗集，管理人说：那是一个骑单车的青年送来的，还提了上
下款。展卷，第一首就教少年的我堕入马禾里意境的云雾幻境
之中。①

马禾里是越华现代主义诗歌的先行者，他的诗歌观念融合了法国象征
主义与中国古典诗歌观念，主要表现在：

第一，马禾里坚决否认天才与灵感的作用，这一观点与法国现代派文
学大师瓦雷里十分接近，比如《都市二重奏·诗话4》写道，天才与灵感
的存在，是"一个寒人心胆的邪说"，"所谓天才，所谓灵感，原是不断
的学习与长久的忍耐"。而在最后一则诗话中，马禾里直接点明了他对瓦
雷里的倾慕："我记住《水仙辞》作者的'眼睛爱灵魂所憎的！'。"

第二，马禾里主张抒情的含蓄与余味，体现了对中国古典诗歌美学的
一种继承。在《都市二重奏·诗话43》中，他利用生物学知识对这一观
点进行了现代意义上的阐发：

　　谁告诉过我们呢：……胸部的肌肉下是肋骨，肋骨里是两个肺
叶，肺叶之中是心脏，血就那样大循环，小循环地流着……
　　一个人对自己的构造清楚到如此简单，对别人的构造又是简单到
那么清楚，生活还有所谓味精？

第三，在意象的营造上，马禾里十分注重主体的感官与感觉，强调色
彩的运用。这一观念既触及象征主义注重官能经验的要义，又与中国古典
诗歌体物的传统相通。他的多则诗话均表达了这一观念：

　　路旁有朵昨日之花。
　　你可想起抛花的人？

---

① 陶里：《越南华文文学宝贵文献 马禾里著〈都市二重奏〉》，《澳门日报》2004年4月21
日，第C10版。

花上抹过的爱与憎？

——《都市二重奏·诗话 44》

热带的舌头：印象，象征，感觉的苔。

热带的三味：性感的，泼辣之后的挑挞的。

感官方有感官的功能！

——《都市二重奏·诗话 15》

有光的地方便有画。

于是，绘画的，制曲的，纺故事与织刺激的……，全撕毁"太阳底下无新事物"的公约，犁锄"日日新"的惨淡的地味。

新的感觉再生了！

——《都市二重奏·诗话 16》

那些害"色盲"的，患"昏花"的……，诗对于他们有什么关系呢？

越是诗的，越是美丽的！

——《都市二重奏·诗话 24》

火光一日不熄，色彩一日存在！

——《都市二重奏·诗话 32》

第四，马禾里写作的最终理想是熔古今中外于一炉，比如《都市二重奏·诗话 35》写道："旧诗有新诗的意象，新诗有旧诗的格律。诗风中之一理想者也。"为了实现这一目标，马禾里在《都市二重奏·诗话 19》中提出："运用不同的角度，选采不同的光线，思索不同的技巧，千古的风景，原是新鲜的风景。"

在创作实践上，马禾里的诗作表现出鲜明的跨文化特征。

第一是题材的多元化。《都市二重奏》取材广泛，它既表达了游子对中国的思念，也展现了 20 世纪 40 年代西贡的殖民地现代都市景观，更汇聚了东南亚丰饶的物产，以及世界各地的奇异风光。这些构成了一个多姿多彩的文化世界，显示了诗人海纳百川的胸襟与气魄。比如诗歌《七月》中，诗人一路追踪着海的脚步，历经北极的光环、长崎的神茶、尼尼微的鹦鹉、智利的山猴、撒哈拉沙漠的驼鸟、迦太基的忘忧草、叙利亚的象牙、波斯的猫、阿拉伯的瓜、红海的落日、印度洋的飓风、南洋群岛的雨、马德里的晴空、中南北美的金粉豪华、南欧西欧的醇酒美女，最后到"北地的冰雪南方的皓日"，陶里对此称赞道："二次大战后的40年代，国际间的交通和信息都不发达，文化交流也非常稀疏贫乏。马禾里在《七月》之中的超越时空的想象，体现他的思维活跃，所想象的又处处切合现实的真，说明他知识丰富，并非浪漫地想象而建构的精神乐园。这种功力，并非困守一隅凭写实和凭直抒胸臆的吃老本诗人能做得到的。"[1]

　　第二是不同民族形象的塑造。越华文学中的不同民族形象并不多见，马禾里的诗歌《圣女》中的少女玛丽亚是越华文学中较早出现的不同民族形象之一。《圣女》是《都市二重奏》中唯一的一首爱情诗，共分3节，它讲述的是一个爱情悲剧：玛丽亚爱上了战舰上的一名年青水手，后来，战舰走了，一去不复返，玛丽亚的心浸满了悲痛。诗中的玛丽亚具有两个特点：混血与痴情。

　　对于玛丽亚的身世，《圣女》的第二节写道：

> 三色的血统制作了一个精致的玛丽亚：
> 地中海畔有她祖父和父亲的葡萄田，
> 马来丛林住着她围纱笼的外祖母，
> 还有母亲的椰荫，菠萝香溪流的痛爱的手……
> 爱过了祖父，父亲的种族，
> 　　　　外祖母的种族，
> 　　　母亲的种族……
> 可是玛丽亚不曾有过满足。

---

① 陶里：《越南华文文学宝贵文献 马禾里著〈都市二重奏〉》，《澳门时报》2004年4月21日，第 C10 版。

越华文学中，像玛丽亚这样具有三种血统的不同民族形象几乎是绝无仅有。至于玛丽亚的痴情，则贯穿全诗。《圣女》围绕着玛丽亚的情绪跌宕而展开。诗的第一节通过四周富有暗示性的景物描写，恰到好处地传达了玛丽亚看到心上人的愉悦。诗的第二节在与亲情的反衬之中，更加显示了玛丽亚对于爱情的决心。诗的第三节写玛丽亚目睹战舰离去后的悲哀，它的情与景恰好与第一节形成鲜明的对照。

> 初觉的春曦，
> 碧色的西贡河旁弥漫着灰湿的雾，
> 低矮的棕榈丛中，
> 淡棕色的玛丽亚在忧郁的微光下怅望着：
> 灰色的战舰走了，
> 海鸥不再多情，
> 没有了白衣的年少
> 听不到乳味的口哨，
> 看不见可爱的手势，
> 玛丽亚眼睛的潮来啦，
> 她期待的，不再来了。
> 西贡河闪亮着碧色的早晨，
> 玛丽亚的心沉淀着无极的空幻。

总之，《圣女》中的玛丽亚是一个典型的多元文化的结合体，她的复杂身世与悲剧情感都折射着时代的风云变幻。

第三是中西融合的表现手法。马禾里的诗歌创作基本上实践了他的主张，具体表现在抒情的节制，将现代情绪注入古典意象，挖掘人物的潜意识，重视色彩与画面，等等。需要指出的是，马禾里的诗歌意象繁多，其中"海"与"梦"是两个比较突出的意象。

马禾里热爱海，海的辽阔、动感、力度及多变，赋予了诗人广阔的想象空间，"海"因此成为马禾里诗作的主要意象之一。比如《七月》的开篇就引用了法国现代派诗人若望·高克多的诗句："我的耳朵像贝壳/爱听大海的声音。"接下来，诗人以自身的眼界狭小衬托大海的壮阔与气势，诗的前两节写道：

> 我昨夜突然想起
> 你曾经告诉我：
> "七月是大海风暴的季节"
>
> 可怜我视野低狭的寸尺
> 想象不出你的汹涌的波澜
> 因为我是从山之国来的
> 树荫压覆扁了我底童年

接下来，诗人就展开想象的翅膀，四海遨游。除了《七月》以外，在《断章》《浮雕》《禁海》《听，谁在招唤你》《南洋交响曲》等诗中，我们都能看到海的跃动的身影。

关于"梦"，《都市二重奏》中专门有一首诗《梦》，全诗如下（诗中的省略号为原文所有）：

> ……有时的山洪迸出
> 水乡多雾的泽国，
> 你梦过床底开着
> 慈姑花？午夜的
> 老蛙告诉你荒凉？
> 高阁顶上失眠的
> 长明灯连心脏都
> 阴湿得如百足虫
> 墓道潺潺的流响，
> 青竹的蛇口甚于
> 水蛭的生的煎迫……

　　这首诗呈现给读者的是一个怪诞的梦境，意象之间的跳跃性很大，不过都具有潮湿、阴暗、诡异的特性。它典型地反映了现代主义诗歌主题的朦胧性与多义性，而它在形式上又是分外整齐的。诗文首尾的两处省略号说明了诗人还有许多未尽之意，留待读者去思量了。

　　"梦"还出现在马禾里其他的诗作中，比如"漂白所有的梦"（《断章》），"雾移行于夜底梦园"（《仲秋旋律》），"西贡河沉淀着梦色的黄昏"（《圣女》），"你回梦北极的光环"（《七月》）等。梦的迷离恍惚、朦胧神秘适宜反映现代人复杂的心绪。

　　总之，"梦"在马禾里的笔下更多地指向美好的一面，也暗蕴着诗人的伤痛，《都市二重奏·诗话7》写道："为何我讴歌和平？讴歌梦？梦，总有觉醒的一天。和平，也有在刺刀下终极的一天。"

　　马禾里的诗作在结集之前，除了《远东日报》的主笔邬增厚①独具慧眼之外，其他华报副刊的主编都拒绝发表，认为这些作品过于"怪诞"。以现在的眼光来看，不是马禾里的诗歌怪诞，而是越华诗坛较为保守。越华新诗萌发之时，距离"五四"新文学已经过去了20多年的时光，中国诗坛已经出现了九叶诗人这样的先锋派作家，九叶诗人"使中国新诗在现代性构置上与西方最前卫的现代派诗歌之间架起了沟通的桥梁"。② 然而越华新诗却长期奉"五四"白话新诗为圭臬，甚至到20世纪60年代初期还都"深受'五四'白话新诗的影响，平淡，朴实无华，只用白描手法，且并未能刻画深度"。③ 因此马禾里40年代末的现代主义诗歌理论与创作，对当时的越华诗坛而言过于超前，以致为主流诗坛所排斥。当然，这也与马禾里的创作还不太成熟有关，陶里在《越南华文文学宝贵文献 马禾里著〈都市二重奏〉》一文中指出："马禾里的全新现代诗形象不为传统者接受，还在于技巧未臻完全成熟"，文末陶里慨叹道："越南华文文学，几经灾劫，万卷荡然，幸存的唯有寺院石刻碑文，寂然面向菩萨坛前的缭绕香烟。马禾里的《都市二重奏》犹在人间，实是奇迹，应

---

① 邬增厚，生年不详，祖籍广东番禺，担任《远东日报》主笔近30年，创办广雅中学。1968年病逝。

② 谭桂林：《西方影响与九叶诗人的新诗现代化构想》，《文学评论》2001年第2期。

③ 陈国正：《谈越华诗坛三十年来的嬗递》，《华文文学》1998年第3期。

是海外华文文学的宝贵文献之一。马禾里在越南华文文学领域之中，昙花一现，但对地方后人，不无影响，海外华文文学史，他应有一席位，希望得到有关部门和学者关注，这是我写本文的目的。"

随着《都市二重奏》（影印本）的重现天日及陶里的介绍，马禾里逐渐重返越华文学史的视野。2013 年出版的《亚细安现代华文文学作品选·越南卷》收录了马禾里的两首诗《遥寄——给一个画家》和《西贡夜曲》。2014 年方明的《越南华文现代诗的发展兼谈越华战争诗作（1960年—1975 年）》以"前辈诗人马禾里"为题对马禾里的创作进行了扼要的叙述，也表达了对马禾里生不逢时的遗憾："马禾里的诗集虽然轰动一时，但可惜因未逢时无法造就风潮。"方明还附上了《都市二重奏》的作品"目录"以及"后记"。2014 年刀飞在文章《现代诗与越南华文诗坛》①中写道："令人惊讶的是在 1949 年竟出版了马禾里的'都市二重奏'新诗集，听说其诗风可以直追 40 年代时期中国大陆的'七月派'和'中国新诗派'，这可算是越华诗坛的一大奇迹。按笔者的猜测：诗人马禾里可能也是曾参加过当年中国新诗运动的一位狂热分子。"

综上所述，马禾里作为越华现代主义诗歌先行者的地位已经得到确立，而对他的研究则刚刚起步。

二　1954～1975 年的越华文学

1954 年 7 月的日内瓦会议上，法国被迫承认越南的独立，然而"日内瓦协议规定的以 17 度线为界的临时军事分界线，实际上变成了一条国界线，越南被人为地分割开了，从而形成了长达 20 年的南北分裂状态"。②南、北越对立之后，美国在南方迅速取代了法国的地位，对越南人民民主共和国虎视眈眈，越南人民很快被抛入另一场大规模战争的旋涡之中。在越战的硝烟中，越南华人承受着巨大的精神压力。所幸越南的华报十分兴旺，华

---

① 此文是刀飞应《文艺季刊》邀请撰写的一篇讲稿，于越南读书日开讲。原文刊登在 2014 年 6 月《文艺季刊》第 7 期时，内容被删改了很多，篇名也改为《现代诗与越华诗坛》，这些改动都未经作者同意。后来，刀飞授权风笛网站刊登了原稿。见风笛网站（http://www.fengtipoeticclub.com/）之"刀飞"子页。

② 王士录主编《当代越南》（当代东南亚系列），四川人民出版社，1992，第 81 页。

文文学也在战火中走向了繁荣。"据六七十（年代）台湾和香港报业年鉴的资料和数据显示，越南堤岸（即西贡华人城）出版华文报刊数量之多、水平之高，为台湾香港外的第三位（大陆未计在内）。换句话说，越南华文报业曾经攀登了海外尖峰。与此同时，西贡引进了许多台湾、香港出版文艺读物（其中有些'类大陆文化'也经由香港若干刊物'间接输入'），所有这些都为中华文化的传承，华文文艺的活跃，提供了用'文'之地。"①

　　这一时期越华文学创作的主题集中在三个领域。第一，越战对越南华人社会造成巨大冲击，在此背景下，越战作为一个突出的主题，覆盖了越华文学的大部分文本，由于南越当局的政治高压，作家们只能采取隐晦的方式表达自己的反战思想。第二，越华作家既眷念故国，又对越南的土地产生了深情厚谊，因而其作品对中、越两国的乡土多有呈现。第三，婚恋是文学永恒的主题，尤其对于越华青年作家而言，婚恋主题是激发他们创作灵感与热情的重要源泉。

　　本时期越华文学的创作数量与质量都稳步提高，这得益于越华作家的不懈努力。这一时期的越华作家队伍主要由两大类组成：第一类是已在越南居住了几十年的老移民作家，第二类是在越南本土成长起来的青年作家。这两类作家均有不俗的表现。

　　越华老移民作家长期在华报副刊上开辟各种专栏，写作短小精悍的小品文，内容驳杂、诙谐幽默，在读者中影响很大。这些专栏主要有蛰蛮的"越南狩猎谈奇"与"无所不谈"、山人的"应毋庸议斋随笔"、龙津的"人海实录"、平记的"岭海春秋"、慕水的"堂外堂随笔"、顺德人的"西堤掌故谈"、笔犁的"神州玄秘录"……在战争的笼罩下，这些小品文广泛提取中、越两国的文化资源，以讽刺、幽默的笔调纾解着广大华人的精神压力。

　　越华本土青年作家的创作以诗歌和散文为主，兼及短篇小说。各华报的文艺副刊、越华青年自办的期刊，以及台港的期刊都是他们驰骋的天地。越华青年作家在诗歌领域内最引人瞩目的变化是兴起了越华现代诗的写作。越华现代诗的兴起过程颇具戏剧性。起先是几本台湾的现代诗刊如

---

① 陈大哲：《中华文化与越南华文文艺》，《香港文学》第 81 期，1991 年 9 月。

《文坛》《笠》《葡萄园》《幼狮文艺》《创世纪》等偶然流入了越南。不久，香港出版的《当代文艺》于 1965 年在堤岸销售，广受读者欢迎。1966 年，台湾的《文星丛书》又正式在堤岸伞陀书局大量推出，紧接着台湾的《六十年代诗选》《中国现代诗选》等也相继在越南登台亮相。"这一系列现代诗刊的冲击，使狂热新诗的诗客在极短促的时间内大多都受了台湾某些诗人的影响，开始甩掉'五四'以来的白话新诗的表达方式。当时有一定质量的诗友都开始揣摩学习，摹仿现代诗的手法而有所蜕变，尤其是药河、银发、仲秋、我门、古弦、影子几位诗友。"①

越华现代诗出现后遭到了文坛保守势力的激烈反对，但是此次现代诗登陆越华文坛已势不可挡。越华现代诗在探索中前进，诗人队伍逐渐壮大。1966 年下半年存在诗社成立，这是越华文坛的第一个现代诗社。1966 年 12 月，包括存在诗社成员在内的 12 位越华现代诗人②联合出版了现代诗合集《十二人诗辑》，在越华诗坛造成了不小的震动，如越华诗人陈国正回忆说："当年（1966 年）《十二人诗辑》的面世确实曾哄动越华诗坛"，③《十二人诗辑》的作者之一尹玲也说："1966 年，越华诗坛最轰动的一件事，是《十二人诗辑》的筹备和出版。"④ 在这本诗辑的出版过程中，存在诗社起了关键作用。1967 年 6 月，存在诗社又出版了诗刊第一页《像岩谷》，⑤ 刊登了 7 位诗人的作品，他们是古弦、仲秋、我门（秋原）、药河、荷野、徐卓英、银发，其中徐卓英、荷野是海韵文社成员，其余 5 位都是存在诗社主要成员。《十二人诗辑》与《像岩谷》的出版，"使越华诗坛不得不重视现代诗存在的事实与趋势，不论对拥护或抗

---

① 陈国正：《谈越华诗坛三十年来的嬗递》，《华文文学》1998 年第 3 期。
② 诗辑以名字笔画为序，所排列的 12 位诗人分别是：尹玲、古弦、仲秋、李志成、我门、余弦、陈恒行、药河、徐卓英、荷野、影子。
③ 陈国正：《谈越华诗坛三十年来的嬗递》，《华文文学》1998 年第 3 期。
④ 尹玲：《越华诗坛今昔》，《文讯》（台湾）2000 年 6 月号。
⑤ 《像岩谷》是战火中唯一幸存下来的存在诗社的社刊。据方明的《越南华文现代诗的发展——兼谈越华战争诗作（1960 年—1975 年）》第 45 页介绍，1974 年，诗人银发打算出版第 2 期诗页，定名为《空垣壁》。1975 年 4 月因局势剧变，已有初样的这期诗页胎死腹中，未能公开发行。

拒者的创作风格，均引起直接的影响"。①

　　进入 20 世纪 70 年代，越华现代诗的写作阵营继续扩大，涌现出了一大批新秀，主要有大汤、冬梦、亚夫、刘望明、君白、林松风、凌至江、雪夫、蓝兮、蓝采文等。1973 年风笛诗社成立，它荟萃了越华不同文艺社团热爱现代诗的青年，是后期越华现代诗的主力阵容。风笛诗社成员众多，彼此风格各异，对现代派技巧的吸收各有侧重，不过共同的成长背景与相似的人生经历又使得他们的作品传递出青年一代的集体心声，具有强烈的现实批判色彩。那种战火迫近的痛苦、民族身份认同的焦虑，以及处于中西文化夹层之间的迷惘，没有亲身体验的作家难以表现，因而赢得了台湾诗人的大加称赞。风笛诗人的作品主要刊登在越南华文《成功日报》、《人人日报》及《光华日报》上。"由于当年混乱的时势，自资出版一份刊物尤其是华文，真是比登天还难。所以风笛诗社就在华文报副刊的'文艺版'上借版展出'风笛诗展'，各报纸文艺版主编也算给足了笛人面子，一口应承，在当时确是开了越华文坛的先河。"② 风笛诗社的创作非常活跃，根据刀飞的介绍，在短短两年多的时间里，风笛诗社共出版了 10 期"风笛诗展"，3 期"周年特辑"，6 期包括散文、情诗、三人联展及书简在内的专辑，最后两期"评论"及"长诗"专号在等待刊印的过程中，因战火而胎死腹中。除了越南的华报以外，风笛诗人还积极向境外期刊投稿，拓展越华现代诗的生存空间，如台湾的《创世纪》《笠》《龙族》《蓝星》，香港的《诗风》等，这些发表在越南境外的越华现代诗作品向外界展示了越华现代诗人的实力，扩大了越华文坛的影响。1975年 4 月越南统一之后，风笛诗社的创作终止。

　　在越华现代诗崛起的过程中，仍然有为数不少的越华青年作家坚持传统的白话新诗写作，比较有影响的有气如虹、刘为安、区剑鸣、非斯等，不过未见结集出版。谢振煜的《献给我的爱人》是当年极少数结集出版的个人诗集之一，从这本诗集中能够一窥越华白话新诗的风貌。《献给我的爱人》深受香港徐訏的影响。诗集的序言说：

---

① 方明：《越南华文现代诗的发展——兼谈越华战争诗作（1960 年—1975 年）》，台北唐山出版社，2014，第 50 页。

② 刀飞：《风笛诗社的燃烧岁月》，《新大陆》（美国）诗刊第 125 期，2011 年 8 月。

徐讦说诗好像一面镜子，反映出他几十年的生活。我也有同感。我当然不能以徐讦自比，我想说的是："我珍惜每一个微笑，每一个叹息以及每一个愤慨；我写诗表示我的感情与抗议"；我的诗的确是与生活分不开的。

谢振煜诗歌对现实人生的密切关注、对人生百态的哲理思考以及所流露出的游子心态均与徐讦有相通之处。谢振煜有时还直接借用徐讦的诗句，例如诗歌《莫把岁月蹉跎》中的"堆积在历史上的都是因果"，诗人直接点明此处他借用了徐讦《迎岁》诗中的"堆积在历史上的是因果"；诗歌《有朋自远方来》中的"该有永久的天空存在"，诗人直接点明这一句原为徐讦《热闹的人世》中的诗句。

在情感的表达上，谢振煜多以设问的形式加强情感的力度，典型的句型如："谁说……""难道……""是不是……"等，比如下面这首《不同的感慨》：

在热闹的人世里，
谁说有歌有爱？
灯红酒绿之夜，
都是文明的光彩？

年轻的女子，
已不为远去的情郎等待；
难道失望的母亲，
再为浪子流泪悲哀？

多少英雄事迹，
不为历史记载。
人生都是幻梦，
青春不复再来。

在热闹的人世里，
谁说有歌有爱？
高楼大厦与陋巷，
存在着不同的感慨。

此外，谢振煜还多采用第二人称"你"与自己的心灵展开对话，比如《你不再寂寞》这首诗：

在冷酷的人情中，
你曾经受尽奚落；
残忍的嘲笑与白眼，
曾经把你的青春折磨。

于是你明白了真正的人生，
必须经得起许多灾祸；
世上没有侥幸与偶然，
成功与失败都有一定的因果。

你沉默地工作，
你坚强地生活，
你必须创造光辉的明天，
为生命开拓无尽的长河。

在冷酷的人情中，
你不再寂寞；
残忍的嘲笑与白眼，
只有增加你的勇气，不再懦弱！

这种人称的运用手法也与徐讦类似，徐讦的诗"往往用'你''我'

对比的呼唤、对话、独白或结构渲泄诗的情感"。①

　　谢振煜的诗歌语言明白晓畅。他的绝大部分诗歌都是以四句为一段，首、尾段呼应，讲求押韵。这些都是他向徐讦学习的结果。

　　越华青年诗人无论写现代诗，还是写传统的白话诗，他们"大多以多种体裁，兼顾诗、文创作，而不局限于只向诗方面发展"。②

　　除了诗歌、散文以外，也有一些越华青年作家还从事小说创作，主要人物有尹玲、心水、黄广基、韩毅刚、李锦怡、鲁心、南戈、洪辅国等。

　　这一时期，越华青年作家结社十分活跃，产生了许多纯文学社团，主要的文学社团③见表1-1。

表1-1　越华文学社团概况

序号	社团名称	主要成员
1	海韵文社	徐卓英、荷野、村夫、黎启铿、心水、梦玲
2	涛声文社	尹玲、斯冰、友爱玲、显辉、余弦（翁义才）、春梦、陈国正
3	飘集文社（后改为"飘飘诗社"）①	李志成（刀飞）、陈恒行、吴远福、施明东、李贤成
4	思集文社	秋梦、怀玉子（陈耀祖）、施汉威、逸子（余瑞森）
5	奔流文社	牖民（刘为安）、李希健、漂泊、洪辅国
6	书生文社	卢超虹、艾虹、晓星
7	存在诗社	银发、仲秋、我门、古弦（陈英沐）、射月（杭慰瑶），后来主要成员只有银发、仲秋、我门、药河
8	风笛诗社	荷野、心水、异军、黎启铿、李志成、蓝斯、陈耀祖、秋梦、林松风、西牧、季春雁（郑华海）、蓝兮、徐卓英、石羚、泡沫、古弦、冬梦、夕夜、刘开贤、仙人掌

　　资料来源：①据李志成回忆，飘飘诗社成立于1966年，最初叫做飘集文研联谊小组。创始人有李志成、陈恒行、吴远福、施明东和李贤成等，并于1967年出版了飘飘诗页第1辑，此后再没有出版。后期的飘飘诗社社员规定笔名要冠以飘字，成员如下：飘叶（李志成，刀飞）、飘浪（恒行）、飘零（吴远福，石羚）、飘雁（施明东）、飘云（李贤成，西牧）、飘雨（泡沫）、飘霜、飘雪、飘影和蒲公英等。

---

① 吴义勤：《漂泊的都市之魂——徐讦论》，苏州大学出版社，1993，第168页。
② 陈国正：《谈越华诗坛三十年来的嬗递》，《华文文学》1998年第3期。
③ 有些文学社团只知其名，没有成员信息，因而不列入表中。

　　这一时期，越华文坛与不同民族文化之间的交流与碰撞频繁，文学论争频起，显示了越华文坛的生机与活力。大的文学论争主要为对嬉皮士的批评，关于现代诗的论争等，这些论争明确了越华作家坚守民族文化的创作立场，推进了越华文学自身的理论建设。

　　在战火中成长起来的越华文学已经形成了自己鲜明的个性。越华作家都立足于越南的土地，反映越南华人在战争中的悲欢离合，"海外有的作家认为，这时期的越南华文文学，不再是'中土文学'，而是越南的本土文学了，此论是切合实际的。"①

三　1975 年以来的越华文学

　　1975 年 4 月底越南统一之后，越华文学社团旋即被解散，华校、华报被取消，华文作家为了自保而焚毁了许多作品，越南本土的华文文学一片沉寂。不少越华作家流亡到世界各地，他们写作了许多反映越南华人生活、命运的作品，可视为越华文学在境外的延续。由于是被迫离开越南的，因而这些境外文学作品满怀悲愤，"有如我国'文革'结束后震撼灵魂的'伤痕文学'"。② 在题材上，出现了越南本土华文文学不曾有过，也不敢涉足的新内容，主要是反映越南华人在统一之后的悲惨遭遇与逃难经历。这些作品加强了越华文学现实主义表现的广度与深度。它们广泛发表在越南境外的华文报刊上，突破了越南境内狭小的发表园地的限制，不仅引起了逃亡在外的越南华人的强烈共鸣，也引起了世界华文文坛的广泛关注。

　　在离开越南的华文作家中，以陈大哲、陶里、心水的创作最具有国际影响力。他们在越南时就是文坛的精英，离开越南之后，随着他们文学活动的展开，越华文学的影响力波及世界各地。以下对这 3 位代表作家的创作予以简略的介绍。

　　陈大哲（1934~2013），出生于福建厦门，1937 年随父母移居越南西贡堤岸。陈大哲长期在电影界及华文报界工作。自 20 世纪 50 年代开始至

---

① 赖伯疆：《海外华文文学概观》，花城出版社，1991，第 137 页。
② 李君哲：《海外华文文学札记·越南华文文学史梗概》，香港南岛出版社，2000，第 86 页。

1974 年，他在西贡各华文报文艺版上发表了大量作品，先后结集为单行本（铅印或油印）的有新诗集《无声的歌》《小草集》《新小草集》，小说集《表哥奇遇记》《染发风波》《爱情走在十字路口》，散文集《抒情寄简》，影评集《萍心影话》等，可惜这些作品集均已散失。越南统一之后，陈大哲封笔将近 7 年，直至 1981 年移居台湾后才恢复写作。到台湾后，陈大哲出版了长篇小说《湄江泪》，小说、诗歌、散文选集《西贡烟雨中》。他还多次参加各种国际学术会议和文学活动，为宣传越、棉、寮（越南、柬埔寨、老挝的简称）华文文学不遗余力。1987 年，陈大哲移民美国旧金山，又陆续出版了小说、诗歌、散文选集《金山脚下》，电影剧本《那年那夜那月》，小说、诗歌、散文选集《移民的婚姻故事》，小说、诗歌、散文选集《乘着歌声的翅膀》等。2013 年，陈大哲因病去世。

陈大哲各体兼备、才华横溢。他始终坚持现实主义的创作方法。离开越南之后，对越南的爱恨情仇与对中华文化的坚守是贯穿于他作品的主旋律，这使得他的作品既有越南特色，又有民族意识，是极具代表性的越华文学作品。离开越南之后，陈大哲的小说创作以短篇小说为主。他的小说，反映了越战期间及越南南北统一之后，越南华人社会所遭受的冲击与剧变，其切入角度多为普通家庭的生离死别、命运沉浮，尤重婚恋视角。在陈大哲的作品集《金山脚下》的序言中，纪弦对陈大哲的评价是："大体上说来，大哲的短篇小说还是属于写实主义的；不过多少也带点 30 年代新感觉派的味道。他的语言十分流利，技巧也很熟练，描写生动，结构严谨，我很欣赏。"

陈大哲的短篇小说也引起了国内文坛的注意。他 1990 年发表的短篇小说《就只有这一个中秋》获得了由广东省归侨作家联谊会及广东侨报评定的近年来海外华侨题材优秀小说奖。《就只有这一个中秋》讲述的是一个催人泪下，又带有几分传奇色彩的爱情故事：程士芳和汪芳芬这一对华人未婚夫妻，相恋于越南，失散于越南战火，10 年后又在台北重逢，然而现实已不允许他们结合，在经过了情感的大爆发之后，他们最终用理智锁住了几乎决堤的爱的洪流，把爱重新埋在心间……。从表面上看，这篇小说处理的是常见的婚外恋题材，实则内蕴丰富。小说中程士芳和汪芳芬的爱情悲剧具有广泛而深厚的社会批判意义，它接续的是人类反战的母题。作者明确指出：这不仅是个人的悲剧，更是时代的悲剧，要为此负责的不是个人，而是战争。小说借主人公之口写道："倘若不是打仗，我们的一切误会都会冰释，而且很快就会结婚。那是一个黑色的年代，比我们更大的惨痛，更惨的悲剧多的是呢！"小说所塑造的男、女主人公的形象完全符合传统的伦理道德观念，为广大的华人读者所接受。在艺术表现上，小说以第一人称"我"为叙述的视点，整篇小说始终以"我"的所见、所感、所忆、所听为叙述的内容，这样，汪芳芬、麦芳圆等主要人物的所有活动都被置于"我"的视点之下，她们的性格、行为因为第一人称视点的限制，反而产生了更为逼真的效果。"我"的叙述带有浓厚的主观议论、抒情成分，作者借此表达了对当年越南战争的强烈批判。小说构思精巧、布局紧凑，情节富于戏剧性。整篇小说就像一幕舞台剧一样，10年的恩怨情仇都浓缩于中秋节这一特定的夜晚展开。古人云：明月千里寄相思。在中华民族的传统文化中，中秋节既是团圆的节日，也最易引发孤独人的离愁别绪。小说中，中秋节在营造气氛、展开情节、结构全篇中起着重要的作用：程士芳和汪芳芬在越南时，是在一个中秋之夜私定了终身；麦芳圆的生日恰好也是中秋节；10年后，程士芳和汪芳芬的重逢又是在中秋节……这些都是作者的巧意安排，意在通过中秋节所具有的丰富的文化内涵，彰显人物之间的悲欢离合、爱恨情仇，极富象征性。事实上，中秋节不光在这篇小说中，在作者的其他作品中都屡见不鲜，是体现其作品中华性的一个重要标记。总之，《就只有这一个中秋》虽然篇幅短小，但是内涵丰富、耐人咀嚼，引发了海内外华人的共鸣。

陈大哲的诗歌写作以短诗为主，题材广泛、情感强烈，形式比较工整。他诗歌的主题主要有以下几个方面：第一，表现逃离越南的难民在海上遭受饥饿、风浪、鲨鱼与海盗的各种惨状，比如组诗《哭泣的海》。第二，抒发对越南的思念，比如《越南——遥远的梦》。第三，表达海外华人对祖籍国的深深眷恋以及对民族古老文化的执着坚守，比如《中国》。第四，展现华人在海外谋生的艰辛历程，关注华人的生存状况，比如《租界》。第五，为爱情而歌唱，比如二十四首组诗《爱的呢喃》。总之，陈大哲对人间罪恶的批判，笔锋犀利、入木三分、令人震颤；他表达人间的各种真情，情真意切、令人难忘。他的愤与爱，都同样深沉，他的诗歌因而具有了强烈的感染力。

与同期的小说、诗歌相比，陈大哲的散文包含更多对越南的回忆，情感强烈而深沉，字里行间充满着感伤。比如《大叻风情画》以浓墨重彩的笔调，向读者展现了越南的山城大叻的别样洞天：它"四时如秋"的气候，千变万化、美不胜收的美景，还有它的人文古迹。《咖啡的诱惑》写出了当年西贡人对咖啡的热爱，这份热爱随着越南华人逃亡的脚步又被带到了海外。《人力车与三轮车》将读者带到了作者的幼年与青年时期，通过西贡人日常出行的交通工具，反映市井民生，在爱的甜蜜回忆中合奏着时代的悲歌。在反映对越南的惜别之情的同时，陈大哲的散文通过东西方文化的对比，也表现了海外华人执着的中华情。比如《空余枯树老鸦啼》通过回顾古今中外的亲情名作，慨叹西方社会"人情淡如水，亲情薄于纸"，表达了对东方社会重亲情的文化传统的认同，这是作者身处西方社会，对于东西方文化碰撞的思考。《今夜月明人尽"望"》以中秋之夜为背景，指出外国人没有东方人赏月的情趣，并将美好的祝愿洒向全世界，祝愿人间"天天皆此夜，人人如此月"。《龙腾千禧迎新纪》在千禧年号召中国人做"亮堂堂的猛龙"。《结缘海外》指出华人在海外结缘，"同的是中华心、民族结，赤子之情，骨肉之亲"，希望大家彼此都惜缘，结的都是良缘、善缘。从艺术表现来看，陈大哲的散文写景、叙事、抒情相结合，文采出众。他以诗入文，深厚的古典文学功底为他驾驭语言提供了有利条件。他既熟练运用现代白话文，又吸收了古典文学的语言精华，还融入了民间的方言、俚语，形成了他文白夹杂，既典雅又流畅的语言风格。比如散文《千万和春住》，它是一篇赞春的集锦，充分展现了作者的博学多才。文中妙语连珠，令人目不暇接。比如文章前三段这样写道：

> 桃媚柳妍，捎来春消息，燕呢莺喃，又闻春气息。
> 春光明媚，春色恼人，春花烂漫，春水荡漾，春风得意，春意盎然。让我们共同迎来红红绿绿的春吧！
> 古往今来，天南地北，几许画卷，为春留秀色；多少诗页，向春唱颂歌……灿若天上之星星，繁于水面之涡涡；数也数不尽，记也记不清，如谓：爱是小说戏剧的宝藏，那么，春是诗乐词画的金矿。

接下来，作者便在有关春的老歌、诗词佳句、现代文学经典中挖掘宝藏，充分展开了一幅春的缤纷画卷，文章结尾处深情地写道：

> 春到人间，人在春间；有什么比这更可爱、更可喜、更可贵？不怪春迟到，只怕春早归。其实，把心敞开吧，邀请春进去，让春天常住我们的心里，不就得以"四时皆春"吗？春天，你的名字是上帝：既是无时不在，又是无处不在呵！

一曲春之舞就这样圆满地结束了。

陶里（1937~ ），原名危亦健，广东花县人。陶里被普遍认作澳门著名作家，实际越南是他的成长地，在他的创作中占据重要的地位。他在《越南华文文学的发展、扩散及现状》中回忆说："笔者成长于西贡，后到柬埔寨和老挝工作，事业有成之后，被迫赤手返回香港，继而转澳门，苦苦笔耕十余年，拙作数册，其中的《春风误》（小说）和《紫风书》（现代诗），可以说是越南华文文学扩散的一部分。"陶里的小说写作以现实主义为主，诗歌写作则经历了由现实主义向现代主义的转变。

陶里的短篇小说集《春风误》由 11 个短篇组成，写作时间从 1972 年 8 月至 1977 年 11 月。其中，前 9 个短篇都写于老挝万象，后 2 篇写于香港。小说的后记这样写道：

> 我写小说，是偶尔为之，篇数不多。本集所收 11 个短篇，大部分写于印支。结集之后，发觉小说涉及时间由 40 年代到 70 年代，所跨越的国家包括越南、柬埔寨、老挝和泰国。
>
> 那是我成长的岁月，那是我曾踏足的地方，一切印象都十分深刻。
>
> 小说里没有英雄，没有流氓，因为两者我都没有接触过。我接触的都是小人物，他们就以不同的形象出现在我的小说里。
>
> 我的小说从正面写爱情，从侧面反映海外华人生活。……
>
> 小说里有我的影子，但不完全是我的影子。
>
> ……

　　我出版这个集，是为了纪念那个难忘的地方、难忘的时刻和难忘
的朋友。……

　　"后记"点明了陶里小说的写实风格。与以往的越华文学作品相比，
《春风误》在更广阔的时空背景下展现了"大时代风暴的痕迹，小人物心
灵的创伤"。这本小说集的每一篇作品都以爱情为切入点，而且几乎都采
用"旧爱相逢"这一情节模式。虽然各篇的具体情节不同，但作品集的
总体倾向是很鲜明的，那就是：爱情是纯洁、严肃的，必须符合传统伦理
道德的规范。这与华人的审美观念十分吻合。《春风误》塑造了多姿多彩
的华人形象，尤其是一系列独具特色的女性形象，她们是：纯洁美好、豪
爽矫健的苏珊珊，坚强、淡定、有品位的余琳玲，倔强、警惕然而又头脑
单纯的荷花，年轻漂亮、颇有"侠女"风姿的楚倩，善良、孝顺的巧巧，
性情刚烈的春姐，游走于情感的边缘、终于被亲情唤回的柳青，有理想、
有志气、令人敬重的薇姐，经不起挫折、自暴自弃的中、英混血儿苏珊，
被丈夫遗弃、悲愤、惆怅但又很会自我克制的吕思珍，由优雅步入堕落的
柳凤……黄万华教授认为，《春风误》的最大价值"恐怕就在于它在华文
文学史上较早提供了有着几度漂泊的经历，出入于多种国度文化之间的华
人形象。……在 70 年代以前，极少有华文作家能如陶里那样，提供如此
丰富而独异的华人形象。"① 这与陶里丰富的漂泊历程密切相关。

　　陶里的诗集《紫风书》分为两辑，第一辑为"紫风书"（1976～1986
香港·澳门），第二辑为"夜正深深"（1958～1976 印支）。作者在"跋"
中写道：

　　　　《紫风书》所收，最近的两首写于 1986 年，最早的一首写于
　　1958 年，跨越的时间将近 30 年，空间则由印支、泰国到港澳。
　　　　集子分两辑：近期的在前，早期的在后。这可以由近及远，抚今
　　揽昔，让读者纵观我所走过的道路。

---

① 黄万华：《文化转换中的世界华文文学》，中国社会科学出版社，1999，第 309 页。

　　由于第二辑"夜正深深"与越南关系密切，因而笔者聚焦于这一辑的作品。"夜正深深"写于 1958～1976 年作者离开印支①前夕，总共有 26 首诗，全部写于印支。这些诗展现了诗人心灵变化的轨迹，以更为凝练的形式反映了时代的风云变幻。根据诗歌的内容与风格，"夜正深深"又可以分为前后两个阶段：第一阶段是从 1958 年至 20 世纪 60 年代。这一阶段的诗歌内容主要有对甜蜜爱情的歌唱，对劳动者的礼赞，对社会不公平现象的谴责等。诗歌的整体格调是昂扬向上的，燃烧着青春的激情。诗风单纯而质朴。第二阶段是 20 世纪 70 年代。这一阶段的诗歌虽然只有 5 首，但却标志着诗人写作的重要转型。此时陶里诗歌的格调已由激昂转为悲壮，艺术表现上多采用隐喻、象征等手法，现代诗的特征十分明显。比如最后一首诗《夜正深深》，诗人特地标明它写于"1976 年 7 月离印支前夕"，它可以视作诗人的告别印支之作，全诗如下：

　　　　季节已经死亡
　　　　旱季和雨季是
　　　　伏羲神农的话语
　　　　我家门前
　　　　永远湿漉漉
　　　　　　依依　　你今晚来不来？

　　　　HI FI 的音响已被绞缢
　　　　而青蛙啊
　　　　叫响了一城寂寞
　　　　只有我家门前还点着
　　　　　　　　　夜明灯
　　　　　　依依　　你今晚来不来？

---

① 越南、柬埔寨、老挝旧称"印支三国"，历史上曾同属法国殖民者统治，它们以越南为中心，当时的华侨就把这三国笼统称为"越南"。

忧郁追捕着历史

季节的病毒满樽

浇入失去太阳的肺腑

病入膏肓啊　依依

节日庙门前的成排白烛已熄

我弹拂无数烟灰去听

聊斋夜话　明早去污水沟边

洗涤一个世代的悲哀啊　依依

黄袈裟被曝晒于街市

已无人过问　我将上

神经衰弱的夜车去

那岛　去饮盘古氏的夜露

依依　群蝶已殉葬

群花正顶着一个地球的沉重

夜明灯熄了　夜风入眠

我踏着湿漉漉的荒原远去

依依　假如你来

就把夜明灯点亮　把怀念

放在屋里锁紧　别教人

知晓　夜正深深

　　诗人充分运用了象征、变形等手法，创造了一个个萧条、寂寞、凄凉的意象。诗中充满了死亡的阴影，整个画面暗淡无光，正应了诗的标题"夜正深深"。离开印支，诗人没有丝毫的喜悦，读者读到的是他心中的那份无比沉痛和依依不舍。

　　陶里前后诗风的转变折射出 20 世纪六七十年代印支局势的风云变幻。随着印支动荡局势的加剧，陶里最终选择了离开，并再次踏上了漂泊之旅。

　　心水（1944～），原名黄玉液，祖籍福建同安，出生于越南，是 20世纪 70 年代风笛诗社的创社成员之一。1978 年全家逃难抵印度尼西亚，翌年移居澳大利亚墨尔本至今。现任澳大利亚维州华文作家协会名誉会长、世界华文微型小说研究会理事、世界华文作家交流协会秘书长等职。心水抵达澳大利亚之后写作的两部长篇小说《沉城惊梦》《怒海惊魂》，同样属于境外重要的越华文学作品。

　　《沉城惊梦》出版于 1988 年，是心水的首部长篇小说，也是他的成名之作。《沉城惊梦》反映了越南统一之后华人社会所遭受的冲击。心水擅长心理描写，小说中，主人公对现实的态度经历了从充满希望到完全绝望的深刻的心灵转变过程，这种心灵的转变是该小说组织情节、结构全篇的一根主线。因此，小说中，人物内心的心灵辩白占了很大的比重，人物心灵深处的矛盾、痛苦、挣扎等都表现得极为细腻、真实。不过，《沉城惊梦》对一些生活素材的处理还欠艺术的剪裁。

　　《怒海惊魂》是心水抵达澳大利亚后写作的第二部长篇小说，在情节的发展上可视为《沉城惊梦》的延续，但在艺术水准上更高。《怒海惊魂》初版于 1994 年，2011 年 5 月再版。这部小说以作者的亲身经历为蓝本，反映了排华浪潮中越南华人海上逃难的悲惨经历。心水在自序中强调了小说的纪实性，他说："'南极星座'完成了救人的任务，残骸在平芝岛旁渐渐沉没，千多位幸运的乘客有缘读拙书，必定会说这不是虚构的小说，而是真真实实的纪实文学。"小说对人性善恶的解剖辩证而有深度，并且通过主人公元波这个形象，突出了海外华人对于儒家"大公无私的生命精神"① 的继承。这一点，外国人是不能理解的，因此，小说中"南极星号"的芬兰籍新船长李察在与元波接触后不久，对元波的评价就是："我真不明白你们中国人"。这部小说的艺术表现也很有特色。《怒海惊魂》人物众多（涉及 1200 多名难民），情节波谲云诡，但整部作品却严密完整、多而不乱，人物形象生动传神。小说中还穿插了不少广东、福建的方言口语，读来别有一番风味。

　　总之，在越南本土的华文文学复苏之前，前越华作家的创作维系了越

———————————

① 　方东美：《中国人生哲学概要》，台北问学出版社，1970，第 57 页。

华文学的命脉，并扩大了越华文学的影响力，而他们的离开，对越南本土的华文文坛而言损失巨大。越华作家谢振煜就感叹道："这些精英的流失，是越华文学永远无法补偿的损失。"①

越南本土的华文文学于 20 世纪 80 年代末期逐渐复苏。《解放日报》的文艺副刊是越华文学作品的主要发表园地，华文文学各项活动的开展、华文写作队伍的培养也主要由《解放日报》负责。鉴于《解放日报》的官方地位，华文文学实际成为越南国家文化事业的一个组成部分，服从于越南党和政府的需要。越华青年作家中的佼佼者大多是《解放日报》的新闻工作者，他们本身就是越南党和国家政策的宣传者，比如林小东、曾广健、李伟贤。

复苏期的越华作家成立了一个华文文学会，它是隶属胡志明市各民族文学艺术协会名下的一个半官方的组织，行政方面由官方审批，具体活动的开展则由越华文友自己负责。

复苏期的越华文学在限制中生存着，越华文学的政治性与政策性明显增加，歌颂越南的改革开放，表达对越南社会主义制度的热爱是这一时期越华文学创作的主旋律。由于发表园地狭小，作家们大多自己想方设法将作品结集，尽管读者数量不容乐观。越华青年作家曾广健说："在我国，文学创作只是大家一种兴趣的业余创作；对于出版华文书籍是不理想之事，阅读华文书籍对象日渐减少。有的人虽然爱读，但他们不愿购阅。而爱好阅读的学生又不多，故造成华文书籍没有销路市场。因此，要不是靠作者本人有社会关系或赞助，出版书籍恐怕难成愿望或滞销。"②

复苏期的越华诗集出版数量最多，主要见表 1-2。

表 1-2   复苏期越华诗集概况

序号	诗集名称	作者	出版年份
1	《越华现代诗钞》	众诗人的合集	1993
2	《西贡河上的诗叶》	众诗人的合集	2006

---

① 谢振煜：《越华文学三十五年》，《华文文学》2011 年第 3 期。
② 曾广健：《青少年创作对越华文坛的喜与忧》，《越南华文文学》总第 27 期，2015 年 1 月。

续表

序号	诗集名称	作者	出版年份
3	《诗的盛宴》	众诗人的合集	2009
4	《诗浪》	众诗人的合集	2011
5	《向阳集》	黎原（老作家）	1995
6	《梦的碎片》	陈国正（老作家）	2011
7	《笑向明天》（微型诗、散文、小说合集）	陈国正（老作家）	2015
8	《岁月》	刀飞（老作家）	2011
9	《很诗的惋惜》	徐达光（老作家）	2011
10	《失去的一只鞋》（诗文自选集）	过客（老作家）	2013
11	《岁月如歌》（诗、散文、小说合集）	林松风（老作家）	2013
12	《雪痕》	刘为安（老作家）	2017
13	《守望寒冬》（诗、散文、小说合集）	赵明（中年作家）	2012
14	《钟灵诗选》	钟灵（中年作家）	2011
15	《燃烧岁月》	李伟贤（青年作家）	2009
16	《雨一直下》（诗文集）	李伟贤（青年作家）	2016
17	《冰泪》（自选诗集）	林小东（青年作家）	2011
18	《那双眼睛》	林小东（青年作家）	2015
19	《美的岁月》	曾广健（青年作家）	2011
20	《摇响明天》	蔡忠（青年作家）	2012
21	《是你给我带来春意》	林佩佩（青年作家）	2012

从总体上说，越华诗歌的取材兼具民族性与本土性，诗人们既反映华人的民族文化，涌动着一股寻根意识，同时他们也表达对越南本土生活的诸多感受，并且上升到对世态人生的哲理思考。在全球化的背景下，诗人还具有世界性的眼光，创作中也多涉及和平、环保等全人类共同关心的话题。至于诗歌的创作风貌，刀飞在《现代诗与越南华文诗坛》中总结说，复苏期越华"诗创作的走向与解放前 70 年代的诗风出现了焕然不同的改变，似乎逐渐的向明朗风格和写实主义回归，从发表的创作中很难再见到晦涩难懂的作品，此情况一直延续至今。"一个饶有意味的现象是复苏期的"现代诗"已基本成为堤岸新诗的代称了，而不等同于 1975 年之前受台湾现代派影响的现代主义诗歌。1975 年之前诗人们围绕诗歌创作所进行的热烈论争在复苏期的越华诗坛不见踪迹，文学社团、文学评论基本付

之阙如。

越华散文方面，已知的有 4 本合集，以及若干个人单集和诗文合集，详见表 1 - 3：

表 1 - 3 复苏期越华散文集概况

序号	散文集名称	作者	出版年份
1	《生活的激流》	众作家的合集	1984
2	《越华散文选》	众作家的合集	2000
3	《散文作品》	众作家的合集	2007
4	《采文集》	众作家的合集	2007
5	《堤岸今昔》	刘为安（老作家）	2007
6	《回旋》（诗文合集）	黎冠文、炳华、旭林、骆文良（老作家）	2008
7	《我们走得很近》	杨迪生（青年作家）	2004
8	《屋檩》	李伟贤（青年作家）	2010
9	《青春起点》（诗文集，重在散文）	曾广健（青年作家）	2014
10	《点亮行程》	蔡忠（青年作家）	2015

越华散文题材广泛，重在反映现实，表达作者的内心世界，给读者以人生的启迪与哲理的思考。在创作上，越华散文形式风格的独创性不够，"有一些作品在表现的技巧上尚欠熟练，一些还囿于传统手法未能脱出框框的局限。"[1] 在散文的诸多文体中，游记是写作数量较多的一类。

越华小说仍然以短篇小说为主，主要散见于各华文报刊上。主要的作家有林松风、赵明、念慈等。值得一提的是，1989 年旭茹（即陆进义）的长篇小说《梅花女》出版，这是复苏期越华小说文体发展的一个突破。陆进义[2]的经历与一般的胡志明市的华文作家有所不同，他是越南统一之后从北越来到胡志明市的文化人，在 1975 年之后的越华文化界发挥了重要作用。长篇小说《梅花女》通过主人公梅花的遭遇，概括了下层劳动

---

[1] 华文文学分会主编《越华散文选·编后语》，胡志明市民族文学艺术协会暨年轻人出版社，2000，第 115 页。

[2] 陆进义（1938 ~ ），祖籍广东潮州，海防侨中第二届高中毕业后赴北京读书，毕业于北京大学。中学时期积极投稿《新越华报》（河内出版的华文报纸），代表作有短篇小说《灌木林里的战斗》。到胡志明市后，长期担任华文《解放日报》的副总编辑，主编《越华现代诗钞》。

人民在新旧两种制度下的不同命运，歌颂了新政权，具有强烈的革命意识形态性。小说对女主人公梅花形象的塑造，较好地遵循了生活与人物自身性格的发展逻辑，"作者贴切地描述了书中主角毫不简单的思想转变"。①不过，较为吊诡的是，这篇小说在艺术形式上采用的是传统章回小说的写法。小说共分三大章：第一章叙述南北统一前的故事；第二、第三章讲述南北统一后的故事。每一章又分若干节，全书共 43 节。每一节的开头都写有 14 字的标题，如第一节"离奇梦境埋伏笔引人故事掀序幕"，最后一节"往事回首重头叙梅运就此告尾声"。每一节的结尾处都有一段承前启后的话，并且总少不了诸如"亲爱的读者，欲知梅花的命运如何，且听下回分解"之类的套话。小说在结尾处还有一首长达 76 句的七言古诗，对小说进行了总结，请看该诗的前 8 句。

> 葬母哭尽儿女泪，触景眷恋故园情；
> 谛听梅花叹苦命，激起张婶诉愤情；
> 关怀病友表同情，抚恤主人怀歹心；
> 不共戴天婆娘狠，恶运预兆梅花遁。

《梅花女》的这种表现形式受到了评论家的诟病，比如陶里说《梅花女》"内容与形式的不协调使人感到意外"。② 这些评论反映了复苏期越南本土华文长篇小说艺术上的不成熟。

越华老作家对复苏期的越华文学创作充满了忧虑，认为无论是作品的数量还是质量都不能与 1975 年之前相比。诗歌是复苏期越华文学创作的主体，越华老作家将越华诗坛称之为"被流失的'现代诗花园'"，③ 实际表达的是对整个越华文坛的忧虑。谢振煜在《越华文学三十五年》中更是悲叹 1975 年之后的 35 年远远比不上 1975 年之前的 35 年。他们认为，造成这一现象的原因主要有两个：一个是越华精英大量流失，留在境

---

① 武仁理：《梅花女·序》，胡志明市文艺出版社暨解放日报社，1989，第 7 页。
② 陶里：《越南华文文学的发展、扩散及现状》，《华文文学》1995 年第 2 期。
③ 胡志明市各民族文学艺术协会华文文学会主编《诗的盛宴·编后语》，华文文学会暨世界出版社，2009，第 224 页。

内继续写作的寥寥无几；另一个是如今的越华青年对文学的热情大不如以前。

复苏期的越华文学还在发展、变化之中，一切等待时间的检验。

以上对越华文学的发展历程进行了梳理。华文写作体现了越华作家的文化认同。"文化认同在文化构成中既是一种独立存在的要素，也同时泛化到文化中的各个方面之中。"① 一种认同形成之后，就会影响人们的思维观念、价值取向等，并反映到文学作品的构成要素之中。因此，为了深入了解越华作家的文化认同，文本内部的考察就必不可少。

---

① 郑晓云：《文化认同与文化变迁》，中国社会科学出版社，1992，第37页。

第二章　越华文学的文化传统
与创作主题

越华文学中，战争、乡土与婚恋是普遍存在的三大主题。这一文学现象是越华社会独特的历史文化传统的产物。越华作家一向注重文学的社会功能，赋予了华文文学庄严的、文化传承的历史使命，因而，只有从文化传统的角度切入，才能真正理解越华文学的这三大主题。

第一节　民族意识与战争纪实的想象

基于越南华人所处的离散语境，这里的民族意识指的是族群和民族身份的意识，它的核心是民族自豪感和认同感。战争，指的是由美国介入的越战。"想象一词并不隐含虚幻或不着边际的意义。……想象是集体的，对离散社群而言，即使个人的想象往往也隐含集体的意志与意义。"①

越战时期，越南华人的民族意识空前高涨。虽然被迫入籍了，但他们将越战视为一场没有民族感的战争而加以抵制。越华文学的越战书写包括战时的亲历书写与战后的回忆两个阶段，重点是在越战时期。从广义上说，越战时期的越华文学几乎都与战争有关，它的情感基调皆由战争引发而来。在特殊的时代背景下，越华文学战争主题的最大特点就是"爱国主义"的空白。方明在对 1960～1975 年的越华现代诗创作进行总结时说：

---

① 李有成：《绪论：离散与家国想象》，李有成、张锦忠主编《离散与家国想象》（文学与文化研究集稿），台湾允晨文化实业股份有限公司，2010，第 38 页。

"虽然大部分诗作的题材与战争有关，但毕竟越南并不是自己的祖国，所以作品并没有任何呈现'爱国'主义的表现。"① 这句话对于概括整个越战时期的越华文学也基本适用。越战正酣之际，也是中华文化面临着被包围和被消解之时，越华作家将传承本民族文化作为自己的使命，即使是战争也不能改变他们的决心。这在持枪上战场的越华青年作家的笔下表现得尤为震撼。他们在越南土生土长，他们作为"越南人"在前线厮杀，但是他们在枪林弹雨的空隙中仍然坚持华文写作，作品中蕴含的是强烈的民族归属感和对本民族文化的热爱。气如虹②的长篇系列散文《征途撷拾》就是这方面的力作。

《征途撷拾》是气如虹根据自己 1968～1974 年的从军日记整理而成的，包括 10 篇既互相联系又可独立成篇的散文。③ 它们分 10 次刊登于1974 年香港的《当代文艺》上（1974 年 1 月第 98 期至 1974 年 10 月第107 期），主编是香港小说家徐速。《当代文艺》对于越战时期的越华文坛影响极大，"几乎每位'写作青年'人手一本"。④ 越华青年作家也以能在《当代文艺》上发表作品为荣。

在越华文学的战争书写中，《征途撷拾》是一篇少见的写实佳作。受制于战时语境，越华作家们大多只能采用隐晦的手法抒发自己的反战情绪。比如尹玲，她是强烈反战的，但是在文字上她只能"绞尽脑汁寻找可以避免逮捕入狱的种种文字缝隙，……只能用'雨'来代替'烽火'，'疯雨'或'疯狂的雨'比喻或象征从未停止的战争于你才出生即已狠狠地淋湿你渗透你，无处可躲，无法可逃，被迫地'沐浴'在'永恒'的

---

① 方明：《越南华文现代诗的发展——兼谈越华战争诗作（1960 年～1975 年）》，台北唐山出版社，2014，第 40 页。
② 气如虹（1941～　），原名周永新，祖籍广东番禺。于 1956 年（小学阶段）开始练习投稿，文章诗作发表于越南当地各华文报纸及台湾、香港等文艺刊物。1997 年由越南移民美国。赴美后，继续笔耕不辍，2009 年出版长篇"越南社会现实生活小说"《无奈》。
③ 这 10 篇散文分别是《征途撷拾》之一《新春的舞台》，《征途撷拾》之二《受训前后》，《征途撷拾》之三《艰苦的行军》，《征途撷拾》之四《沙泉血战》，《征途撷拾》之五《前线与后方》，《征途撷拾》之六《征东历险记》，《征途撷拾》之七《丛林作战》，《征途撷拾》之八《边疆生涯》，《征途撷拾》之九《招兵买马》，《征途撷拾》之十《战争与和平》。
④ 方明：《越南华文现代诗的发展——兼谈越华战争诗作（1960 年～1975 年）》，台北唐山出版社，2014，第 12 页。

'雨'里。"① 还有周文忠②，他在战时曾先后担任《成功日报》、《万国日报》（原《万国晚报》）、《新越报》（后改为《新越日报》）三家华报的文艺版主编。周文忠在《漫漫天涯路》的序言中回忆说他当时"无力抗拒，也没法回避，唯有换一种方式，以委婉、沉潜、隐晦的笔触，抒写硝烟下的那缕缕愁绪，那声声叹息，那寸寸断肠，那滴滴眼泪；让人们在淡淡哀愁中，感受时代的不幸，战争的伤痛，从而在心灵深处呼唤和平。"再以气如虹本人为例，《征途撷拾》中的一些片段也曾发表在《远东日报》的"学风"版上，但内容却有所增删。比如散文《平绥点滴》，它先发表于 1969 年 10 月 31 日的第 399 期"学风"，后来收入《征途撷拾》之四《沙泉血战》之中。在平绥的时光是作者的从军经历中最没有硝烟味的片段之一，《平绥点滴》主要突出的是部队在平绥短暂休整时的悠闲生活，通过作者对平绥这个并不繁荣的城市的留念，来寄托对和平的渴望。《沙泉血战》中的平绥部分保留了"我"在平绥的悠闲生活，而增加了作者对战争的反思，比如同样是写生病，《平绥点滴》只轻描淡写地写道："在平绥，本来就是过着悠闲的军中生活，我竟因气候水土的不习惯而卧病数天，那是最倒霉之至。"而在《沙泉血战》中，作者写道："在平绥，本来就是过着悠闲的军中生活，我竟因水土气候的不习惯而卧病数天。病，是最倒霉的，使人无法发挥活力；病，也是最善感的，令人联想到种种难题；想到战争的无休止，想到个人的身不由己；几时才卸下戎装？几时才归去一次？"同样的经历，在《平绥点滴》中表现得不温不火、点到即止，在《征途撷拾》中却尽情吐露、棱角分明，这与作品的发表语境是密切相关的。总之，相较于同时期发表于越南国内的越华作品，刊登于越南境外的《征途撷拾》在一定程度上摆脱了束缚，能够尽情地倾吐战时越南华人的心声，从而留下了有关越战的珍贵记录。

　　以下笔者就从这篇作品着手，深入解读越南华人眼中的越战。

---

① 尹玲：《因为那时的雨——书写 60 年代南越》，《那一伞的圆·自序》，台湾秀威资讯科技股份有限公司，2015，第 28 页。
② 周文忠现居美国，他于 2006 年自行出版了个人诗文集《硝烟下的足迹》第 1 辑 "漫漫天涯路"，辑中收录了他 1965～1975 年发表于越南各华报上的作品 200 多篇。

一　军中生活的客观呈现

越战的残酷毋庸置疑，将它真实地反映出来，就是对战争的有力控诉。与美国越战文学相比，《征途摭拾》的独特价值得到了凸显，这价值就在于它的客观、真实。"在美国越战文学中，越南人被粗暴地沦为了奴隶，他们存在着的全部意义只是为了证实和肯定美国人的存在。不少美国士兵坦言：'我们很多人忘了越南人也是人。我们没有把他们当人对待'。"① 美国越战文学充分表现了美国作家的东方主义眼光，因此他们笔下的越南人是被歪曲的假象。《征途摭拾》中的越南人是各具特征的鲜明个体，他们既有诅咒、临阵脱逃、趁火打劫等行为，也有关爱、作战勇敢、阵亡等表现。与美国越战文学对越军的轻蔑相比，《征途摭拾》彰显了作者的人道主义情怀。

　　　和美军在一起，更感自惭自卑；越军样样显得贫困，粮食不充足；美军则吃喝不尽，每期接济十分丰富，剩余下来，都倒出垃圾堆去，多么可惜。有马铃薯、红萝卜、苹果、雪猪肉以及日常用品。我们不忍暴殄天物，在美军烧毁之前捡拾回来。尽管小团长一再禁止，认为有失越军体面，但那些"剩余价值"颇高，确是增加丰富菜色，诱人垂涎；有时我们实际面临豉油捞白饭的地步；因而还有人甘愿冒受罚之苦，偷偷地去捡拾！（《征途摭拾》之八《边疆生涯》）

类似这样的军中细节在《征途摭拾》中俯拾即是，它们反映了南越士兵作为普通人的各种真实生存状况。

直面真实的立场，人道主义的情怀使作者能跳出当时的冷战思维，模糊敌/我界限，对于交战的"敌方"也进行了客观的表现。虽然着墨不多，但十分传神，这主要体现在三个方面。

第一，是对"敌方"简陋营地的描写，在描写中自然而然地流露出敬意。

---

① 胡亚敏：《美国越战文学中的越南人形象》，《世界文学评论》2008 年第 2 期。

森林中，经常搜索到对方的巢穴。也许是我们的阵容庞大，抵达时都已"人去巢空"，建设有地窖，有战壕，有用树枝编扎的枱凳，有用葵叶遮盖的仓库；储备有生盐、白米、火水，甚至美国罐头食品和豆油等。范文八曾感喟地说："我们有飞机、军车的运输，有粮食的接济，行军完毕返回营地去，可轮流回家度假，每月有薪饷，吃喝任由自己，却还满腹怨言。而他们，过这种原始式的生活，偷偷摸摸，不见得光的日子，不知怎样能忍受得了。"真的，我也为他们黑暗生活而叹息。或者，他们都是身不由己；或者，他们都抱持一个梦想而甘愿为此牺牲！（《征途撷拾》之三《艰苦的行军》）

第二是对"敌方"尸体的描写，在描写中投注了作者对生命逝去的感叹。

敌人的尸体，都是穿着黑衣服，皮肤白皙，大约十五六岁居多；我注视那一具具躺卧的残骸，无限感慨！北地南来，在战火下丧失生命，遗尸在郊野道旁，他们的父母何尝会知道？多么可怜和可叹！（《征途撷拾》之四《沙泉血战》）

第三是对"敌方""神出鬼没"的描写，表现了"敌方"的智谋。

原来他们赤身裸体，只穿黑短裤，全身涂抹成黑炭头，怪不得守更时无法看见。（《征途撷拾》之八《边疆生涯》）

这样的细节既真实又新鲜，令读者难忘。

对于平民百姓，作者更是充满了同情与叹息。《征途撷拾》深刻地描写了战争带给人民的苦难。越战持续时间长，仅军役制度就压得老百姓喘不过气来。作者满怀痛惜地写道：

由十八岁至三十八岁，这段青春活跃的年代，都给军役制度占据了，军役在战争状态下，再无三年四年的期限，而是直至四十来临，方可退休；如果到时升级至中士以上，那么，乖乖地继续服役多几年，人老力衰，儿女成群，要你退伍的时候，却不愿退伍了；退伍等于失业，社会谋生困难，怎样维持家庭的温饱？儿子小的必须教养，长大了，又要接棒踏上征途！（《征途撷拾》之八《边疆生涯》）

气如虹对战争的认识既源于古人又高于古人。一方面《征途撷拾》中的人道主义情怀源自中华民族的文化传统。中华民族历来热爱和平，强调"慎战""非战""义战"。文学作品对战争的表现，突出的不是英雄主义，而是道德与正义，是战争带给人们的苦难。另一方面作为现代人，气如虹的人道主义又具有一种超越性的思想维度。他站在全人类的立场上对战争进行了反思，比如在《征途撷拾》之四《沙泉血战》中，他写道："人，是万物之灵，为什么比野兽还要残忍？互相杀害，甚至千方百计置别人于死地！同胞之间死光了，是否表示自己的胜利？"在《征途撷拾》之五《前线与后方》中，他又写道："和与战，是人类整个历史的循环演变。"这些都表明了一个现代华人青年对战争的反思。虽然越战已经远去，但作者对战争的思考并没有过时。

二　华人心理的真实袒露

在外部写实的基础上，《征途撷拾》以第一人称的叙述角度，着重展示人物的内心世界，发掘华裔士兵的精神创伤与心理矛盾。这是一种更高意义上的写实。

越战中，美军和"正宗越南军人"都不存在身份认同的困惑，只有华裔士兵背负着这一沉重的精神压力。《征途撷拾》中的"我"兼具士兵与青年作家的双重身份，作品着重突出了"我"的从军心理与文化心理。

关于从军，"当时，几乎所有华侨都不想卷入这场越南'南北之战'，但情势所逼，有些仍要披上征衣荷枪实弹地勇往前线"。[①] 这种从军的无奈与悲哀在气如虹的笔下有细致的反映。"我"决定从军是为了减轻精神

---

① 方明：《越南华文现代诗的发展——兼谈越华战争诗作（1960 年～1975 年）》，台北唐山出版社，2014，第 130 页。

上的苦闷。人们一般认为后方比前线安稳，"我"以自己的亲身体验告诉读者，后方比前线更难以忍受。文中写道："就因为战乱后的恶劣环境，紧紧的压下来！难负荷，也难忍受，逃避兵役如惊弓之鸟，决定从军。……这比受检查勒索的威胁好得多，又不必负上逃役的罪名。尤其是见到一些同龄朋友，整天困在家里，不敢踏出大门半步；这样下去可闷死了。"（《征途撷拾》之一《新春的舞台》）入伍之后，虽然行军艰苦，并随时有性命之忧，"我"的感受却是："前方的肉体痛苦，总比后方的精神威胁易于抵受。"（《征途撷拾》之三《艰苦的行军》）这样的描写，不免让人有些惊心动魄。而从军之后，"我"的精神压力并未消除。作品中有一个特殊的称谓"正宗越南军人"，以与华裔军人相区别。这个称谓反映了华裔青年在内心深处对南越国家认同的疏离，也是对战争的一种抵触。华裔士兵逃跑是当时的普遍现象。《征途撷拾》之五《前线与后方》中就有这样一个典型的细节：为了安抚军心，部队特地为华裔士兵开设了太极道班，"这样至少有六个月不必行军作战，又可练习武功。"不料中途又跑了两个华裔士兵，令将官"大为愤怒"，认为"华裔兄弟不可教也！"太极道班也因此解散了。"我"也很想逃离部队，只是畏于一旦被抓的可怕后果，才犹犹豫豫地留了下来，但是也曾不止一次偷溜回家过春节。行军途中，遇到也同受战争之苦的柬埔寨华人时，"我"同病相怜地说："现在唐人真痛苦，多灾多难，我何尝愿意当兵，不得已罢了；战争，不知拖长到几时方结束！"（《征途撷拾》之六《征柬历险记》）这样的例子，在文中还有不少。它们是"我"的从军心理的投射，蕴含着战时华人的一种无可奈何、无可解脱的宿命感，散发着历史的悲凉。

　　"我"的从军心理的背后是"我"的文化心理。虽然已经入籍了，但"我"对自己的身份定位依然是"中国人"、"唐人"。这是一种文化上的坚守。坚守的一个重要方式就是坚持华文写作，即使是战争也不能让"我"停笔。这也是这篇作品得以问世的缘由。作品的前言写道："我又喜欢写日记，即使在前线，口袋里仍有一本小册子，作日记的草稿，等到休军于营地，或回家度假时，才重新抄写在日记簿里。所以，我的日记有时是在森林中写的，有时是在战车上写的，有时是在收拾战场后写的，有时是在屋檐下写的。安定悠闲，写得较详细；紧张忙碌，匆匆涂抹几行。""我"视华文写作如生命,当得知哥哥全家为躲避战火逃难之时,"我"既为哥哥全家担心,又"祈求屋子千万别毁于战火,那里有我历年来的文稿和日记,一旦损失,等于生命的灭亡,绝不是金钱所能补偿得来的。"(《征途撷拾》之二《受训前后》)"我"对华文写作的这份痴迷已经超越了个人的兴趣爱好,只有联系当时的历史背景才能深刻理解它的价值。战火之中,越南华人与中国隔绝,被迫入籍更使他们普遍产生了一种"海外孤儿"的心态。语言文字是他们维系自己与民族血脉联系的主要纽带,但是他们一直面临着来自越南执政当局的、要求"越化"的压力。中越文化虽同出一源,但自从越南被法国占领之后,越南文化的总体走向是"去中国化",因而,中越文化之间的距离逐渐加大,越南弃用汉字,改用拉丁化的"国语"就是典型的一例。与此同时,随战争而来的美国文化又强势登陆越南,许多华人青年为了赚钱,不学中文而崇拜英文,在这样的时代背景下,华文写作就是作家坚守民族文化的一块试金石。

透过华文写作,气如虹向读者传递了他强烈的民族意识,其中突出的是对民族自尊的维护。为了不被"正宗的越南军人"瞧不起,虽然内心抵制这场战争,但"我"在战场上却很勇敢,而且还帮助队友。"我"以自己的实际行动证明,华人不愿上战场并非是因为贪生怕死。《征途撷拾》通过"我"的哥哥之口说出"战争无意义"。为了维护"中国人"的良好形象,"我"处处严格要求自己。比如,《征途撷拾》之五《征柬历险记》中,"我"被分配到一个不适合自己的中队,该中队"任务重大而工作危险","我"虽然心里不满意,但还是去报到了,因为"自己是华裔,如果申请到较安定的位置,正宗的越南队友,一定误会我在贿赂上级"。该文还有这样一个细节:当战火延伸到柬埔寨之时,一些贪婪的越南军人趁机对柬埔寨的老百姓打家劫舍,唯独一名华裔士兵李士崇没有参与,被人骂为愚蠢,作者明确写道:"我佩服李士崇的人格,表现了中国人的道德精神。"《征途撷拾》中还有其他一些华人的形象,他们主要是"我"的亲朋好友(包括文友),作品通过他们表现了华人之间的互助与关爱。

维护民族自尊是气如虹一贯的立场。1964年9月28日,气如虹在另一份重要的越南华报《成功日报》的"学生"版上,发表过一篇题名《保持民族的尊严》的文章,表明了自己的态度。与民族自尊相对的,是民族自卑心理。这种心理与海外华人的生存困境有关。华人自从旅居越南以来，一直寄人篱下。与之相应的，也有一些越华作家"以文艺中讲民族性是耻辱，是狭隘，是保守落伍，是过时的老口号，而且这种倾向无可讳言地形成一种'很稳定的气候'，至少已有十几二十年的历史了。我以为这完全是一种民族自卑心理的表现"。① 气如虹对民族自尊的维护就是对上述倾向的一种有力的反驳。

气如虹强烈的民族意识是西堤华人社会长期熏陶的结果。他热爱传统文化，《征途撷拾》中穿插了不少唐人的诗句，比如"烽火连三月，家书抵万金"（《征途撷拾》之二《受训前后》）、"劝君更进一杯酒，西出阳关无故人"（《征途撷拾》之五《前线与后方》）、"由来征战地，不见有人还"（《征途撷拾》之六《征東历险记》），等等。写到情深处，作者还写下了几首绝句，其中一首写道："何堪月蚀在中秋/告别平绥我亦愁！/今夜嘉黎难赏月/荷枪实弹望山头"（《征途撷拾》之四《沙泉血战》）。这些都表明了传统文化对气如虹的熏陶。

在热爱本民族文化的同时，气如虹并非一个狭隘的民族主义者，他也衷心地希望华越民族能和睦相处。《征途撷拾》之五《前线与后方》还写到，"我"曾热恋过一个越南姑娘春容，但是在特殊的时代背景下，"华越民族争拗，又受到她顽固家庭所阻挠"，最后只得分开了。

三　人物情感的真切抒发

《征途撷拾》的写实，不仅在于真实的描写，尤在于感受的深切。战争这一题材本身就含有强烈的社会抒情性。《征途撷拾》以第一人称的手法，尽情地抒发"我"的各种复杂的情感，产生了强烈的抒情效果。

细分起来，《征途撷拾》中的情感内涵主要包括以下几个方面。

第一，生的喜悦与死的恐惧。喜生恶死是人的本能，作战军人对此体会最深，尤其是初上战场的新兵，气如虹对此毫不掩饰：

　　我第一次身处战火中，心情紧张害怕。明知是殿后，作慢性推

---

① 何怀硕：《文学艺术的民族性》，《远东日报》1974 年 4 月 28 日，第 1 版。

进，但仍然惊慌；前面枪声卜卜，冲杀叫嚣，吊炮隆隆，弹片四射，
扣人心弦。初时，我感觉害怕到极点，俯伏在路旁，手脚不停的颤
抖，恨不得地下有窟窿，钻进去躲藏；

　　战争的确残酷，的确使人心寒！不期然的，我就地祈求上帝、观
音、先父母，佑我平安，佑越南和平，保佑立即结束这场战役！
（《征途撷拾》之四《沙泉血战》）

　　除了"我"之外，作品也提及，当先头部队有十几个士兵被"敌方"
打死之后，"其余所有士兵，为了保卫自己的生命，皆奋勇还击来袭"，
寥寥数语，道破了士兵们的作战心理。而当"我"受命调返后方，得以
暂时离开前线时，"我"的情绪是：

　　当时内心的欢欣，极难形容；咳！东奔西跑，身心疲累，能回西
贡歇脚，实在求之不得。更由于转变得快速突然，自己固然乐在心
头，队友们也为之欣喜呢！（《征途撷拾》之四《沙泉血战》）

　　第二，爱的求而不得。《征途撷拾》在多处直言不讳地吐露了"我"
对爱的渴望，以及求而不得的痛苦。

　　从黄昏到黑夜，是最难过的时分。我的爱人呢？我的家庭呢？没
有，什么都没有。我调回西贡军眷营工作多月，找不到理想的对象，
一片空白，彻底的失败。

　　苦闷中，我申请回堤度假。在七天的常年例假期间，适逢己酉中
秋佳节，但对我有什么意义呢？人月团圆，那是别人的幸运，只增加
我莫名的惆怅；我有无边的感想，中秋更引起我孤独的感觉。我的内
心奏出伶仃曲；我把烈酒一杯杯地灌进肚子里，我终于醉了，沉醉在
朋友的店铺里；我不能清醒的去赏月，让那团圆的中秋月，照耀那些
幸福的人家！（《征途撷拾》之五《前线与后方》）

　　《征途撷拾》不仅抒发了"我"对爱的渴望，更强调了"我"所追

求的是真爱。当有一次"沾美军的光"看到了脱衣舞表演之后，"我"的感受是：

> 脱衣舞表演，当时确曾使人混忘一切，麻醉了痛苦的军人，狂呼吼叫，嘻哈大笑！过后，我却感到无比的空虚，似乎欠缺了什么！想通了，才了解内心所渴望的是自由与爱！行军作战，奢求自由，孑然一身，难觅至爱；我开始怨怼，这是从军以来最郁郁不欢的日子。（《征途撷拾》之八《边疆生涯》）

上述引文在对比中升华了"我"所追求的爱的精神品质。

第三，对军队生活的厌倦。《征途撷拾》开篇写道："我由1968年起就从军了，到如今，日子并不算短；尤以军中的生活来说，更加觉得漫长！"这句话定下了全篇的基调。"我"对军队生活的厌倦之情弥漫于整篇作品之中。

> 我这第二大队，和其他各大队一般，疲于奔命。晨早要开路，好让民众安全通车；跟着要作大队级行军，搜索敌踪；晚上又要放哨埋伏，预防对方的偷袭。最惨是雨季，风吹雨打，眠干睡湿，日子真正难捱！
>
> ……
>
> "和平的号角几时响起？"不只是我所渴望，也是全民所翘盼。可恨枪声不停，未能卸下戎装，未能归家团聚，午夜静思，多么难过！
>
> ……
>
> 经历二十多天，一连串的搜索行军，长时间在潮湿泥泞中践踏，我双脚受不了污浊水浆的浸蚀，脚底发炎生红疹点，痕痒疼痛，很不好受。除了向医护员讨取药水涂上，就没有其他好办法，申请休病假不容易，上级认为那是轻微的毛病。
>
> 心灰意冷了，这些日子我真不想待下去。（《征途撷拾》之三《艰苦的行军》）

以上这些情感彼此缠绕、相互交织，在整体上构成一种起伏跌宕的抒情氛围，不仅深深地吸引着读者，而且也让读者对战争有更深刻的体会。

　　总而言之，《征途摭拾》通过大量鲜活的细节，全方位展现了越南华人被战争裹挟的悲剧命运，表现了他们强烈的反战心理以及对民族身份的坚守。

第二节　家国观念与地域乡土的描绘

　　家国观念是一种归属意识，它是文化认同的重要构成部分。家国观念既具有相当的稳定性，又并非静止不动，它最终受制于生存环境的改变。越南统一之后，越南华人的家国观念已经从最初的"我们是住在越南的'中国人'"转变为"我们是越南的华族"。这种转变从华人在越南落地生根的那一刻起就已在不知不觉中进行了。它缓慢、渐进，充满了矛盾和纠结。南北越对峙时期是这一历史进程中的一个重要过渡阶段，越南华人的家国观念呈现出复杂、多样和层次性，并投射到文学的乡土书写之中。本节主要从南北越对峙时期越华文学的乡土书写切入，揭示越南华人家国观念的微妙变化。这时期的越华作家队伍分为移民作家和本土青年作家两大阵营。他们的乡土书写既具有共性，又表现出代际差异。

一　移民作家的双重透视

　　越华移民作家虽然在越南定居了多年，但边缘身份依旧。他们的乡土书写呈现出双重透视的特征。"当边缘作家看世界，他以过去的与目前互相参考比较，因此他不但不把问题孤立起来看，他有双重的透视力。每逢出现在新国家的景物，都会引起故国同样景物的思考。"①

　　回顾历史，对越南与中国的双重透视早在马禾里的笔下就已初露端倪，但是内涵有所不同。马禾里的身份定位是流落到越南的中国人。他在动荡的局势下离开了中国，但对中国始终无法释怀。到越南后不久他写下了诗歌《帕米尔流脉》，它是诗人由越南宁静的乡村生活而激起的对故国苦难现实的回望。《帕米尔流脉》共19行，一气呵成，该诗按照内容大体上可以分成三部分。第一部分展现的是一幕幕悲惨的中国北方生活画

---

① 　王润华：《越界跨国文学解读》，台湾万卷楼图书股份有限公司，2004，第446～447页。

面，为了增强艺术效果，诗人特意设计了一个南方听众"你"的角色，按照笔者的理解，这个"你"指的是西贡人。诗的第一部分这样写道：

> 你见过皑皑白雪盖死整整一个冬天么
> 春来无邪的小草仅供牲口嘴间之一嚼
> 饥馑的牛羊绕住高原拖带病弱的蹄步
> 没有田园碧野的爹妈悲戚如一堆尘土
> 望着秋晚的空灵悼惜
> 炎夏逃荒去了的幼小

诗的第二部分，展开了一副越南南方的水乡画面，美轮美奂，与第一部分形成强烈的对比：

> 你许是富庶的南边人
> 看惯了流水漾着板桥
> 黄金绣着欢乐的田亩
> 太阳把你的天地装点得
> 多么灿烂呵又那么单调

诗的第三部分，"我"直接出面，发出心灵的呼唤：

> 你意会得出我深邃的悒郁的情调吗
> 我是从帕米尔流脉的瘦瘠高原来的
> 枯燥的黄土有如
> 一朵黑色的火焰
> 烘暖我冰湿的心
> 烧涸我透明的泪
> 那过了时的恋
> 褪了色的笑啊

在马禾里的心中，"家"是中国，"国"也是中国。越南只是触发他的故国之思的"异乡"而已。《都市二重奏》的底色是一个中国游子的心声。马禾里在《都市二重奏》的后记中写道"1946年秋天，我第一次来到越南，凭借一个异乡人的感情、目光、心境，星星碎碎地写下过些东西。"其间所蕴含对越南的陌生感与距离感清晰可辨。

南北越对峙期间，双重透视在越华移民作家的笔下更为普遍，也具有了不同的特点。久居越南，故国与越南在他们心中都留下了深刻的烙印，成为他们创作的双重宝贵资源。比如在读者中有着广泛影响的作家蛰蛮，① 他的"无所不谈"专栏所写的多为广帮掌故，浸润着作者浓浓的思乡之情，而这种感情又是由越南的现实所激发的。

> 我们海外羁人久离乡井，每逢节序来临便有怀乡之念，这亦是我们民族性所必然。
>
> ……
>
> 西堤附近没有山，亦没有高原地带，故虽重阳佳节，亦无登高地点。如以慰情聊于无而言，谈谈从前故乡登高之事，亦可作画梅止渴的乡思。
>
> ……
>
> 广州白云摩星岭，观音山，大良青云塔，皆是笔者少年时九日登高之地。遥想该地今日的红枫黄叶，当已满遍山头。尚有白头的芦苇，亦当在风里而摇曳生姿，这一切一切，及今思之仍依稀在目。②

此时，越华移民作家文本中的双重透视实际是一种双重的牵挂，他们既缅怀故国，对居住国越南也日久生情。不过，这种双重牵挂又是有主次之别的。在"国"的观念上，他们都明确地称自己为"中国人"，无论是

---

① 蛰蛮，出生于20世纪初，具体年份不详，原姓周，祖籍广东顺德。青年时期移居越南后曾长期从事狩猎活动，是20世纪六七十年代越华文坛最受欢迎的副刊专栏作者之一。1975年出版《越南狩猎回忆录》。越南统一之后去向不明。

② 蛰蛮：《重九登高忆旧游》，《远东日报》"无所不谈"专栏，1972年10月15日。当天正是农历重阳节。

文学创作还是评论，提到中国时都是用"我国"来指称。比如蛰蛮的《广府人过旧历年》写道："但习俗移人，贤者不免，我们既是中国人，自不应忘却中国的习俗。"① 大荒的散文《灯》首段写道："我国很著名的文艺小说儒林外史"。② 中川的《酒国妙人》写道："酒在我国历史甚早"，③ 文章介绍的"我国"的喝酒名人包括贺知章、张旭、李太白、陶渊明。类似的例子不胜枚举。这些文字公开发表在越南华报上，它们表明了越南华人对强迫入籍的"无视"。

在"家"的观念上，越南华人的立场表现出了更多的弹性，显示了他们在地域层面对越南的一种认同，这是他们与马禾里最大的不同。请看蛰蛮的这段文字：

> "一样秋风，两般情景"，这是我们第一故乡与第二故乡的不同处。笔者原籍广东珠江三角洲，生斯长斯于该处，自然是第一故乡。但以种种的环境留人之故，寄寓南越亦多年。因此，在这里椰风蕉雨之下，亦算是第二故乡了。④

上述文本典型地反映了蛰蛮的"双乡心态"。在他的心里，中国为"第一故乡"，越南是"第二故乡"。与马禾里相比，蛰蛮对越南的认同已经进了一大步。越南虽然是"第二"，却也是"故乡"了。蛰蛮的心态在越华移民作家中具有普遍性，甚至还有的移民作家将越南直呼为"故乡"，比如《远东日报》"人海实录"专栏的作者龙津，他的《堤岸三多》（1972年10月2日"人海实录"专栏）开头一段写道："老龙在堤岸生活几十年，虽然有段去求学时间离开他，但好像和他很有缘，无论去了多久，始终也要回来他的怀抱，因此老龙当他是故乡，愿意活在这个繁荣的都市里。"从"当他是故乡"这个表述方式来看，越南仍然还是"第二故乡"，不过越南华人已经离不开它了。

① 蛰蛮：《广府人过旧历年》，《远东日报》"无所不谈"专栏，1966年1月12日。
② 大荒：《灯》，《远东日报》1972年12月5日，第9版。
③ 中川：《酒国妙人》，《远东日报》1972年10月20日，第10版。
④ 蛰蛮：《秋风旧乡情》，《远东日报》"无所不谈"专栏，1972年10月28日~11月3日。

综上所述，传统的家国同构观念在越华移民作家那里已经发生了变化，"家"与"国"之间不再完全一致，而是出现了一定程度的背离。这种背离在越华青年身上表现得更为突出。

二　本土青年的双重乡愁

越华青年的文本中包孕着双重的乡愁。这两种乡愁的内涵与取向存在着明显的背离，一个指向中国，另一个指向越南。这正是他们家国观念分裂的结果。

越华青年虽然在越南土生土长，但他们在"国"的观念上延续了老一辈的理念。在他们的文本中，中国仍然是"我国"。比如吴殿楼的《也谈至圣孔子》（1967 年 9 月 26 日，第 290 期"学风"）写道："孔子是我国的至圣先师"。这一代越华青年大多出生于 20 世纪 40 年代前后，他们往往是在幼年时随同家族长辈一起被迫入籍的。从长辈身上，他们亲身感受到了华人被迫转变身份的痛苦与焦虑。这在他们年幼的心中打下了很深的烙印，并影响到其后的创作。比如李志成（笔名刀飞），他出生于 1947 年，华人被迫入籍时大约 10 岁左右，当时的情形令他记忆犹新。长大后他写了一系列的诗歌反复书写华人的身份之痛，比如发表于 1966 年的《写在异乡》（收入《十二人诗辑》）写尽了越华青年一代的心酸，全诗如下：

> 自脱胎于湄公河畔
> 遂有亚热带的褓姆育我成长
> 之后餐椰树风喝季节雨
> 渡十九年异乡人没有回响的岁月
> 于这不划分四季的区域
>
> 也无需诸神见证我是白痴
> 起千缕万缕如网的迷惘
> 问老古古屋筑在何方
> 在东南？在西北？

在海中心？在陆地上？

总是陌生重叠陌生
摒弃于家乡外之外
存在于异乡内之内
我的名字再用不着目击
已忽略写于祠庙的族谱上

想血统相同的家族
农牧于定点中不定点的故乡
我这血统相同的私生子（注）
且流浪于不定点中定点的湄公河畔
故我们互相冷漠冷漠
他们冷漠我我冷漠他们
冷冷的我遂嗅不着家乡的气息

自我考究当我赴冥府约会
我的墓志铭刻以方块字？
抑是蝌蚪文？许是无字
是无名碑是无名冢
无名是异乡人
摒弃于家乡外之外是异乡人
存在于异乡内之内也是异乡人
注：故乡是老祖宗们定居的地方，我生长在他乡，从未有回过故
乡半步；看看故乡的一草一木，故自称为故乡的私生子。

　　年轻的诗人心情无比的沉重。诗中的"我"反复称自己为"异乡
人"，并给自己冠以"私生子"这一令人心酸的名称。家乡遥不可及，又
不见容于生长的异乡，究竟该何去何从？诗歌深刻揭示了越华青年身份认
定的尴尬以及对未来的迷惘。

"异乡人"是越华青年标志自己身份的关键词，它出现在许多越华青年的文本中，表现了他们怀念故国的集体诉求。再请看《飘飘文集》① 的"序言"：

> 我们是异乡人；我们是流浪的孩子，我们踯躅在湄公河畔，我们的梦呓，呢喃了心坎的丝丝乡怀。
>
> 因此，我们爱上文艺的花圃，我们愿摘下天上的星星，镶嵌在艺术家的桂冠上。
>
> 我们不祈求天际的彩虹属于我们，只祈求能成为文艺的花圃内一枝小小仙人掌，伫立在绿洲的边沿，向遥远的恒星瞻望。

在这则沉痛的宣言中，"湄公河"作为异域的标志，勾起了青年们流浪的思绪。"遥远"暗示着越华青年与祖籍国隔绝的现实处境，而"恒星""瞻望"则暗示着越华青年在精神上心系祖籍国的坚定信念。

越华青年文本中的"异乡人"内涵比马禾里的更具悲剧性。马禾里虽然四处漂泊，可他的身份是确定的，他是流浪在外的中国人，至少他没有身份认同的困惑，并且马禾里是自由的，他基本上随自己的心愿而漂泊，不必被迫固定在某个地方。越华青年在战争中成长，长大后又被迫以越南人的身份持枪上战场。他们处于政治身份与文化身份的撕扯之中，战争又毁灭了他们的前途，他们既痛苦，又迷茫。《飘飘文集》是这种时代情绪的典型反映，它包括以下 5 篇散文：李贤成的《春感》强调"春天是不属于我的"。泡沫的《中国河·纵横》茫然地发问："我的希望呢？"文中作者给自己的自画像是："一个曾梦着写诗的孩子，如今已残废地倚着它的邻居，呻吟着躺在烈日下，躺在人们的冷眼中。除了一声感慨，我能寻到昔日的什么？"李志成的《牧秋者》接续了中国传统的悲秋主题，文中的少男、少女"只记着秋，只想着秋，只忆着秋"，大概只有秋才能寄托他们的"迷茫"与"乡愁"。文章最后写道："秋永远永远是属于我

---

① 飘飘诗社的《飘飘文集》发表于 1966 年第 10 期的香港《当代文艺》。它发表时的标题为《湄公河的踯躅——越南飘飘文集》。

们的，我们永远永远是属秋的。"陈国贤的《家》于忧郁的笔调中渗透着一丝温馨，他的家只不过是一间非常"狭窄""简陋""肮脏"的小木屋，但是作者却很热爱它，因为"当着这年代的暴风雨，唯有这狭窄的家，才拥有我喘息和栖息的余地。"这篇散文于洒脱中隐含着辛酸。蒲公英的《以后的日子呢》在今昔童伴的对比之中毫不掩饰对未来的极度失望。文章反复慨叹"我不知道今天是何年何日"，"以后的日子呢？"

面对痛苦而又无法摆脱的现实，越华青年通过对故国的回望来纾解内心的焦虑。他们对故国的乡愁很深，但回望故国的方式与越华移民作家有所不同。越华移民作家在中国度过了难忘的少年时光，故乡的一草一木在他们的笔下都有生动、细致的感性呈现，比如殷颖的散文《丁香空结雨中愁》的开头两段。

> 在这个撩人思绪的春天，在三月的花季里，最使我怀念的，是故国的丁香。
>
> 在异乡流浪得这样久了，谁都会怀念故乡的风物；哪怕是一丝风，一片雨，一抹月痕，或一声鸟啼，更何况是曾经浸透了童稚年代的使人一想起就要深深吸一口气的郁馥的丁香呢！①

越华青年却未曾踏入过中国的山河，他们对中国缺乏感性认识，只有概念性的认知，因而他们只能通过历史文化来想象故国，这是一种精神层面的望乡。这种望乡主要从两个方面展开：一是追思遥远的古代文化，表达对民族传统文化的景仰。中华民族悠久、灿烂的文化一直令海外华人感到骄傲，这是他们精神的归依。比如对屈原的缅怀。屈原的光辉形象照耀古今，他的悲剧命运与高尚人格深深撼动着海外华人漂泊的心灵，引发了海外华人强烈的共鸣。每逢端午佳节，越南华报都会出版纪念屈原的专辑，实则有着深深的寄托。越华青年继承了这一传统，也加入纪念的队伍中来，比如李强的散文诗《五月悼忠魂》（1973 年 6 月 5 日，第 761 期"学风"），作者怀念屈原，怀念"故国"，自称"异乡人""远离故国的

---

① 殷颖：《丁香空结雨中愁》，《远东日报》1966 年 4 月 3 日，第 7 版。

异乡孩子"，并且写道："年年五月，在遥远异乡的中国孩子，都会带着
沉痛的心情，托清风，托白云，给千万里外汨罗江上的您，寄上一串串最
哀痛的悼念。"这里"最哀痛的悼念"也就是最大的景仰。二是回顾近代
以来中国的苦难，并与海外华人的身世之痛相连，表达有国难回的无奈与
悲痛。以黎启铿为例，他在 1966 年 9 月的越华文艺期刊《序幕》上连续
发表了诗歌《哀鸣的孤雁》《悲歌》《苦闷》《我是一尾漏网的鱼》，表达
了他沉痛的故国之思，以及在越南生存的苦闷与惶恐，比如《哀鸣的孤
雁》写道：

> 北方檐前霜雪纷飞，
> 热带的南洋喘气嗬嗬，
> 怅见哀鸣的孤雁，呼唤它迷失的巢窝。

> 送别背井的朋友离乡，
> 低问自己的故乡如何？
> 历史地理的篇页：
> 记载着连年的烽火。

> 南京的名胜，北平的古迹，
> 哪一处我都从未游过，
> 万里长城的风沙卷处，
> 还有滔滔的长江与黄河。

> 欲解思乡情怀，
> 我唯向婆婆啰嗦，
> 空度十余载年华，
> 毫不知故乡如何。

> 但如今迢迢的海岸，
> 已无船只载客渡河，

难道让有限的生命，

在无限的翘待中蹉跎！

《悲歌》更加令人触目惊心：

我们是极之景仰您渊博的文化，

但是母亲，我们却不能够向你学习，

我们总为了一只饭碗，被人牵着鼻子转的，

所以我们痛心背弃你，让拉丁文刺激自己。

母亲，日后相逢我们竟要认作陌路人，

谁使我们把自己卖身给第二个母亲！

母亲啊母亲，你是如此地懦弱无能！

我们是如此地黑白不分！

除了上述诗作之外，1967 年 4 月，黎启铿在另一份越华文艺期刊《时代的琢磨》上发表了诗歌《自然的联想》，诗中写道："但白云还可以飘回他的故乡，/你却要终老在陌生的国土上。"

上述文本浸润着越华青年浓浓的"中国人"意识。从"国"的观念出发，越南是他们不得不滞留的"异国""异乡"，正如秋魂的散文《乡情草》（1961 年 12 月 27 日，第 2 期"学风"）所说："虽然，异国的风光确不错。但，异国的泥土，似没有故乡那样的芬芳。"

令人吊诡的是，从"家"的观念出发，越南却又变为令越华青年魂牵梦绕的"故乡""家乡"（"第二故乡"这个称谓也在使用）。越华青年在越南土生土长，孕育了他们的生命与童年的现实家园只有一个，那就是越南。因而，他们对实际生活的越南家园的感情比起移民作家更为深厚，比如远帆的诗歌《湄公河畔的土地》（发表于《奔流》创刊号）将湄公河畔的土地称之为"我最温暖的家乡"。还有气如虹的散文《堤城春秋》开篇写道："堤岸，是我生长的地方。我底父母从古老的国度里，来这里创造他们的世界，也创造了我！"《堤城春秋》的第二段起始又写道："可以说：堤岸是我的故乡。"① 这些文本中的湄公河形象与《飘飘文集》序言中的湄公河形象判然有别。怀着对越南家园的热爱，甚至还有的越华青年将越南称之为"我的河山"，比如鲁心的诗歌《山河》（西贡、大叻、芽庄一首）的第四节写道："丰厚的草原，是爱的所在，/白鹭不飞翔了。这是我的河山/满是呼声，满是泪点。/占城的古咒是风，/我在风里吊你的残梦，/无尽的哀悼给予灼热的英灵。/掀开红褐色的泥坟/或有一个新的史诗底繁华诞生。"② 如此炽热的情感在越华移民作家的笔下是少见的。

从"家"的观念出发，越华青年对于越南家园也产生了乡愁，比如1967 年 6 月，恒行发表于越华文艺期刊《水之湄》上的诗歌《诗寄异乡人》，诗的第一节写道：

> 你在远方可曾患乡愁？（想着美拖及西贡）
> 可曾在夜窗下洒泪谱浪子曲
> 而我　常对白云寄以日安　给你

当他们有些人被迫离开越南之后，这份乡愁更重了。"作家们对于越南、……是结下深厚的情谊，一旦被迫离开，尽管他们在第三国生活得更好，但对自己曾撒过血汗而使之走向独立的越南，难卸下朝思暮想的感情负担；而所受的委屈和死里逃生的亡命经历，更使他们毕生郁愤难平。"③他们中的代表作家陈大哲、陶里、心水等都用饱含深情的笔写下了他们对越南故乡的深情。

陈大哲在越南度过了他人生中最美好的青春年华。离开越南后，对越南的思念也如影随形地伴随着他，并一再流露在他的笔端，比如诗歌《越南——遥远的梦》，全诗如下：

> 我又回到湄公河畔

---

① 气如虹：《堤城春秋》，《远东日报》"学风"版第 408 期，1969 年 12 月 5 日。
② 鲁心：《山河》（西贡、大叻、芽庄一首），《远东日报》"学风"版第 685 期，1972 年11 月 12 日。
③ 陶里：《越南华文文学的发展、扩散及现状》，《华文文学》1995 年第 2 期。

打捞那冲失的跫音
和小鬼在雨中裸跑
电光石火都倏然迷踪

曾将二十四年串烧之梦
寄情于摇曳翼膀的神明
早一年前就倒时屈指
谁说梦境不会成真

乐极生悲竟不意外
三天前我摔裂了足胫
跌断了我的故园梦
跌碎了我的越南心

年年空怅望
夜夜梦魂中
越南——我的最爱和最痛
难道只是遥远的、永远的梦

这首诗写出了诗人对越南无尽的思念，回忆中带着哀伤，遗憾中充满着惆怅。这种苦涩的情感不仅是诗人个人的情感波澜，而且是离开越南的华人的共同心声。

陶里的《春风误》也充分表达了他的越南之思，尤其是小说《偶然》与《谁回柴城》。《偶然》由八个部分组成，其中仅回忆在越南的学生时代就占了五个部分，是小说的重中之重。虽然小说中的"我"回到越南是出于一种偶然，然而"我"内心深处对越南的牵挂却并不偶然。小说写道："从飞机要飞往西贡的那一刻到现在，我的心一直没有平静过。西贡，我就是在那儿成长的。"当飞机进入了越南国境，"我"凭窗下望，看到的是"越南，这个经历了1/4世纪战火焚烧的国家，山峦依然那么雄伟，丛林依然那么苍翠茂盛。机窗下，有我熟悉的河流，有我熟悉的田

野村庄。一条条乡村小径，一座座横河木桥，一片片帆影，一群群飞禽，
都是那么亲切！"随着飞机徐徐降落，小说写道："飞机降低又降低，我
看到了同奈河，我看到了西贡河，我看到了大钟楼，我看到了独立
府……"如此细致入微的景物描写，如此迫不及待的心情，展现给读者
的正是"我"心中那一股浓得化不开的对越南的思念。《谁回柴城》也典
型地反映了作者的越南情结。所谓柴城，就是西贡的旧称。《谁回柴城》
是一首古老的越南曲子。小说以《谁回柴城》作为标题，又以这首曲子
来结构全篇。《谁回柴城》中的一段歌词是这样的：

> 谁回柴城啊谁回去
> 请带了我刻着怀念的白发回去
> 把它撒在那块英雄的泥土
> 每一个热爱那块土地的人
> 都快乐地付出了鲜血
> 我却流浪在异乡
> 让凄风愁雨改了鬓发的颜色
> 谁回柴城啊谁回去

如此伤感的曲调，写尽了越南华人的漂泊与忧郁。

心水的长篇小说《沉城惊梦》细腻地描写了华人离开越南前夕的不舍：

> 元波细心而留恋地望着街景：熟悉的建筑，在人力车缓慢的移动
> 中，每个印象都变得很深刻。他绝不敢相信，有这么一天，他会带同
> 妻女放弃这个土生土长的第二故乡。
> 驶离凌乱吵离的车站，在旗海淹没里驶向寂寂的公路，经过安东
> 街市，驰向七叉路，进入西贡辖区宽阔而凄清的马路。元波始终把视
> 线放到窗外，他专心一致眼睛睁到大大，尽量吸收最后的每个景象。
> 仿佛可以在匆匆一瞥里就把印象永存在记忆细胞里，留待将来想念时
> 可以再回味。

　　这幅景象正是对华人逃离越南的生动描述。从重新踏上漂泊之路的那一刻起，前越华作家就将他们对越南家园的思念带到了世界各地。

　　综上所述，20世纪六七十年代的越南华人在固守"中国人"的观念的同时，对越南家园的认同也在不断增加。"异乡"与"故乡"，这两种截然不同的情感在越南华人的心中绞缠、纠结着，它反映了这一时期的华人对越南爱恨交织的矛盾心态，并导致"家"与"国"之间的背离与分裂，这正是家国观念转变之中的过渡阶段的特征。

　　越南统一之后，越南华人的家国观念在新的意义上重新归于一致。这时他们的"家"与"国"都已指向越南。这种变化源于华人在越南的民族身份及公民权的确立，华人对越南有了真正的归属感，他们是越南民族大家庭中的一员。越南华人家国观念的变迁从复苏期越华老作家的文本中最能体现出来。比如刘为安，他1939年出生，在20世纪六七十年代就已活跃在越华文坛上，如今已是越华文坛元老级的人物。刘为安的散文集《堤岸今昔》处处流露出对越南祖国的歌颂与认同，例如《今日的堤岸》（《堤岸今昔》第四辑之十三）写道，越南华人"不再等待两岸来承认自己，何况脑海中古老的家园，只是湮远的年代。如今，只有越南才是华人的祖国，是华人落地生根的地方。"刘为安的思想在越南华人中具有广泛的代表性。从这种新的家国观念出发，越华作家自觉地将华文文学纳入越南文学的范畴，比如越华现代诗合集《西贡河上的诗叶》的"序言"写道："但愿《西贡河上的诗叶》发行后开创二十一世纪越华文坛作品的先驱，……给华人同胞添一份精神补给，也给越南丰富的文学橱窗加上一串彩络。"从某种意义上说，此时的越华文学才真正成为越南文学的一部分。

　　虽然越南华人的家国观念已经"越南化"了，但在血统与传统方面他们依然认同自己的华人身份，"文化中国①——具有'原根'意味的中

---

　　①　杜维明在《文化中国：边缘中心论》《文化中国与儒家传统》《文化中国精神资源的开发》等文章中，提出"文化中国"的概念，因为中国不只是一个政治结构、社会组织，也是一个文化理念。见王润华《越界跨国解读》，台湾万卷楼图书股份有限公司，2004，第405页。

国传统与文化，仍然是华人作家的心灵与精神的归依与'故乡'。"① 这正如越华老诗人过客所说："越南华人，无论哪个省籍，现在都融合到更为广阔的越南各民族大家庭。这并不影响我们继承传统，把民族文化发扬光大。"②

第三节　伦理道德与爱情婚姻的书写

众所周知，儒家文化是伦理道德型的文化，家庭伦理则是儒家文化最为重要的组成部分之一。20 世纪六七十年代，面对西方文化的冲击，越南华人为了维护民族自尊，表现出对传统的伦理道德规范的顽强持守。不过，即使在"排外"意识十分强烈的背景下，西方文化也还是渗透了进来。"文学是特定历史阶段社会伦理的表达形式"。③ 越南华人伦理道德的"变"与"不变"在越华婚恋小说中留下了清晰的烙印。

越华婚恋小说的创作主体是越华青年作家，他们作为一个创作群体在 1965 年之后进入活跃期，是繁荣越华文学的重要力量。

越华青年作家的创作内容以战争与爱情为主。然而，由于不能直接对战争说"不"，战争的残酷也大多通过爱情的悲剧加以表现，因而爱情实际上是越华青年作家最主要的创作题材。笔者曾经对越华主要文艺期刊所刊登的婚恋小说进行过统计，详见表 2 - 1。

表 2 - 1　越华文艺期刊婚恋小说统计

序号	期刊名称	出版时间	短篇小说	婚恋题材
1	《序幕》(《文艺》第 1 辑)》	1966 年 9 月	11	8
2	《时代的琢磨》(《文艺》第 2 辑)	1967 年 4 月	10	6
3	《爱与希望》(《文艺》第 3 辑)	1967 年 5 月	6	5
4	《水之湄》	1967 年 6 月	8	6
5	《奔流》创刊号	1967 年 7 月	4	2

---

① 王列耀：《宗教情结与华人文学》，文化艺术出版社，2005，第 291 页。
② 过客：《失去的一只鞋》(自刊)，2013，第 119 页。
③ 聂珍钊：《谈文学的伦理价值和教诲功能》，《文学评论》2014 年第 2 期。

序号	期刊名称	出版时间	短篇小说	婚恋题材
6	《春语》(《奔流》第 2 辑)	1968 年 4 月	3	2
7	《笔垒》创刊号	1971 年 8 月	3	3
8	《笔垒》第 2 期	1971 年 11 月	5	5
9	《笔垒》特刊	1972 年 10 月	3	2
10	《水手》创刊号	1971 年 9 月	4	4
11	《中学生》创刊号	1973 年 3 月	11	4
12	《中学生》第 2 期	1973 年，具体月份不详	21	4
13	《风车》	1974 年 11 月	4	3
合计			93	54

统计显示，1965～1975 年，越华主要文艺期刊共刊登短篇小说 93 篇，其中婚恋小说 54 篇，占一半以上。由此可见，婚恋题材是越华青年作家最为关注的审美领域。造成这种文学现象的原因有三：首先，它与作家的年龄与社会阅历有关。"那时大部分的作者均在 15 岁至 30 岁之间"，① 他们或者是青年学生，或者工作经历比较单纯，生活空间相对狭小，这使得爱情成为最能点燃他们创作激情的火花。其次，它受到港台言情小说的影响。20 世纪六七十年代，南越各中文书店充斥许多来自台湾、香港的爱情文艺小说、言情小说等，对青年作家影响很大。最后，它与法国浪漫文化在越南的深厚积淀有关。

越华婚恋小说描写了硝烟之下青年男女之间的爱恨情仇，离别则是其中的焦点。离别的根源是理想与现实、爱情至上的观念与道德责任之间的冲突，而道德责任最终占了上风，这也是越华婚恋小说最常见的情节模式。

透视越华青年作家的婚恋观，对传统文化的持守与对西方文化的接受在他们身上兼而有之，不过，前者仍然位居主流。

---

① 方明：《越南华文现代诗的发展——兼谈越华战争诗作（1960 年～1975 年）》，台北唐山出版社，2014，第 29 页。

一 传统文化熏陶下的持守

越战时期，受美国文化的冲击，越华社会"处于旧道德被摧残殆尽之际，而新道德尚未正式成立之时"。① 对此，深受传统文化熏陶的越华青年作家也有着强烈的道德危机感，比如药河在散文《重燃文化的火花》（1974 年 12 月 20 日，第 1127 期"学风"）中写道："我们中华儿女是炎黄的子孙"，并且号召大家要"矢志一心，为拯救中华文化于水深火热中而努力。"

出于挽救中华文化的使命感，越华青年作家从理论和创作两方面，都表现出对儒家伦理道德的持守。他们十分重视文学的伦理价值与教诲功能。越华各文艺期刊虽然风格各异，但对稿件内容的道德要求却是一致的，比如《文艺》的发刊词写道："《文艺》的宗旨是：提高学习精神，培植青年作者。……孔子说过一句很有意义的话：'行有余力，必以学文。'文学不应脱离道德的规范。"又如《奔流》发刊词写道："色情泛滥、道德败坏……的色情贩子，多方面把自己加以化装，然后把没有营养的食粮卖给一些人来充饥，要人堕落，这真是最大的不幸。"在越华青年作家看来，文学作为精神食粮，内容健康是最重要的，甚至于水平有所欠缺，也没有太大妨碍，比如珊妮发表于《笔垒》特刊上的文章《漫谈文艺》写道："一篇不朽的文艺作品，是包含有：真、善、美三个质素，是总结前一代的文化，代表时代的思维，培育出新的文学种子。故此我们秉笔为文，不要忘却文心与文德，才华犹在其次。"这几句话既讲继承，也讲创新，然而重点是落在文艺作品的"善"的因素上面，因而它实际上是对儒家重视伦理的功利主义文艺思想的继承。

在婚恋问题上，张海苇的文章《漫谈婚姻》颇具代表性。这篇文章的要点是：首先，婚姻是人们对社会的责任，不能逃避，因此不应该独身。其次，幸福婚姻的基础是双方的"思想、性格相同"。再次，虽然新、旧婚姻各有弊端，但新式婚姻"阖家福的团圆，不及旧式的多，由此证明，旧式婚姻所含蓄的优良传统，青年的我们是不能忽略的，然已成

---

① 张海苇：《漫谈婚姻》，《爱与希望》（《文艺》第 3 辑）1967 年 5 月。

陈迹，不能复用，但可参考、借镜。"为了减少婚姻的失败，作者认为"唯一的方法是以恋爱为经，将时间拖长，以增了解；以旧式为纬，婚后逐渐培养起感情，使夫妻相敬如宾"。最后，作者从中庸之道指出："新文明固要吸收，旧道德也要重视。"张海苇的观点新旧混合，但重心还是落在旧式婚恋观的维护上。张海苇的语气还比较温和，《中学生》第2期卷首语则以不容置疑的口吻指出，爱情小说"必须符合东方伦理和东方精神"。大概因为《中学生》担负着教化下一代的重任，因此态度含糊不得。

上述理论文章都对越华婚恋小说的创作起到了规约作用。与之相应，越华婚恋小说几乎都有着强烈的传统伦理道德倾向，主要表现为"孝顺的儿女"与"忠诚的妻子"两类人物形象的塑造。

越华婚恋小说中，当爱情与亲情发生冲突时，在父母和恋人之间，绝大多数主人公都选择了父母，它彰显的是传统的孝道。以尹玲的创作为例，尹玲从1960年开始摸索写作，从此笔耕不辍。越战期间，她在越南的各华文报刊上发表了近百篇作品（主要是散文与短篇小说），包括当时最有名的三家报纸：《远东日报》、《成功日报》和《亚洲日报》。尹玲擅长从年轻女学生的恋爱角度，折射出离乱社会的万象。她的近百篇作品绝大多数都是花季少女的恋爱絮语。尹玲笔下的少女们热诚地追求真爱，但是当爱情与现实发生冲突时，她们最终都选择了放弃。典型的如短篇小说《试季》，小说大意是华人少女江茜枫与越南青年阮嘉宇真心相爱，但遭到江茜枫父母的坚决反对，因为阮嘉宇只是一个越南的穷小子。阻碍这桩婚事的除了经济因素，还有民族矛盾。江茜枫的母亲对她说："你不要忘记你是中国人，他是越南人，你爸爸死也不会答应让你嫁给他。"在徒劳的反抗之后，最终江茜枫接受了父母的包办婚姻，阮嘉宇则放弃了学业，当了海军。这篇作品揭开了硝烟年代越华社会的一角：婚姻是由父母决定的，而且华人不与越南人通婚。《试季》不仅是一个自由恋爱的悲剧，而且它通过江茜枫这个形象表现了越华青年对传统观念的自觉认同。江茜枫虽然对父母的一些旧思想有所不满，但还是以顺从为主。尤其是当她看到父母为了筹办婚事而奔波操劳时，心中十分内疚。小说特意展现了出嫁前夕，江茜枫的父母与女儿之间的依依惜别，场面温馨，父母的慈爱跃然纸上，小说的情感至此达到一个高潮。此时江茜枫心里想的是："我怎能责怪他们呢？爸爸妈妈，是茜枫不孝，茜枫不曾好好孝顺您们。"甚至当她情不自禁地想到了阮嘉宇时，江茜枫又责骂自己："该死的茜枫，怎么能够这样不忠的？到最后一天还是三心两意的！有哪一个女孩子，结婚时心里盛的是她的情人而不是未婚夫的影子？"这种矛盾复杂的心态反映了女主人公在个人情感与伦理道德之间的挣扎，而最终伦理道德占了上风。

江茜枫与父母之间的关系在越华婚恋小说中具有普遍性，即父母虽然反对子女的恋爱，但父母也是为子女考虑。父母是慈爱的，子女应对父母孝顺、尊重。因此，越华婚恋小说中鲜有为爱而出走的子女，大多是为了孝道而放弃了感情。

除去"孝顺的儿女"之外，"忠诚的妻子"也是越华婚恋小说普遍建构的形象。根据具体的婚姻状况，又可分为以下三类。

第一类是父母辈中的妻子形象。这类妻子的形象，着重突出的是她们对丈夫的顺从与忍让。越华文学中的父辈，多数都是小商贩，他们文化程度不高，受战争的影响生意屡屡破产。经济的窘迫，使得家庭关系紧张。比如韩毅刚的小说《两代》（发表于《中学生》第2期），小说中的父亲经商失败之后，只能借酒消愁，并且"变得易怒、暴躁与固执"，而母亲"只会沉默、忍耐、逆来顺受"。又比如洪辅国的小说《当梅花盛开的时候》（发表于《奔流》创刊号），小说中的父亲生意失败之后，一直在外谋事，结果有了外遇，好几年都不回家了。母亲既伤心又默默地忍耐，盼望着父亲能够归来。

第二类是受到丈夫冷遇的年轻妻子形象。这类形象多出现在包办婚姻之中。作品着重表现的是妻子的贤淑、善良。20世纪六七十年代的越南处于新旧婚姻观的过渡时期，年轻人接受包办婚姻的不在少数，但夫妻关系却并不一定融洽，比如大汤的小说《醉了吗?》（发表于《中学生》创刊号），男主人公书捷一直惦念着因飞机失事遇难的、外形飘逸的恋人小蓝，而不喜欢由父母包办的、"丑陋"但很温柔的妻子阿晴。阿晴虽然感到凄然，却一直尽心尽力地照顾着丈夫，连书捷都承认阿晴是个"很好的妻子"。耐人寻味的是，作者给这个故事安排了一个圆满的结局，书捷终为妻子的贤淑所感动，他感觉"好歉然好歉然"，于是夫妻关系回暖了。无独有偶，小汤的小说《变更的秋》（发表于《中学生》创刊号）也表现了包办婚姻中，丈夫对妻子由冷淡到有情的微妙转变过程，而导致丈夫态度转变的关键就是妻子的贤惠。作者想要传达给读者的就是：只要遵守传统伦理道德，就能获得幸福。

第三类是克服诱惑的妻子形象。这类形象着重表现的是强烈的道德责任感对个人欲望的超越。陈慧仪的小说《别了，海滩》（发表于《中学生》第2期）颇具代表性。小说大意是年青的女主人公徐莹为了挽救父亲破产的危机，舍弃了恋人烈，嫁给了现在的丈夫迪。伤心的烈上了战场，丧失了生命。两年后迪也因一场重病导致下肢瘫痪。痛苦的徐莹为了逃避现实来到海边度假，邂逅了与烈很相像的林凯。林凯希望徐莹能离开家庭，和他开始新的生活。徐莹经过激烈的思想斗争，最终决定留在丈夫和孩子身边。小说的结尾处有一段徐莹的思想活动，十分引人注目："她毕竟是受过高等教育的女子，她不能背上抛夫弃子的私奔罪名，不能不顾廉耻，甘心受社会人士的指责。"这里所表现的是一种深深的对传统伦理道德的认同，它强调的是对个人欲望的摒弃以及对家庭责任的担当。相类似的有思微的小说《爱的抉择》（发表于《序幕》），小说描述18岁的许素贤为了报恩，嫁给了善良的、50多岁的莫先生。婚后丈夫对她十分体贴，他们还有一双可爱的儿女。不料，10多年后，当初为了谋生而杳无音讯的初恋男友罗刚回来了，此时罗刚已经靠自己奋斗，成为一名工商巨子，而且他为了许素贤一直单身。罗刚要求许素贤和他一起开辟新的人生。面对新生活的吸引力，许素贤经过反复的思考，意识到她真正爱的还是丈夫、孩子以及温馨的家。作家通过徐莹、许素贤这类人物形象，强调的是对家庭的责任感。

总之，在越华婚恋小说中，无论妻子处于什么样的婚姻境地中，忠诚是她们最重要的道德准则，这也是儒家家庭伦理的重要组成部分。

根据上述分析，在越华婚恋小说中，维护传统伦理道德的重担主要落在女性的肩上，其背后是传统的男尊女卑的思想。

二　西风东渐中的改变

在固守传统的伦理道德的主流之下，越华文坛也存在着不同的声音。

一些新型女性的形象出现了，虽然数量不多，但是她们的出现表明传统观念也在发生变化，导致这种变化的因素是西方思想的传播。

这些新型女性形象大致可分为以下两类。

首先是"叛逆的儿女"。在上文的表 2 - 1 中，54 篇婚恋小说里面有 4 篇小说分别由弱到强、由浅至深，塑造了一组形貌各异的"叛逆儿女"的形象。莹瀛的《走向何方》（发表于《中学生》第 2 期）着重表现的是一种困惑，女主人公毓真在"亲情与爱情的交煎下""迷失了自己"。她一方面意识到追求个人幸福的权利，另一方面又觉得孝道不可违背。这部小说的独特之处在于，它的结尾处只留下了一个大大的问号，而不是像当时大多数作家那样让爱情最终向孝道屈服。作家在思考，但显然还找不到答案。庄威的《嘘！静静别说》（发表于《水手》）以抒情的笔调，诉说了"我"与美欣之间顶住世俗压力的苦恋，双方互相鼓励、互相支持，情绪也比较乐观，只是这对恋人仍然把希望寄托在改变家长的看法上。爱蕙芳的《叛离》（发表于《时代的琢磨》）采用书信体的方式，以第一人称"我"深入女主人公惠芳的内心世界，塑造了一个既有头脑又孤立无助的女性形象。"我"不愿意遵从母亲的意见嫁给一个有钱人，因为对方"终日游手好闲、无所事事"。"我"为了终身幸福和将来的前途，决定出走了。但出走之后又往何处去呢？"我"心中一片茫然。小说没有给出明确的答案，最后在"我"对家庭的不舍以及对前途的茫然中戛然而止了。洪辅国的思考比较深入，他的《冲出云层的月亮》（发表于《春语》）是越华文学中少有的一篇反抗性强、结局圆满的作品。小说大意是：富家小姐吴秀芬反抗"潮福不通婚"的习俗，并在朋友的帮助下，机智地逃出了家门，与恋人杨柏坚一起献身于教育事业。这篇作品最大的价值是提倡了自立、自强的新式道德理念，这也是男女主人公能够反抗成功的根本原因。

其次是勇于离婚、再嫁的女性形象。维护家庭的完整是越华婚恋小说传达的核心理念，即便婚姻不幸也鲜有人冲出围城。不过，勇敢者还是存在的，比如 1974 年鲁心的小说《婚姻》中的翠环。《婚姻》分三次连载于《远东日报》"学风"版，分别是第 1027 期（1974 年 3 月 24 日）、第 1028 期（1974 年 3 月 26 日）、第 1029 期（1974 年 3 月 31 日）。《婚姻》

的大意是陆亚泉因不满包办婚姻而对妻子翠环长期虐待。翠环在忍受了
20 多年之后，终于向陆亚泉提出了离婚的要求，并要跟真心爱她的李松
康结婚。作为一名年近 40 岁的已婚妇女，翠环的要求在当时的社会氛围
中无疑具有革命性的意义。陆亚泉忏悔自己的所作所为，同意离婚。不过
故事的结局却是平地起波澜，他们的女儿美英（瞒着翠环当了舞娘）为
了钱而疯狂，向母亲假传父亲的口信，索要 50 万元的赔偿费，令翠环既
悲哀又震惊，甚至打消了再婚的念头。小说在美英的哭声中结束，而翠环
还一直蒙在鼓里，不知道陆亚泉的真实想法。这篇小说没有完美的结局，
但它是一个前兆，预示着越华女性对新生而美好的事物的追求终会变成现
实，虽然过程会比较艰难。小说强调了婚姻的基础是男女平等、互敬互
爱，向传统的以孝为内涵的包办婚姻以及夫权思想发出挑战。这种新型的
婚恋观正是西方思想影响的结果。小说还通过陆亚泉的表现从正反两方面
凸显了西方文化的价值。陆亚泉年轻时就十分向往西方文明，他 19 岁时
正准备去法国留学，对他来说，像年青的鸟儿那样 "飞翔在文明的天地
里是他一生中最大的愿望"，不料父母却让他结婚，粉碎了他的留学梦。
陆亚泉不敢反对父母，就把所有的怨气发在妻子身上，从而导致了 20 多
年的婚姻悲剧。这样的情节设计暗示着如果当初陆亚泉去了法国，他也许
就不会有后来如此极端的报复行为了。至于陆亚泉后来为什么会同意离
婚？小说借李松康之口对此的分析是 "亚泉到底亦是一个有读书的人，
也曾接受过外国思想的影响，不会没有对本身的残暴行为悔改的一天吧！
那么他亦不会固执地不让翠环去过新的生活吧？" 事实确如李松康所料，
而且陆亚泉还羡慕翠环比他运气好，"还有新生的希望！"

最后是开明母亲的形象。在越华婚恋小说中，父母与子女常常关系紧
张。韩毅刚的短篇小说《吹个口哨吧》与众不同，它塑造了一个开明母
亲的形象，表达了越华青年渴望得到父母支持的心愿。小说大意是桀骜不
驯的少年凌漠寒爱上了少女晓寒，他大胆地向晓寒表白，并常常用吹口哨
的方式表达自己的感情，结果招致晓寒的反感，难得的是晓寒的母亲既看
出了女儿的心事，也透视到凌漠寒放荡不羁的外表之下的真诚。她赞同女
儿同凌漠寒交往，并且对女儿说："妈是很民主的"。在母亲的鼓励与支
持下，晓寒才接纳了凌漠寒，整个故事因而峰回路转了。与越华文学作品

中众多"家长制"作风的父母亲相比,晓寒母亲的形象是一个难得的亮点。

以上这些新型女性的形象在当时的越华文学作品中还属于"万绿丛中一点红"。不过她们的存在本身已经反映了西方思想对越华社会的影响,只是这种影响因人而异,不能一概而论。总体而言青年人是接受的主体,而老一辈的华人则难以改变。哲文的书信体小说《给母亲的信》(1972年10月13日,第673期"学风")就反映了这一现实。这篇小说是写给所有不适应时代的母亲的,具有很强的现实针对性。作品中的"母亲""总喜欢将两代媳妇的遭遇做比较",于是"为自己的遭遇而痛哭"。"母亲""有时显得很固执",因为"无法适应这个时代的思想"。作品从儿子"我"的角度,对母亲进行了劝慰,写得情真意切,实则是越华青年一代对老一辈的温馨提示。"我"对母亲的劝慰集中在以下几点:首先,时代不同了,劝母亲对媳妇说话"要小心",以免惹麻烦。其次,劝母亲不要太固执,儿女的婚姻不一定要由母亲做主了,也不必要找到同籍贯的媳妇。小说写道"现代欧风东移,女权高涨,在我们年青的社交圈里流行着一句口号'女性第一',一个男孩子若是不去体行这句口号,那将被视为不懂社交,而难获得异性的垂青。"最后,劝母亲放宽胸怀,众多的儿女中有两个很孝顺就满足了,"人生失意的事常常十之八九,我们对生命何必太过的苛求。"这篇小说集中反映了西方文化影响越华社会的客观趋势以及越华青年一代对它的接受。

综上所述,20世纪六七十年代的越华社会既固守传统的伦理道德观念,又接受了西方思想的影响。两相对比,前者占据着主导地位。这从三八节的纪念文章就可以窥之一二。根据笔者的统计,1965～1975年(1971年缺)近10年的《远东日报》所刊登的有关三八节的纪念文章总共只有三篇,作者只有两位,分别是卢妙(女作家)的短文《"三八"感言》(1967年3月8日,"我们的号角"专栏),立鹤的短文《纪念三八妇女节》(1974年3月8日,第1022期"学风")和《妇女万岁!》(1975年3月7日,第1153期"学风")。除此之外,广大的越华文艺工作者对三八妇女节都保持了沉默。这一现象突出反映了越华社会的保守性。联系当时的社会背景,在西方强势文化的冲击面前,越华知识阶层普遍存在着一种文化抵抗心理，强烈的民族危机感使得他们对传统文化的维护重于反思与批判，越华青年也认可这一理念，因而原本是最富于叛逆精神的青年一代也更倾向于守成。

与中国本土作家相比，越华作家保留了更多传统文化的因素，这与他们置身海外，文化认同意识的强化有关。从理论上说，文化认同与危机意识"很难发生于封闭的文化空间中的群体。因为认同建构于'他者'的凝视，也就是说，文化认同主体只有开始从'他者'的视角凝视自我时，才能够建构自我，实现自我认同。就此而言，只有去土离乡的人才会产生强烈的文化认同，而一直处于某个封闭的文化空间的群体，对于自身的文化变革反而比较漠然。这也就不难理解，美国的唐人街与东南亚地区华人聚落为什么比中国本土保留着更多的中国传统文化符号，因为他们要以此建构自我，以免自己在文化上变成'他者'。"①

综上所述，越华文学主题具有多元化的文化内涵。主题影响到作家的审美取向。越华作家在文学创作中为了提炼主题，在审美取向上也表现出多样化的特征。从审美取向这一视角来考察越华文学，对于深入把握越华文学跨文化的丰富性，十分有益。

①　季中扬：《乡土文化认同危机与现代性焦虑》，《求索》2012年第4期。

第三章 越华文学的文化融合
与审美取向

　　华人定居越南之后，最大的心愿是能够在越南安居乐业，但是无情的战火、民族生存的危机使他们不能如愿，因而越华文学作品充满强烈的反战意识与民族意识。在保存中华文化之根的前提下，华人也力图适应越南的文化语境，接受不同民族文化。表现在文学上，在吸收不同民族文化的过程中，越华作家逐渐形成了富有越南特色的华文文学创作，不仅文学主题多元化，而且审美取向也具有多元化的特点。

第一节 多元文化交汇的审美底蕴

　　多元文化交汇是越华作家为了实现艺术创新而形成的一种自觉的美学追求。他们将不同民族文化视为推动文学创新的积极因素，比如陈玄在《作品的时空问题》（1966 年 1 月 18 日，第 204 期"学风"）中强调创新，并指出："无论在思想上，语法上，都应该配合时代性与地方性。"这里的"地方性"强调了越南当地的文化元素。再比如莫剑虹的文章《文学作品的语言内容和风格》（发表于《奔流》创刊号）指出："提高语言修养的方法，是向口头语言学习，向外国语言学习，向本国丰富的文学遗产学习。"他还提出作品的内容要多方面取材，并列举了越南"大叻"的风景、"顺化"的古迹、"芽庄"的海滩，再加上"那地的民风"，"此地的服装"等。这些看法代表了越华作家的一种文化综合的创作理念。具体到创作中，越华文学多元化的审美底蕴主要表现在文学的想象空间和人物形象两个方面。

一　丰富的文学想象空间

依据人文地理学的观点，文学中的"地理"是一种不同于自然地理的"地理想象"，它是和文化认同联系在一起的。和中国文学相比，越华文学在想象空间方面最显著的特征就是始终穿行于中、越两国的文化空间，浸透着越华作家对故国和居住国的双重认同。这一点，我们可以从越华文学繁荣时期最能表现作家个性、在读者中影响最大的小品文中清晰地看到。

1975 年之前的《远东日报》副刊是众多专栏作家驰骋的天地。这些专栏不断推陈出新，内容包罗万象，形式多为短小精悍的小品文、杂文，它们是广大读者每日必需的精神食粮。在这些五彩缤纷的专栏中，以蛰蛮的专栏连载时间最长、影响最大。蛰蛮的"越南狩猎谈奇"始于 1961 年10 月 9 日，连载了 3 年多时间，文章总计 1000 多篇。1965 年 1 月又从"越南狩猎谈奇"脱胎而成"无所不谈"专栏，连载至 1975 年，又长达10 年之久。在广大读者的要求下，"越南狩猎谈奇"于 1975 年初出版了单行本，更名为《越南狩猎回忆录》。

蛰蛮的专栏基本覆盖了越华文学的黄金时期。他的专栏之所以能够历久而弥新，与他糅合中、越两国的双重想象密切相关。蛰蛮的审美取向在越华文学中具有样本的意义。

蛰蛮祖籍广东，他的中国想象是以故乡珠江三角洲为中心展开的，这对越南华人而言十分重要，大部分越南华人的祖籍都在广东，因而，蛰蛮的作品在一定程度上舒解了广大越南华人的思乡之苦。不过，蛰蛮的中国想象并不局限于他所属的广帮，在回忆珠江三角洲的同时，他也努力扩大描写范围，并获得了同行的首肯，慕水曾经说道：

> "无所不谈"专栏作者蛰蛮兄，笔下充满浓厚的地方色彩，因为他是广帮人，所谈的多数是广帮掌故，涉及其他各属的比较少。日前居然发表了一篇有关韩文公祭鳄鱼文的大作，分外显得珍贵。[①]

---

① 慕水：《鳄渡秋风忆旧游》，《远东日报》"堂外堂随笔"专栏，1972 年 10 月 4 日。

蛰蛮自述他年少时因社会动荡不宁，旅行不便，"故不能写出广府以外的掌故"①。对于知识广博的蛰蛮而言，这当然是他的自谦。蛰蛮不满足于广府掌故的叙述，他有着更远大的目标。1967 年 2 月 24 日，蛰蛮的《本刊将添生力军》一文发布了《远东日报》的一个重要信息（这本身就表明了蛰蛮在读者中的号召力），在文中，蛰蛮特意为《远东日报》即将开辟的"掌故栏"做了广告，他告知读者新栏目将"特约多位宿儒及诗人们"，"将包含福建，潮州，海南，客家等处的乡情轶事。作者们将以各人的家乡掌故，以及各地的山水人物等，择要而逐日刊登，使一般在海外出生的青年男女，借此而稍知各地的乡情"，紧接着蛰蛮强调"这是海外副刊最有意义的一着"。这句话道出了越南华报副刊的文化宗旨。他们要让从未接触过故国山河的海外华裔青年对祖籍国多一份了解，不仅是了解乡情，更是传承中华文化。蛰蛮本人对此一直是身体力行，他的文章就是一篇篇内蕴丰富的中华文化民间读本，比如《声声更鼓夜深沉》（1966 年 5 月 21 日"无所不谈"专栏）写道："'看更'这个名词，相信人人皆知道这是通宵不寐，谨慎看守门户之意。但一般在海外出生的青年，可能不知道什么是'更'，'打更'是什么一回事，这里且谈谈'更'的一切"。再比如《年晚说煎堆》（1966 年 1 月 17 日"无所不谈"专栏）谈到广东风俗，过年食品必有"煎堆"，"但海外的华侨眷属，多不知煎堆的制造法，抑不以煎堆为过年必需品，致令年晚煎堆，已不是人有我有了"。其余如《过年》（1965 年 1 月 1 日"无所不谈"专栏）、《孔圣诞谈孔庙故事》（1965 年 9 月 28 日"无所不谈"专栏）等不胜枚举。

越南是蛰蛮文学想象的第二重空间，容纳了堤岸"中国城"的历史沿革以及越南各地的风俗民情等。这些内容对于越华老一辈来说是宝贵的回忆，对于越华年轻一代则可以增广见闻。越华青年要在越南扎根下去，对越南一定要有充分的了解，这也是越华文教界人士的共识，因此，他们对于介绍越南的人文知识等不遗余力，体现了文化交流的姿态，比如《远东日报》1962 年 8 月 5 日至 9 月 27 日的副刊曾专门连载过越南民族

---

① 蛰蛮：《本刊将添生力军》，《远东日报》"无所不谈"专栏，1967 年 2 月 24 日。

革命耆宿潘佩珠先生的遗著《潘佩珠先生自传》，"编者按"写道：

> 因此间华裔读者对越南民族革命可歌可泣之事迹，所知尚少；尤其对潘佩珠先生之生平及其复国运动更不得其详，而此年表虽为潘佩珠先生之自述，实不啻越南之初期民族革命史也。……故将此年表抄录一过，分期刊出，俾此间华裔读者对越南初期民族革命有所认识，并对潘佩珠先生之伟大人格亦知所景仰……

另外，以传播中华文化为己任的《中学生》在第 2 期还登载了两篇介绍越南国情的文章，分别是杨良友的《越南发行邮票概述》、崔潇然的《越南南部冲积平原农村生活》，其用意是很明显的。

越南是越华作家共同的想象空间，越华青年作家都有不俗的表现。不过，越华青年作家的生活圈相对狭窄，描写对象多局限于西贡或者自己所成长的越南乡镇。而蛰蛮在越南居留时间长，阅历丰富而独特，他的想象空间不仅比青年作家广阔，比起同龄的作家也更胜一筹。最具特色的是他的"越南狩猎谈奇"，这个专栏记载了他本人在越南中部、南部山区打猎的亲身经历，展示了越南山区独特的自然生态以及土著居民的生活，文中所写"山林、地理、人物、野兽、枪法等，统统是真的"[1]，既真又奇，在越华文学中独树一帜。关于越南狩猎的佳处，蛰蛮本人有过生动的记述：

> 世界上最多野兽之地，当然是非洲，世界上最佳的猎场，亦当然在非洲。以非洲之大，猎场之多，禽兽之众，如能在非洲猎场深入一点，看尽这里的珍禽奇兽，及奇花异草等，相信仍有许多闻所未闻及见所未见的新奇动植物。可惜非洲路远，又限于个人环境，至没有机会到该地一新耳目，这诚是好猎者的遗憾。不过，越南的领域虽不算大，但境内到处有猎场，猎场内到处有野兽，任凭什么狩猎专家，也不能以毕生之力，到遍境内的猎场也。
>
> 虽然非洲之狮子，澳洲之袋鼠，南美之长颈鹿等，不见生于越

---

[1] 蛰蛮：《殿后话》，《远东日报》"越南狩猎谈奇"专栏，1965 年 1 月 11 日。

南，但越南的牛群象群鹿群，及巨大的南蛇鳄鱼等，也是许多地方所没有的，故越南猎场，也可称为狩猎家最好去处之一。越南猎场的特别佳处，是得天独厚的天气，中越南越间不冷不热，周年爽垲宜人，这是最佳的打猎气候。打猎气候不宜太冷，亦不宜太热。太冷则行动不便，野宿为难，太热则汗出如浆，很容易增加疲倦，两者皆与打猎不相宜。中越南越的日间纵有闷热，夜后必空气清爽，这尤以山林之间为然，山林里根本没有闷热的。

……

笔者适逢其会，南来此间，获识一群猎友，因性之所近，与友辈作逐走射飞者，从少年、中年，至老年亦猎心不衰，故略有山林知识及狩猎门径。虽然如此，笔者究非全材的狩猎家，故在许多狩猎场面里，不能展出最大的猎力，这是笔者自视为遗憾的。其实，打猎虽以枪法准确为基本条件，但余如游水，司机，摄影，上树，扳山，跑跳，及挨饥挨渴等，均是猎人应有的技术。但笔者对上述条件全部皆不及格，游水司机摄影三项，尤是门外汉，如懂得摄影者，这三年来的本栏，可能有许多附刊图片。如懂得游水者，则全部猎事重忆中，亦必有许多水上打猎的故事。①

"越南狩猎谈奇"大受读者欢迎。据蛰蛮的《狩猎谈奇的因因果果》（1974 年 11 月 25 日"无所不谈"专栏）介绍，他的打猎事原本在《世界日报》已经刊登过，后来《远东日报》的主笔邹增厚力邀他重写。由于蛰蛮在《世界日报》写稿时并未存稿，因而一切都是另起炉灶。"狩猎谈奇"写了大约 300 期之后，蛰蛮转写"食在广州与食在西堤"，结果约一个月之后，台湾与泰国的读者来函要求续写狩猎谈奇，蛰蛮欲罢不能，于是就又续写了 700~800 期。

蛰蛮的思绪在中、越两国之间穿行，他的不少作品还将中、越两国的文化空间并置，起到交相辉映的作用，比如《借问酒家何处有》（1966 年8 月 20 日"无所不谈"专栏）由古诗联想到抗战前广州的食肆，再勾连

---

① 蛰蛮：《写完猎事谈猎事》，《远东日报》"越南狩猎谈奇"专栏，1965 年 1 月 10 日。

到越南郊外的酒家。再比如《贡广新坟场建亭琐记》（上）（1972 年 10 月 14 日 "无所不谈" 专栏）先从清朝时代佛山坊人筹建忠义社的旧事谈起，然后又转入西贡的广肇新义祠之事。至于《大勒玫瑰与广东玫瑰》（1965 年 5 月 11 日 "无所不谈" 专栏），仅从标题就一目了然。即便是记叙越南的狩猎之事，蛰蛮的思绪也会飘向故国，比如他在越南打虎的时候，脑子里立刻联想到的是 "武松打虎" 的场面，并写下了《论〈水浒传〉武松打虎场面不合实际》一文（1962 年 1 月 7 日~1 月 13 日 "越南狩猎谈奇" 专栏）。

总而言之，以蛰蛮为代表的越华作家对中、越两国的文化想象，体现了越华作家 "文化认同" 和 "文化融合" 的理想，编织了越华文学多元文化的图景。

二　人物形象的多样性

这一时期的越华文学刻画了很多女性的形象，女性的审美并存着东、西方两种衡量尺度。女性形象的多元化内涵，从另一个角度反映了越华文学多样性的审美形态，也反映了越华知识阶层文化融合的人文理想。

越华文学中，女性美主要表现在人物的性情与外表（包括长相、着装、举止等）两个方面。性情方面，柔顺（或曰贤淑、温柔）是主要的审美尺度，受到作家的广泛认同，比如谢振煜的短篇小说《保证》（发表于《序幕》），李先生的迟归引起了李太太的怀疑，但当丈夫回来的时候，李太太仍然 "迎上前，柔顺地替丈夫解领带"。女性柔顺的性格不仅获得男作家的首肯，也得到女作家的认同。尹玲的女性形象建构就是有力的佐证。作为越华文坛屈指可数的女作家，尹玲的双博士学位使其受教育程度在越华文坛无人出其右者。这么一位深受西方文化熏陶的女作家依然认同传统的审美观，她笔下的许多美的女性都具有柔顺的特点，比如短篇小说《踏在夜的潮上》，小说中的彭先生从丈夫的角度对妻子的柔顺做了肯定，他自豪地对大家说："我的太太很柔很乖。我真想家和孩子们。我有两个女儿和一个儿子。我在外边怎样苦回去也不愿让他们知道和操心。" 对此，小说中作为听众的 "我"（女性）的反应是：

　　谁知道呢？但我感到羡慕甚至妒忌那个未谋面的女人。不管他是否真心爱着她，不管他是否曾对不起她，只要听见这一句话，多少怨恨都会消散无踪。也许这就是女人，易怨易喜，多愁善感；嘴头硬，但心肠软。

　　可见，小说中的"我"也是认同彭先生的观点的。再比如尹玲的短篇小说《细雨濛濛》，小说中的"我"对于"蓝"（人名）爱"静"（人名）而不爱"曼"（人名）表示很不理解，因为"曼今年也十八岁，她很美，天真、羞涩、娴雅、柔顺、善良，读书的成绩也相当好。她并不比静逊色呀！"还有尹玲的短篇小说《漂浮的白云》所写的"玲"，男主人公对"玲"的印象是："玲，是善良的、娴淑的、温柔的；她给我带来太多甜蜜温馨的回忆；她给我带来太多天真美丽的幻想、憧憬。"上述文本表明了作家对"柔顺"这一传统女性审美观的认同。这与越华文坛坚守传统文化的整体心态是吻合的。

　　不过，越华文学中，女性并非一味地顺从，也有不少女性表现出坚毅（或曰自立、自强）的性格，同样获得作家的肯定。这体现了西方文化的影响。仍以尹玲为例，尹玲不仅受到传统文化的熏陶，而且受到西方文化的浸染。中法学堂的教育经历使她与法国文化亲密结缘。她从法国文化中吸取了"浪漫""自由""独立"等思想，并反映到她的创作之中。她的短篇小说《严冬里的寒梅》就塑造了一个异于传统的女性形象"佩英"。小说大意是佩英的父母为她包办了一门亲事，她克服了最初的软弱，终于在距婚期还有十天的时候，说服了未婚夫，"使他明白没有感情、勉强结合的婚姻是绝对没有幸福的"，而由未婚夫出面解除了婚约。佩英对解除婚约的反应是："我又恢复自由了，我是多么的高兴啊！"获得自由的佩英到了一所医院工作，决心将自己的一切奉献给"社会、国家与人类"。小说将佩英比作"疾风里的劲草""严冬里的寒梅"，赞赏了佩英的坚毅、勇敢。同样是面对包办婚姻，佩英与《试季》中的江茜枫恰好形成了鲜明的对比。佩英的选择代表了越华女性的一种新的人生理想，即冲出家庭的牢笼，为社会做贡献。它呼唤的是女性的自尊、自立与自强。女性要获得独立，读书是重要的途径，因而女性的自立常常与好学联系在一起。佩英就是一个受过教育的女生，因此她才有资格、有能力为社会服务。在尹玲的笔下，不爱读书的女性是不美的，这无疑与尹玲本人的经历有关。在尹玲的短篇小说《不眠》中，当"伊"认同传统的"女子无才便是德"的思想，对"我"说："女孩子读到这程度也算太多了"之时，"我"的反应是："短短的一瞬间，我眼前的景物都不见了，黑暗的一片，恐怖的。"小说还写道："我感到失望的是我一向以为伊了解我，但今夜，是这句话已使她存在我脑海中原来美好的印象开始消灭。而忧郁，不知从何处来的，又在这瞬间充满我心灵。"越华文学中，女性的坚毅不仅是为了追求婚姻的自由，更是战乱年代生存的必需。在战争中，多少女性失去了丈夫或恋人，为了承受命运的压力，女性必须变得坚强，学会自立。就如同尹玲在《雨夜寄语》中所写："既然我们生存在社会里，我们就要有应付、对抗和改善社会所造成恶劣环境的毅力，要有生存下去的勇气！"

越华文学对女性自立、自强的呼唤还基于这样一个社会现实：战乱中，一些女性解决生存的途径是投入美军的怀抱。这样的女性受到越华作家的谴责，而一批自立、自强的女性形象的出现，正是对上述现象的一种批判，也体现了一种民族的自尊，比如楚珊的散文《绾结我们的生命》（发表于《水手》），文中的"我"下决心要好好把握清晨的安静，用爬格子来换取生活费。虽然生活艰苦，但"我"却感到无比的"荣幸""快乐"。文章批评了那些"媚外""虚荣""陷沦"的女孩们，批评了那些挥霍青春的同龄人。再比如潘懿德的短篇小说《姊与妹》（发表于《时代的琢磨》）中的姐妹俩自食其力，用投稿挣的钱买到了自己的所需。还有云中雁的短篇小说《窄路》（发表于《中学生》第 2 期）中的女学生婉芬，她因家境不幸而辍学，但她拒绝了学校的怜惜，毅然进工厂当了女工，并且边工作边坚持写作。

上述文本表明，在女性的性情方面，越华文学存在着刚与柔这两种审美尺度，体现了东西方文化的融合。不过，在女性的外表方面，越华文学则几乎只遵循单一的东方审美尺度，那就是形貌的灵秀、纤细、白净。比如尹玲笔下的江茜枫，她的美丽受到大家的交口称赞，当她自己照镜子时，她看到的是"弯弯的眉毛，清彻明亮的大眼睛，小巧的鼻子，红润的薄嘴唇，白皙的皮肤，微曲的烫过的乌黑短发。漂亮！是的。连婉文也那么说过：'枫姐！我要是有你那一半的美就好了。'"还有甄冬的短篇小说《花伞下的樱唇》（发表于《水手》）中的祁莹，她是个好学的新女性，一心扑在学业上，甚至为了学业而放弃了眼前的爱情，但她的外表依然符合传统的审美观，小说写道："她有个鸭蛋脸儿，细细的眉毛，一个又小又红的樱桃嘴，皮肤白白的，身腰婀婀娜娜的，委实动人。"再比如前文曾提及的韩毅刚的短篇小说《吹个口哨吧》，小说中的少女晓寒明显接受了西方文化的熏陶，小说特意写她"手里拿着一本英文版的傲慢与偏见"，但她的美依然是传统的，小说细细地勾勒了她的一张"清灵娟秀的脸庞"，一对"温柔而寥落的大眼睛"，一头"乌黑如云"的秀发，还有"挺而微翘的鼻子"，"柔和而有点委屈的抿着的小嘴"，总之是"一个清灵如水的女孩！"在小说中，晓寒的外表令男主人公凌漠寒一见倾心，虽然凌漠寒性格有些放荡不羁，但是吸引他的恰恰是晓寒这样的传统型美女，而不是那些性感时髦的女生。可以说，在越华文学中，每一个动人的爱情故事中都立着一位袅袅婷婷的东方美女。

对于女性的外表，越华作家执着于传统的审美尺度是有深意的。联系作家的写作背景，20 世纪六七十年代受嬉皮士风潮的影响，不少越华青年男女刻意标新立异，外表奇形怪状，引发了越华文教界人士的强烈不满。他们在文学作品中勾画了嬉皮士的丑陋形象，比如韩自立的《生活随笔》（上）（1972 年 10 月 6 日第 670 期 "学风"）对一个朋友的漫画式描写："嘿！真的不错，长长的发脚，电得一圈圈的，掩盖过衣领，唇上稀稀疏疏的胡子，像极了哈巴狗的脑袋，往他身上看，好一幅抽象画，左一个红唇，右一句 'Kiss Me'。"在这篇随笔的结尾，作者感慨地写道："就算他染金了发，隆鼻，穿稀癖装，满嘴英文，但他永远改变不了他身体内所流的血液，那里流着几千年的文化，固有的道德传统！"越华作家重视外表，因为它体现了一个人的道德修养，不可小觑。越华作家对传统女性美的建构实质是对嬉皮士风潮的一种反拨，是对西方颓废文化的一种拒绝。对嬉皮士的厌恶在短篇小说《吹个口哨吧》中也有不露声色的流露。《吹个口哨吧》是一个文化内蕴丰富的文本，小小的细节中蕴藏着文化的冲突与融合。晓寒对凌漠寒的拒绝混合着东方少女的矜持以及女性意识觉醒的自尊，而更深层的原因则在于她对凌漠寒吹口哨的反感。当凌漠寒提出要和晓寒成为朋友时，小说写道："她突然想起他刚刚的口哨，哦，他当她是什么呢？那么轻佻的口哨，当她是那些随便认识男孩子的女孩吗？凌漠寒，你看错人了！"为什么晓寒会将凌漠寒所吹的口哨解读为"轻佻"，因为吹口哨是当时许多"新潮少年"（嬉皮士的一种代称）的常见行为。当然小说中的凌漠寒并非一个"新潮少年"，他只是用吹口哨来表达他的情绪。但是吹口哨的行为却让晓寒对他产生了误解，晓寒的敏感也从一个侧面反映了越华社会对嬉皮士的深恶痛绝。而晓寒母亲对凌漠寒的接受，也体现了一种宽容、包纳的思想，当然前提是凌漠寒并非真的嬉皮士。

总之，越华文学中的美女既传统又现代，既浪漫又保守。她们对西方文化的接受仍然基于传统的审美心理和思维方式。越华文学女性审美多样化的内涵既体现了一种文化的融合，也是另一种意义上的文化坚守。

第二节　传统田园牧歌的审美情趣

中华传统文化孕育了大量的山水田园杰作。从审美的角度看，田园牧歌具有不朽的艺术价值，它也构成了越华作家最美好的文化记忆。在越战以及越南走向工业化的背景下，越华作家吹奏出了属于自己的田园牧歌。越南秀丽的山河风光和华人长期被压制的历史，造就了越华作家特殊的审美气质。他们既热爱大自然，又积淀着沉痛和隐忧。他们文本中的牧歌情结主要体现为怀旧的心绪与桃源之梦两个紧密相连的方面。

一　怀旧的心绪

越华作家的田园书写弥漫着浓厚的怀旧气息。所谓怀旧，"正如基思·泰斯特所说：'怀旧感隐含了对某种不在场事物的双重渴望。第一，怀旧感意味着某种乡愁。乡愁预先假定渴望的主体在一定程度上要么无家可归，要么在国外。也就是说，没有移动和改变，怀旧是不存在或不可能的。第二，怀旧隐含了对某种在远处或对从前的事物的渴望。现在与过去存在着质的差别。'"①

　　1975 年之前的越华老作家基本上都来自中国，成长于中国的乡村。来到越南之后，回望故国成为他们创作的永恒主题。他们笔下的故国风光寄托了自己去国离乡的情思，比如蛰蛮这样回忆自己的故乡：

　　　　敝邑是"桑基鱼塘之乡"，郊外皆遍种桑树，乡村与乡村之间皆桑林，夏秋间一片绿海，与关外青纱帐同一情形，但冬季则斩尽桑枝，入望中没有一株桑树，平野中可遥见数十里外的乡村，这是夏秋两季所不能望见者，冬季则宛如眼界开拓了。由于所有桑枝皆斩尽，平添了无数的"桑柴"，成为土产的燃料，否则不论那条"顺德柴"，皆是从广西运来的。所以，在本县而看见桑枝柴，便知道又是年近岁晚了。②

　　故乡的一草一木在作家的笔下得到了纤毫毕露的呈现，这些精细描写的背后隐含着蛰蛮无法返乡的焦虑，他只能通过文本的建构魂归故里。蛰蛮写下了大量的思乡之作，上述例子只是其中的一小部分而已。再比如蛰蛮的系列散文《北风南吹忆乡关》，这篇散文从 1969 年 12 月 12 日一直连载至 12 月 31 日，蛰蛮内心的激情不言而喻。

　　越战时期的越华青年作家也蓄满浓浓的怀旧之情。战争使他们不愿意长大，他们希望时间永远定格在无忧无虑的过去。在他们的笔下，童年与青年是两个截然不同的世界。童年单纯、幸福，没有战争的压迫；青年则忧郁、苦闷，看不到希望。"十八岁"是他们的文本中一个分外沉重的艺术符号，因为这正是服兵役的年龄，也是两个世界的分界线。陈邦超的诗《十八岁》（发表于《中学生》第 2 期）反复抒写了 18 岁的悲哀：

　　　　十八岁！可怜的年代啊！
　　　　生命的门，

---

① 肖伟胜：《怀旧与英雄：浪漫主义的两副面孔》，《西南民族大学学报》（人文社会科学版）2013 年第 2 期。
② 蛰蛮：《初冬十月忆故乡》，《远东日报》"无所不谈"专栏，1972 年 11 月 16 日。

已被战争的裁判者关上，
灵魂在彷徨中呜咽，
战栗的手数着唏嘘的日子，
苦涩的嗓子唱着哀悼的丧歌。

十八岁！可悲的年代啊！
已失却了——
那黄金的前途与希望。
以血腥来持掌生命的天平，
一切的光采都幻灭了，
就只剩下了死亡的思想。

十八岁！可悯的年代啊！
一切意志都已消沉，
一切理智都往绝望的方向走，
终归消逝于深深的泥土底下。

　　战争毁灭了越华青年的前途，他们的心无比沉痛，无一例外。再比如女作家尹玲，她虽然没有服兵役的重担，但其内心的苦痛一点也没有减少。整本《那一伞的圆》的情感核心就是忧郁。从最早的散文《雨夜寄语》（1961 年）开始，"忧郁"几乎出现在尹玲的每一个文本中。在《雨夜寄语》中，她写道："病痛、忧郁是我最亲切的朋友，……你会觉得我'言过其实'罢？是，本来这些话的确不该出自一个十七岁女孩子的口里的，然而，我又怎能说些'自欺欺人'的假话呢？……病中，我尝透了被人遗忘的滋味！……有很多时候，我真想脱离这个丑恶的世界，一了百了；可是理智却不容许我这样做……"花样年华的尹玲内心已满是伤痕：现实令她绝望，她见过太多的死，也常想到死（《荒落》）；对未来她根本不抱希望，"硝烟之下，烽火之下，她早已不相信世界会有一个明天。我们的明天在炮弹的欢呼声中，瑟缩藏得不见踪影"（《淅沥·淅沥·淅沥》）；只有童年能够带给她一些温暖，这也是她的作品中难得一见的亮色。尹玲在短篇小说《夜雨》中，通过女主人公"她"的视角，构建了童年美丽、温馨的画面，流荡着迷人的乡土气息：

> 故乡的月亮是够美：银色的月光洒遍了村间的每一个角落，照着她稚气的脸蛋，也照亮了外婆满布皱纹的面庞，地上，印着一团黑影……门前小溪的芦苇丛中，萤火虫间歇的闪光似乎要和天上的星儿争辉，清净的溪水静静地流着，月儿在水中波动。一阵微风吹过，芦苇发出了沙沙的声响，草地上，不知名的昆虫为她奏着悦耳的交响曲……。

尹玲出生于宁静、安详的越南小城美拖，这些文字未尝不可当作尹玲童年的自我写照。在短篇小说《垂头》中，尹玲写道："我属于我的故乡，那儿有湄公河、椰树；那儿有埋葬了我的无邪和我的幼年的墓。无邪，被葬了，永不再回；幼年，被埋了，也永不再回。"尹玲的怀旧心态在越华青年中具有普遍性。这一代的越华青年作家处于一个悲剧性的时间节点上，童年已经一去不复返，前途茫茫而不可预测，死神随时可能降临，他们只能凭借记忆在文本中重建美好的过去，他们笔下的诗情画意既是一曲童年的挽歌，也是对现实的批判和对未来的绝望。

越华作家的怀旧除了昭示个人悲剧性的命运以外，还具有抵御工业文明的意蕴。长期以来，越南的经济发展十分缓慢，"直到法国殖民统治结束时，越南仍然是一个十分落后的农业国。"[1] 南越和北越对立期间，南越在美国的扶持下走的是资本主义道路，西贡作为南越首府，最先迈入现代化的门槛，它既享受到工业化的成果，也承受了都市化的代价。越华作家大多生活在西贡，处于越南从传统农业文明向现代工业文明转变的最前沿，他们深切地感受到都市化对人性的扭曲，对于物欲横流、拜金主义盛行的都市社会十分不满，再加上边缘族群的处境，对于自身民族传统文化生存的焦虑，这些因素导致他们义无反顾地捍卫农业文明。他们在文本中构建了城乡对立的叙事模式，与 20 世纪 30 年代的沈从文如出一辙。"沈

---

① 王士录主编《当代越南》（当代东南亚系列），四川人民出版社，1992，第 113 页。

从文自称是 20 世纪最后一个浪漫派，而浪漫派就是对工业化社会的不满与批判。沈从文的创作就沿着两种思路展开：一是对城市文明的批判，二是对乡村文明的讴歌，他开启的这种城乡二元结构的创作思路成为之后的乡土小说家广泛采用的一种创作模式。"① 越华作家也继承了沈从文的创作模式，同时又注入了越南的时代气息。

西贡在越华作家的笔下毫无美感，越华文学作品中充满了对西贡的厌憎。尹玲就反复诉说了她对西贡的态度："西贡不属于我的，我应该回到我的故乡"（《垂头》），"住在西贡，我有说不出的烦闷"（《归途》），"西贡不如美拖好"，"在西贡，我的思想麻木，感情麻木，话也不愿多说一句"（《迷惘》）。黎启铿的诗歌《这年代的观感》（发表于《时代的琢磨》）谴责了都市生活的乱象："妖艳的流莺到处卖淫，/儿女打父母不列为新闻，/脱衣是一种流行的艺术，/男女的恋爱可以不讲情感。" 黄致敬的诗《金钱》（发表于《时代的琢磨》）共五节，每一节都是对拜金主义的控诉，比如第一节写道："金钱！你的魔力如刀似枪，/你的压力深如海洋……/谁缺乏着你谁便受社会人士鄙视。/谁掌握着你谁便受到社会人士的敬仰。" 作者愤激的情绪溢于言表。牖民的散文《说天涯》（发表于《奔流》创刊号）细数了他对西堤的厌恶：

> 自从回到西堤来，每天工作在电风扇、光管和市区的嘈杂声中；晚上出入在电虹霓霞之下，四周都充满着铜臭气！
>
> 光阴在平凡的日子中悄悄地溜了，当我惊觉的时候，已经是六年了。六年啊！多可怕的六年，我学到的是商场虚诈的狡猾伎俩；我上的是利润至上的功课。这里没有人情，没有纯朴天真、虚怀和诚意。每个人脸上都挂着面具、戴着势利的眼镜；肚里藏着的是一些腐臭的心肠！
>
> 回想只有海天才是广泛的！宇宙才是晴朗的！我是来自自然，也该回诸自然去。自然是没有矫作，只有自然才是纯真、善美的！我听到了呼唤。我呼吸到了自然！

① 曹小娟：《现代化进程中的中国乡村形象》，《小说评论》2011 年第 4 期。

这样的例子举不胜举。越华文学中，即使是怀念西贡的作品，写得最动人的，也是西贡的自然风光，比如陈大哲的散文《西贡哟西贡》以白藤河为中心，描绘了西贡当年的美景、美人、美味，突出了西贡的"画般意境、诗样情趣"。文中写道，白藤河最美的时候，是夕阳西下的时候，"剩红余晖的风光""微波轻漾的风姿""野餐的风味""'热袍'摇曳的风韵"，构成了一幅"白藤河风情画"。

越南的工业化进程表现出地域上的极不平衡性。与西贡的繁华形成鲜明对比的是包围西贡的广大农村，它们基本上仍保留着宁静、自足的农耕社会模式，与都市十分隔绝。出于对工业文明的摒弃，越华作家构建了越南乡村的美好形象，字里行间充满了农业文明式的古典诗意，比如翁义才的散文《农村底清晨》（1966 年 6 月 14 日第 224 期 "学风"）写道，这里农村的男女"还是十八世纪的模样儿"，淳朴、勤劳，没有城市的"放浪""疯狂"。春风的散文《山村风情绘》（1966 年 5 月 31 日第 222 期 "学风"）、《山村风情绘之二》（1966 年 6 月 22 日第 225 期 "学风"）细致地描绘了村民们从清晨到夜晚一天的生活场景，对于乡村风光极尽赞美之词。

> 这数天，我都住在这谧静的山村。
>
> 清晨，大地从茫茫的黑夜苏醒，朝雾替大地披上一袭白濛濛的轻纱。看，树林醒过来了，那受漫漫长夜露水滋润的树叶多青翠。看，小鸟也醒过来了，还拉着它们响亮的歌喉正在歌唱。这是生之象征，也是未来的希望。
>
> 太阳带着鸟鸣，透出面颊来了，近山远处，都鬃上一层金色。雾已消散，春风轻吹，家家屋顶，都升出了袅袅炊烟，三两农夫正荷着农具，步向稻田，牧童们也带着牛儿，慢慢消失在远树近草中。呵，这是工作开始的时候了！这便是活力的凝结吧。

除了优美的景致以外，作家还强调了农民身心的愉悦，比如《山村风情绘之二》开头一段写道："在乡村，虽然每日都生活于忙碌中，但身心总是愉快的。"

从上述引文可以看出，越华作家对于越南乡村生活的描绘，既是写实，也是虚构。田园牧歌的审美情趣使他们在文本中过滤掉农村的闭塞、贫穷与落后，代之以乐土的形象，具有浓郁的理想化色彩。越华作家笔下的田园生活，只有亘古不变的日出而作、日落而息的农业经典画面，看不到任何时代的气息，时间在这里是静止的，或者说是周而复始的。事实上，越南自从摆脱法国的殖民统治之后一心向现代化迈进，工业化对农业文明的侵袭是不可避免的趋势，在这样的趋势下，原汁原味的越南乡村还能保持多久？人们心里是很不安的。越华作家厌恶都市化却不能阻挡都市化的到来，因而他们就通过文学作品吹起田园牧歌的旋律，希望能抓住渐去渐远的农业文明。这种写作心理既是中华传统文化思想的一种投射，也与工业化背景下产生的怀旧浪漫主义文化思潮有关。有学者指出："受孕于欧洲 18 世纪启蒙运动而衍生的浪漫主义，随着历史逐渐演化成为世界性的文化思潮，追溯辨析其源流形态，大抵可分为怀旧浪漫主义和英雄浪漫主义两种。"[1] 怀旧浪漫主义的代表作家是雨果、拜伦、雪莱等。从越华文学的实际情况看，越华作家接受的主要是怀旧浪漫主义的影响。另有学者指出，19 世纪浪漫主义思想上升的背景是："灵性被驱逐出这个世界，取而代之的是一个机械化的物质主义。这样一个枯燥乏味，毫无生气的物质主义世界使得浪漫派投向自然的怀抱，去那儿寻找美的源泉和那种神所赋予的秩序。这个自然的世界与虚假、丑陋的人的世界形成了强烈的对比。"[2] 由于越南的工业化进程与西方工业化之间的巨大时差，导致 19 世纪西方浪漫主义作家对工业化的感受在 20 世纪中叶的越华文学中得到了重现。雨果对越华作家的影响显而易见，拜伦和雪莱也受到越华作家的青睐，比如秋梦的诗歌《给尤荻琶》，这首诗发表于 1972 年 11 月 19 日的第 688 期"学风"，尤荻琶是希腊神话中专司抒情诗的女神。该诗的后三节写道：

百年前——

---

[1]　肖伟胜：《怀旧与英雄：浪漫主义的两副面孔》，《西南民族大学学报》（人文社会科学版）2013 年第 2 期。

[2]　〔英〕克朗：《文化地理学》，杨淑华等译，南京大学出版社，2003，第 134 页。

你摘下一株小花
夹在雪莱的诗页
遂成为十九世纪抒情
　　　的标本

尤荻琶
我怎样去捕捉你
　　雪白的羽光呢？
留下你形象的隽丽
怎样幻化这刹那的升华

或者在诗的荧光幕上
摄下你空灵缥缈
　　的步音？

　　秋梦在这首诗中表达了他对抒情的执着，而雪莱就是"十九世纪抒情的标本"，也就是作家的学习榜样。

　　在世界走向工业化的进程中，山水田园带来的强烈怀旧情绪是东西方文化的一个交汇点，它体现了人类的共性。具体到越华文学中，山水田园对越华作家的吸引力，在于它代表了传统文学中突出的理想家园的形象。这种审美诉求随着越南工业化的加剧而变得日益强烈。

二　桃源之梦

　　在越南纷乱的历史语境中，田园牧歌是越华知识阶层寻求心灵慰藉的审美诉求。借助田园牧歌传统，越华作家不仅描绘了诗意的田园画卷，而且还在文本里构建了一种乌托邦式的景观，实践了一种避世的理想。它的思想基础主要源自陶渊明的《桃花源记》。

　　"桃花源"在中国古代文学中有两个来源："一个是陶渊明《桃花源记》中的'桃花源'；另一个是南朝宋刘义庆《幽明录》中的刘晨、阮肇去天台山采药而偶遇的天台'桃花源'。前者常被人们视为隐逸世界的象征；而后者由于故事的道教性质及其所蕴含的男女之情，常被后世作品引以为仙界和情色的象征。"① 其中，陶渊明建构的"桃花源"得到越华作家的认同与再现。越南华人最初是为了避难而从中国迁居越南，没想到却身陷另一个时代风暴之中而无法解脱。他们真希望能有一片僻静之地远离乱世。越南是一个传统的农业国家，有许多山林、乡村人迹罕至，与外界隔绝，这样的自然环境与越华作家避世的心理极为契合，因而被视为现实中的"桃源"。在越华作家的笔下，桃源是一个可望而不可即的梦，其主流内涵是避世、和平与安宁。这一点突出体现在蛰蛮、木灵和气如虹等人的作品之中。

蛰蛮的避世思想强烈而持久。"蛰蛮"这个笔名就包含着遗世独立的意味。在《本栏的文字因缘》（1967 年 4 月 28 日"无所不谈"专栏）里，蛰蛮解释了笔名中"蛰"的含义，谓"蛰者伏也"。而"蛮"，顾名思义就是"野蛮人"的意思。蛰蛮的避世思想至少可以追溯到 20 世纪 40 年代，与日本占领越南有关。那时蛰蛮的避世隐含有抗日的思想。这些在蛰蛮的回忆文章《桃源遗憾记》（1966 年 11 月 18 日、11 月 19 日"无所不谈"专栏）中有详细的叙述。该文起笔写道："读陶渊明《桃花源记》所述避秦故事，辄令人触起逐世之想。在天下承平之世，尚有人因厌嚣烦而隐居山野。况在兵荒马乱之间，这桃源更为最佳的韬晦地。"接着作者回忆说他在从前日本登陆越南的时候（蛰蛮在文中回忆说："这时大约是一九四三年"），"亦也曾以猎途之便，无意中找到一片今之桃源，拟借此为终身之计，甘作今之野人，不再与闻世间事。"那么这个"今之桃源"是什么样子的呢？蛰蛮介绍说："这幅地三面环山，可有堤岸福寿马场一倍大。山上满生有刺的竹，不可能从山而下。只可从谷口而进。谷口只有数十码，又满生有刺的蔓生植物。当我们循着血线入谷时，已受尽藤刺之苦。这有刺的竹藤，正是这幅场地的屏障，等于坚固的藩篱。这场地既相当辽阔，中间又有几座小土山，及一条清浅的流水。有山有水有平地，平地上又有疏落的树林，离披的青草，与鸟语花香相映成趣，这在山野是少见的。我们置身场地上，也不禁喝了一顿彩，谓这是深山野岭间的洞天福

① 渠红岩：《古代文学中的桃源意象及其文学史意义》，《贵州社会科学》2016 年第 12 期。

地"。紧接着，作者写道："但这时只留下一点印象，尚未视作他日的桃源。"那么又是什么原因导致作者将这个地方当作日后的隐居之地呢？恰好是在这次下山之后，作者到堤岸一家客栈投宿，被告知昨夜日本宪兵抓走了所有的男性住客，被抓走的人一直没有任何消息。这件事促使作者考虑到"日后处境"，为了避免遭到相同的厄运，作者认为"则不如远走高飞为妙。灵机一触，遂想起在深山发现的'桃源'，如在此处结庐而居，当比陶渊明的桃源更秘密。此地不特'皇军'所不能到，就令惯于打猎的同道中人，也很难知道的。此间不特可以遁世与避乱，更可与尘世隔绝，不问人间的是是非非，以称孤道寡式而过优游日子。打猎更是门口的事情，不必作远途跋涉。这回事越想越真，遂干初步工作，首先来一度'十年树木'，作为他日建屋建园的先声。"由此可见，蛰蛮心目中理想的桃源的最大特点是隐蔽、与世隔绝，主要功能就是避世。这与陶渊明《桃花源记》中的避秦思想一脉相承。不过，蛰蛮的桃源境界比起陶渊明的更加孤绝，陶渊明笔下的桃花源还是一个自足的原初社会，有人员之间的往来，而蛰蛮只想做一个与世隔绝的"野人"，不仅避世，而且弃世了。但是即便是这样的想法也无法实现。蛰蛮写道："可惜此间事情，每每出乎意料之外，像这种与世无争的野人计划，终亦为环境所粉碎。……今之桃源，竟成为'路不通行'的禁区，那里虽有路，但已无从问津了。"蛰蛮的桃源之梦源于战乱，也毁于战乱。他的梦起与梦灭都具有鲜明的时代特征。蛰蛮将这篇文章命名为《桃源遗憾记》，遗憾就是越华作家对桃源梦想的共同感受。

虽然与世隔绝的桃源找不到了，但蛰蛮对桃源的向往并没有停止。他转而将越南人诗意的田园生活作为桃源加以表现，比如《南越的椰园风光》（1965 年 3 月 15 日"无所不谈"专栏）一文，该文第一段写道："在自己的土地上种满椰树，椰树长大了，从绿阴蔽天处盖起房屋，闭门自食，形同世外桃源，这是越南人的椰园生活。虽然椰园生活，不甚适宜于大富之人，但这种悠闲清静，终身与世无争，与人无忤，田地果树是自己的，一切不需求人，这中等人家，倒有优悠自得之乐。懂得享受者，反谓这种环境佳于城市。城市虽繁华，而喧闹噪闹之声，有时使人不耐。南越之人多好静，且酷好园林花木之胜，故南越领域中，到处都有宁静的椰园，亦因椰树是南越的特产也。"

　　从上述文本可以看出，蛰蛮笔下的桃源的确是他渴望避世的精神家园。虽然这些桃源有现实生活环境的原型，但是他却不能在其中诗意地栖居，因为他只是一个旁观的"他者"，这些现实版的桃源并不属于他。

　　与蛰蛮不同的是，越华作家木灵、退者从另一个维度表达了他们的桃源之思。1972 年 12 月 6 日，木灵在《远东日报》副刊发表了散文《桃花源》（此时越战已进入后期），在文章中，木灵凭借自己的记忆，建构了湖南省桃源县附近的名胜古迹"桃花源"的美好形象，在写实的外表下寄寓了自己的桃源之思。文章的前两段写道：

　　　　唐代诗人王维，孟浩然，王昌龄和刘禹锡等，都曾写过有关桃花源的诗词，宋明以后题咏的就更多了，在众多的诗词里，总没有及得上晋朝陶渊明作的《桃花源记》，它记述着一个渔人无意中走进"桃花源"，发现了另一世界，这个所谓世界，当然是出自作者的虚构，虽属虚构，但读了之后，令人非常向往。

　　　　自陶渊明的《桃花源记》以来，不知吸引了多少游人到湘省的名胜古迹桃花源去。桃花源位于桃源县境的东南面。离县城大约 30 华里，往日游人多坐船溯沅江而上，路过都是青山绿水，两岸长满了青松翠柏，船到水溪，登岸纵目四望，一片广阔的桃林，展现在眼前，当桃花盛放的时节，真可以说是一片桃海。

　　木灵笔下的桃花源的特点可以用景区的一付对联来概括，上联是"红树青山，斜阳古道"，下联是"桃花流水，福地洞天"，横批是"古桃花源"。作者身在越南，已经远离中国多年，他笔下的桃花源虽然美好，却只是对故国的一种想象，当然更不可能栖居其间了。

　　1974 年 8 月 4 日，退者在《远东日报》副刊发表了散文《美人窠与桃源洞》（此时越战已进入最后阶段），退者的散文也是对故国的回忆，与木灵是同一思路，文章开头写道：

　　　　洞庭湖南岸，益阳有桃花江，桃源有桃源洞，前者以黎明晖

"桃花江是美人窠",一曲而驰名远近;后者因陶渊明《桃花源记》而流传千古。笔者幸运,在抗战第二年,曾先后一履其地,停骖小驻。

接下来,退者叙述了他探访桃花江,却并未见到一个美人,十分扫兴。而桃源洞之行却并未让他失望。在退者的笔下,桃源洞俨然就是《桃花源记》中桃花源的原型。

　　入其境,但见"房舍俨然,有良田美池桑竹之属,阡陌交通,鸡犬相闻。"依然是和一千六百年前,东晋孝武帝太元中,陶渊明笔下武陵人所见的桃花源约略相似;所不同的此中人已不是避秦之乱的遗民,他们既知有清,亦知民国,更能听到日本军阀在桃源城投下的炸弹巨响。只以当时夕阳衔山,王师长与我及卫士两人,未能详细与普通人衣着一般的男女老幼闲谈。村中人因此亦没有邀我们还家,设酒杀鸡作食,款待我们,便调转车头,赶回德山。

在"越战"最激烈的阶段,退者对故国"桃花源"的追忆,只能是一个遥远的梦而已。

越华青年作家也有着很深的桃源情结,代表作家是气如虹。行军打仗的人最渴望和平、安宁。气如虹随部队四处征战,见识比一般蜗居在西贡的青年作家广阔。他走过许多乡村,也见过许多美丽的风景。这些与战场的残酷、尘世的喧嚣形成了鲜明的对比,更在他心中泛起层层涟漪。细读《征途撷拾》可以发现,作者审美的注意力始终投射在越南的山色美景与乡风民俗上。

在气如虹的笔下,山色美景与战争并置,形成强烈的反差,意在提醒读者:如果没有战争,这将是一片多么美好的土地,比如"我"初入伍时登上凤尾岗的所见、所思:

　　站在凤尾岗上向前俯瞰,嘉黎市在巍峨的珠湛山旁,彷佛大象身下的侏儒。其余三面是一片树林,青翠的颜色连接天际的蔚蓝,令人心旷神怡。最妙是大清早或黄昏，云雾掩蔽半山，云海飘浮，山腰间屹立一座鹅黄的古刹，真是小说里的神仙境界！我无数次神往这大自然的优美幻景！如果遮掩了那轰隆轰隆的大炮声响，这确实是个和平、宁静的世界。（《征途摭拾》之二《受训前后》）

优美的文字寄寓着作者对和平、安宁生活的无限向往，也隐含着不能实现的悲哀和凄凉。

最能体现气如虹桃源情结的是他对一个名为"任翁东邑"的越南乡村的刻画。在他经过的众多乡村中，这个村庄令他最为难忘，着墨也最多：

这地区像个半岛，面积不算小，民众稠密，椰林阴凉，禾田阡陌，四处水塘，外面河水围绕，居民泛舟河上，好垂钓的，正是理想之地；没有车辆的嘈吵，没有废气的污染，有一种世外的宁静境界。

我陶醉于老百姓的恬淡生活，与世无争的淳朴风气，在大都市里是寻觅不到的。村民多数以打渔和耕作过活；也有不少养鸭人家；年轻的少女，一部份开裁缝店，每天勤俭地忙碌工作，不懂得奢华享受。这儿离首都不远，奇怪，许多二十多岁姑娘，竟不曾见过西贡面貌。乡村内，家家户户的习俗，客厅均设置中堂及一副千篇一律的对联：

儒者有文，堪称风流雅士；

山居无事，是谓娱乐高人。

越南以往受儒家学说影响很深，老一辈的多认识"儒"字，很受村民尊敬；越南民族习惯称中文为儒字，当他们知道我这个兵哥也属于"儒者有文"，就很亲切地和我攀谈研究儒学了。

这个饶有风味的乡村，叫任翁东邑（Giong Ong Dong），隶属仁泽郡福有社。人们生活简朴，交通不便，每天有小型渡船来往于东面的福里市，福里市的路直上是返回葛莱渡头，直落是经仁泽郡而出十五号国路到隆成去。福里市的附近原本有路通进任翁东邑的，但泥路破烂，交通只好以渡轮为主。军队方面靠直升机在上空视察，靠军船的运载输送。（《征途摭拾》之六《征东历险记》）

从本质上说，任翁东邑就是气如虹心目中理想化的世外桃源。它的特点就是与外界接触不多，民风淳朴，是远离乱世和工业文明的理想藏匿之所。气如虹深受儒家思想的熏陶，他对任翁东邑的描绘处处可见儒家"大同社会"的影子，反映出作者对儒学的仰慕。不过，战争年代，即使像任翁东邑这样僻静的乡村也不可能不受到外界的侵扰，军队的入驻就是这幅村居图中一个极不和谐的插曲。这恰恰反映了作者清醒的现实主义，因此桃源注定只是一个梦罢了。

根据上述分析，越华作家都是以现实环境作为隐逸的桃源天地，体现了他们追求避世的思想倾向。不过，在动荡的年代，他们的桃源之梦一律都无法实现，优美的叙述中蕴蓄着深深的遗憾。

总而言之，无论怀旧还是桃源之梦，二者都具有共同的精神内涵，即批判现实、放松心灵、表达理想。越华作家的田园牧歌书写，既吸取了东西文化资源，又打上了时代及个人经历的烙印，呈现出多样化的面目，从而丰富了田园牧歌的审美意蕴。

第三节　文学含蓄幽默的审美心理

幽默是人类共同的文化现象。不过，在中国文学中，"幽默"作为一个自觉的美学范畴首倡于 20 世纪 20 年代的林语堂。林语堂的幽默论奠定了中国人认识幽默的理论基础，它也得到了越华作家的认同。越战时期，越华幽默文学达到鼎盛，最明显的标志就是大量喜剧性的副刊小品文的出现，代表作家是蛰蛮、山人等。究其实，幽默是一种智慧，体现着艺术家的人格。黑格尔曾说："在幽默里是艺术家的人格在按照自己的特殊方面乃至深刻方面来把自己表现出来，所以幽默所涉及的主要是这种人格的精神价值。"[1] 解读越华文学的幽默不能只停留在幽默的表层，而应该深入探究作家写作行为背后的心理动机，进而认识幽默外表下隐藏的作家的思想文化观念。

---

① 黑格尔：《美学》第 2 卷，朱光潜译，商务印书馆，1979，第 372 页。

一　遵循文学生产的商业模式

西贡是个历史悠久的商埠，华人以经商为主，大多富于商业头脑。越华文学是现代传媒的产物，越华作家也将越华文学作品视作一种特殊的"商品"，注重市场需求。南北越对峙期间，走向资本主义的西贡商业气息愈加浓厚，各华报之间的竞争也日趋激烈。副刊是各华报争夺读者市场的一个主要阵地，只有抓住广大读者的"心"才能立于不败之地。读者对于报纸副刊，喜欢看"短小精悍的小品文，杂文，总之字数越短，吸引力越大"，"大概是生活紧张，难有闲情看'缠足布'般的长篇连载吧？"① 笔者认为，这里的"生活紧张"不仅指都市生活的快节奏，也包括战乱背景下民众的精神压力。副刊小品文的兴盛反映了民众需要心理安慰的诉求。

在激烈的商业竞争中，《远东日报》能够脱颖而出，与它网罗了一批人才，精心打造了各种特色专栏密切相关，其中蛰蛮和山人是最引人瞩目的两位。他们洞察世事、知识广博、语言通俗、文笔幽默，极大地满足了读者轻松、休闲的精神需求。值得注意的是，在轻松的外表之下，他们的文章也包含了许多深刻的道理，但比较含蓄，若读者不细加揣摩就很难领会得到。

蛰蛮的专栏为何长盛不衰？因为他有精准的市场定位。比如他的"无所不谈"专栏，虽名为"无所不谈"，其实并非随意而谈，而是相当讲究。首先，《远东日报》的读者大多是工商业人士，不爱读"文坛琐语"，因而"无所不谈"专栏里面"文坛琐语"之类的文章比重最少。其次，虽说无所不谈，其实下笔很窄，碍于人事，有很多忌讳，不能谈。蛰蛮说他不想"因笔而惹事"。② 当然，为了自我保护，政治与时局更是禁区，因此蛰蛮的大量小品文中几乎闻不到越战的硝烟。再次，为了避免单调乏味，蛰蛮在内容上"花样繁多"，"今日写东，明日写西"，"摇笔善变"。③ 除了在选材上煞费苦心以外，在语言表达上蛰蛮自觉追求幽默的

---

① 过人：《读书乐》，《远东日报》"我们的号角"专栏，1972 年 10 月 14 日。
② 蛰蛮：《六年笔下写稿难》，《远东日报》"无所不谈"专栏，1966 年 8 月 28 日。
③ 蛰蛮：《笔耕五年》，《远东日报》"无所不谈"专栏，1966 年 1 月 7 日。

风格，他认为："小品文要有幽默语气，最佳是'最后一击'的调子，读之格外有神"。① 凡此种种，都奠定了蛰蛮副刊常青树的地位。

山人的写作与蛰蛮有异曲同工之妙。山人早在20世纪50年代就已享誉越华文坛，他先为《红豆》撰稿，以其幽默之风深受读者欢迎。后来，《红豆》闭刊了，山人的作品却给读者留下了难忘的印象。1956年，山人在《远东日报》副刊设立了"应毋庸议斋随笔"专栏，这个专栏问世之后，他的作品"成为人人共读的抢手文章"，山人这个笔名"也已成为万千读者心目中幽默的代名词了"②。1959年，山人收集了"应毋庸议斋随笔"专栏的部分稿件，出版了单行本《应毋庸议斋随笔》第1~3辑，在读者中影响很大。

"应毋庸议斋"的命名大有深意，山人在《应毋庸议斋随笔》第一辑的《开斋辞》中开宗明义写道：

> 我国旧日有一种官场术语，上官批覆呈文，有好些场合会用"事出有因，查无实据，应毋庸议！"只这寥寥十多个字，便把天大的事情一笔勾消了。这是说：事情也许是有的，但，事情也许不会有的，请你识趣一点，别再劳劳叨叨，本官听来不顺耳！
>
> 其实，这种事例在今天的社会里也用得着，许多人好管闲事，说闲话，说了一大堆，还说不出个结果来，有些人因此听得不顺耳，于是拍拍肩膊说：朋友，识趣点，别多嘴！如此之类，都可归入"应毋庸议"之列。
>
> ……
>
> 本斋主正经大话不会说，闲来爱管闲事，说闲话，上至雷公飞机，下置棺材地府，无所不谈，也无所不撞板，概可归入"应毋庸议"之列。等由准此，本斋乃命名为"应毋庸议斋"焉。
>
> ……
>
> 最后，本斋主还得要再来一个交代，本斋既名为"应毋庸议

---

① 蛰蛮：《小报·副刊·小品文》（下），《远东日报》"无所不谈"专栏，1966年1月9日。
② 雷家潭：《应毋庸议斋落成志盛》，《应毋庸议斋随笔》第一辑，远东日报社，1959，序第1页。

斋"，这里所写的东西，虽或事出有因，但总是查无实据，应毋庸议的。列位看官如觉着看不顺眼，请不要再看下去，免动肝火。如果是豆腐同志，可于茶余饭后，点上一枝香烟，拿到茅厕里，与子同消万古愁。

"应毋庸议斋随笔"在《远东日报》连载至越南统一之前（中间有停顿），时间跨度长达十八九年。山人在 1974 年 7 月 20 日发表的《十八周年"斋庆"》中写道：

> 套句现代作文八股：光阴似箭，转瞬十有八年。
> 不错，"应毋庸议斋"自处女开张到现在，已整整十八个年头了。只不过其间人事多变，故此或断或续，时开时闭，没有一直"营业"下去而已。

除了"应毋庸议斋随笔"之外，山人在《远东日报》还开辟有"风凉阁杂话"专栏，其实也是为了改换口味。"风凉阁杂话"体现了山人一贯的幽默风格，比如他的《风凉阁序》（1961 年 12 月 28 日"风凉阁杂话"专栏）调侃道：

> 王勃写过一篇《滕王阁序》，于是滕王阁名垂不朽。
> 准此，似乎有阁必有序，然后才能传诸百世。今天，细佬山人开起阁来，取名"风凉"，少不免也要序它一序，于是乎有这篇《风凉阁序》。
> 不过，差得很远很远，《滕王阁序》出自大文豪手笔，四六骈体，读起来铿锵有声；而我的《风凉阁序》呢，失礼得很，语无伦次，读起来如隔夜油炸鬼。其最大不同之处在此。——先此声明，以免后"骂"。
> 也许有人会问：山老为什么不开斋而开阁起来呢？那爿"应毋庸议斋"已经召顶或者卖台了么？非也！只因那斋日久失修，迫得拆迁，另起炉灶。同时，斋吃得多营养不足，这大半年来患上严重的

贫血病，不得不改换口味，一时心血来潮，乃有此阁之设。

蛰蚕与山人的专栏写作体现了越华作家的经济头脑和市场意识。在《无所不谈的自白》（1966 年 11 月 10 日 "无所不谈" 专栏）中，蛰蚕直言不讳地写道：

> 亦因本栏篇名为 "无所不谈"，当以 "摘锦" 式的资料为佳，如一题而写数十续，这便内文不对篇名了。尚有读者方面的意见，我也要尊重。……因为所有的读者先生，通通是本栏的主顾或老主顾，故笔者要面面俱圆，免令主顾们索然无味。这是文字因缘，报纸佬是要广结文缘的。
>
> ……
>
> 也许有人说，在报上谈故事，也要顾虑到读者的 "胃口"，这不也太过 "生意经" 吗？诚然，本报是商办之报，自然三句不离本行，不与贵客们 "斗逆水"。本报以广结文缘，拥有多数读者为第一要义，故不能与生意经背道而驰。这相信各报都如此，不独本报为然也。"

从以上的引文，我们看出：蛰蚕将读者视为 "顾客"，他的作品自然就是 "商品" 了。蛰蚕的海量创作在很大程度就是市场推动的结果。蛰蚕坦言，在写完 "狩猎谈奇" 之后，读者建议写 "有实质的杂文"，于是就有了 "无所不谈" 专栏。[①] 蛰蚕说不料自己 "一写竟至十五六年而依然未了，故曰，狩猎谈奇之奇尚不奇，我与本报副刊的文字因缘才是奇迹。"[②]

为了更好地满足市场需求，蛰蚕还对自己专栏的读者摸过底，并将他们分为三期。

> 谈到本栏读者，大可分为三期，另有小部分是特种读者。特种读

---

① 蛰蚕：《八年笔下》（上、中、下），《远东日报》"无所不谈" 专栏，1970 年 2 月 1 日、2 月 2 日、2 月 3 日。

② 蛰蚕：《狩猎谈奇的因因果果》，《远东日报》"无所不谈" 专栏，1974 年 11 月 25 日。

者从《世界日报》的狩猎栏看起，一直看到今日本报的"无所不谈"，但这种"老大哥"已不多，大约只占百分之一二耳。从本报数年前的"狩猎谈奇"看起，看过"驳《水浒传》武松打虎"这回事，这种是第一期读者，这期的狩猎谈奇约三百余续。

由于读者对猎事有兴趣，故续写狩猎。后期的狩猎谈奇又写六百余续（合共一千绪）。从这期看起的是第2期读者。猎事写至一千续，也不算少。于是把篇名改为"无所不谈"，这篇名是重光翁陈宝尊老师所拟，如今也写了将近两年了。从"无所不谈"看起的读者，也可称为第三期，这皆是本栏的主顾及老主顾。本栏不致"收招牌"，"觅招顶"，是由主顾们支持所致。文字因缘所产生的精神帮助，笔者是知道的。本栏既从猎事而脱胎为"无所不谈"，若问初时读者，还是爱看猎事的主顾。我不能玩视这精神上的文友，故直至今日，猎事还是内容资料之一，这是尊重老主顾之意。①

蛰蛮的自述反映了现代传媒背景下越华文学生产的商业模式。这种模式要追溯至民国初年的中国报界，尤其是广东与香港两地。蛰蛮有一篇很重要的文章《小报·副刊·小品文》（上、下），分别刊登于1966年1月8日、1月9日的"无所不谈"专栏。在《小报·副刊·小品文》（上）中，蛰蛮详细回顾了广东、香港报纸副刊的历史。

广东报纸至清末至民国初年，篇幅内未有副刊位置。这时除了电讯，国内新闻，国外新闻，以及本地社会新闻之外，只有两三篇长篇小说。在小说之内，附载一些乡土歌谣，如粤讴，龙舟，板眼，班本等，有时亦附设吟坛，专载时下名人的近作，其中编辑部人材众多者，则在小说版添设一栏文艺。这一栏当然是古文词，文体为散文，骈文，谐文等，多就时事立言，亦有指桑骂槐之作，以匡社论之不逮。这时报界闻人何恭第先生，就以文艺栏作者而开罪于人，在香港度过一生，很少回广州及原籍，他是顺德县人，与笔者亦有疏疏的

---

① 蛰蛮：《无所不谈的自白》，《远东日报》"无所不谈"专栏，1966年11月10日。

戚谊。

由于这时的报纸内容，绝大多数皆是硬性报道及道学文章，这岸然道貌之词，使读者没有轻松之感。于是头脑灵动的报界人物，首先在上海创刊小报，其面世最先者似是《晶报》，大约在民国七年或八年出版。小报不大谈当前政局，以小品为主，诸如"大人物，小事情"，方是小报的最佳资料。次焉者则为地方掌故，风景线，名人轶事，及优伶歌女等，皆为小报的谈屑。它一反旧式报纸的作风，对岸然道貌的文字弃而不取，使读者有轻松感觉，于是读者咸趋之，销势凌厉，其他的小报亦纷然而起，予大报相当打击。这时《晶报》销路，且从上海直达香港与广州，使省港人士一新耳目。而省港报界中人，亦以风气所趋而创刊多家小报，以偏锋而与大报争衡，予大报以直接威胁，各大报为自卫起见，亦即改变作风，采用"以子之矛，攻子之盾"的政策，腾出一版篇幅，辟为副刊，内容与小报相同，且定下征文稿费，广事吸收佳作，这一著遂把小报击败，其资本脆弱者相继结束，副刊遂在各大报奠定地位，以至于今。今日香港各大报对副刊版，尚不敢漠然而视，这是当年省港各报创辟副刊的大略情形。

上述文字实际上是蛰蛮对中国报界前人经验教训的总结，由此反映出越华报界希望继承并超越中国报界的意愿。

蛰蛮的论述还闪现着林语堂思想的影子。关于林语堂，学界论述很多。有学者指出："在跨文化视域下加以重新审视可知，'幽默'乃是一个中西合璧的创造性概念，不但具有文学和美学意义，而且具有文化和思想价值"，"作为一个跨文化的审美范畴，幽默的思想基础是真实无伪、独抒性灵。"① 林语堂对幽默的提倡着眼于思想解放，他反对封建正统文化对"性灵"的压抑，并提出幽默的真谛在于写实。蛰蛮继承了林语堂的思想。蛰蛮对道学文章的批判，实际上就是对儒家压抑个性的不满，这显示了旧学深厚的蛰蛮"反儒"的一面，也是现代意识的一种觉醒。在

---

① 李灿、罗玉成：《跨文化视域下的林语堂"幽默"论》，《学术界》2014 年第 3 期。

创作上，蛰蛮也强调写实，在《小报·副刊·小品文》（下）中，他说："今人对副刊文章，一律称为小品文，这名词未免空洞，实则副刊作品，多是传记体裁的写实文章耳。"蛰蛮不仅认同林语堂的幽默理念，更重要的是他接续了林语堂跨文化的思路。"幽默"这一美学概念本身是中西文化交流的产物。作为一个老作家，蛰蛮虽然不懂外国文字，但为了达到最佳的幽默效果，他也留心"洋小品"的写作方法。在《小报·副刊·小品文》（下）中，蛰蛮还述说了一则轶事。

　　笔者不识外国文，不知"洋小品"的文路，但数年前听"美国之音"的广播，内中有"铁幕奇谈"节目，这即外国的小品文了。这时"铁幕奇谈"由两位美国人以粤语播出，这两人一男一女，以问答方式出之，每一话题，皆以最后一句为骨干。如不听最后一句，则简直不知说的什么。这与上述的《孔子过泰山侧》、《嗟来食》同一体裁。孔子过泰山侧以"苛政猛于虎"一语作结，嗟来食以"其嗟也可去，其谢也可食"作结，也是同一作风，难道外国小品文，亦与中文同取一路线？这"铁幕奇谈"撇开政治立场，单以文质而论，实不失为一篇好文章，这必是幽默高手的手笔。小品文要有幽默语气，最佳是"最后一击"的调子，读之格外有神，无怪乎中外文章，皆以此为法也。

这则轶事反映了蛰蛮的开放。副刊小品文是现代传媒社会竞争的产物，蛰蛮的小品文畅销十几年而不衰，正是他积极吸取中西文化资源，准确把握市场走向的结果。

二　固守旧学文艺观念

以蛰蛮为代表的越华老作家一方面大量写作副刊小品文，另一方面又对自己的写作行为进行了颠覆。他们的文学观念与文学生产之间存在着深刻的矛盾，矛盾的根源是他们所受的旧学教育。他们并不认可"报纸文章"的地位。蛰蛮在《笔耕五年》（1966 年 1 月 7 日"无所不谈"专栏）中将"报纸文章"和真正的"文章"进行了切分。

　　"写报纸文章"等于讲说话，不需要严格的章法，亦不需研练的句子，写稿时纵笔直书，与讲说话一样，这便算了，这是我们读旧书之人的便宜处。老实说，我们不以这称为"文章"，只视为"无声的说话"而已，真文章不能如此潦草。就因这种"不是文章"，故能"长写长有"，漫说短短五年，十年又如何？人生是要日日讲说话的，这即是日日都有"文章"。从小孩子而至老人家，他们犹日日有讲有话，这即他们的"文章"了。我们亦当然日日有话可讲，这亦即我们的每日"文章"，只把这"文章"以笔代口，编排而刊载，就是本文。所以，这种文章倒不会"干塘"的，所考虑者是读者的口味而已。

　　姑且不论蛰蛮对报纸文章的观念是否正确，这段话至少表明了他的立场。蛰蛮副刊小品文的高产恰好证明了他对"报纸文章"的轻视。作为一个读旧书之人，在蛰蛮的心目中，真正的文章是文言小品。他最推崇的是当年香港极负盛名的小报《华星》刊登的文言小品。

　　　民国十五年以后，香港小报之拥有外埠销路者，当推《华星》与《探海灯》两家，……《华星》则是香港老牌报纸《华字报》的副刊……。

　　　《华星小报》的办报宗旨，颇与其他小报有别，它不重语体文字，以短小精悍的文言小品为上选，每段篇幅，不超过500字，内中仍以300字左右为多。诚然，以轻笔慢捻的文笔，而发为指桑骂槐的论调，至多亦三百字足矣，长则不劲，此小品之所以为小品也。柳子厚洋洋洒洒，写出一篇《捕蛇者说》，刻画重税之下的人民，文非不佳也。但与檀弓的《孔子过泰侧》①一文相较，则又瞠乎在后。柳氏所说的五六百字，总总跳不出《孔子过山侧》②的窠臼，《孔子过泰

　　① 应为《孔子过泰山侧》，这里照原文未改。
　　② 应为《孔子过泰山侧》，这里照原文未改。

侧》① 只八十三字，内容包涵柳氏所说者。等是借题发挥的文章，一以老虎食人为词，一以毒蛇咬人为词，词虽有别，命意则一，这种文章宜短不宜长，长则失劲，故柳文不及檀弓之文。华星有鉴于是，故以短文为主，博得读者的赏识，亦因当时的读者，仍以曾读旧书之人为多也。(《小报·副刊·小品文》上)

这时《华星》版内的各篇小品，几全部是业余作家的来稿。他们以闲悠身份而写消闲的文章，内中一句一字，都从千锤百炼而来，文虽短而意味长，含蓄中而有弦外意，这种文字没有铜臭味，自然高人一等，故此时的《华星》，成为小报之王。这时堤岸报界前辈赵志昂先生，间中亦有寄稿。

《华星》从五十期至二百期这段期间中，可称全盛时期，这时各篇小品，俱为琅琅可诵之作，内中且有似周秦小品韵味者。在这群作者之中，笔者更喜读"豹翁"之文，但"豹翁"竟以此而招致不幸，等于象齿焚身。(《小报·副刊·小品文》下)

蛰蛮对文言小品的推崇实际上是对儒家经典的推崇。他将小品文的渊源上溯至古代儒家经典，强调的是小品文的正统地位。

今人对副刊文章，一律称为小品文，这名词未免空洞，实则副刊作品，多是传记体裁的写实文章耳。远在周秦时代，小品文已经盛行，檀弓的《孔子过泰山侧》，《嗟来食》等，可算是创造之作。战国时代，更崇尚这由旁敲侧击的简短文章。余如淳于髡，东方朔之言，借言外之意而替代犯颜直谏，也亦即这种作风。小品文宜短不宜长，长则散漫而失了劲势，故称"小品"。(《小报·副刊·小品文》下)

---

① 应为《孔子过泰山侧》，这里照原文未改。

在另一篇文章中，蛰蛮又说："余谓檀弓是小品文章之祖，非过誉也。"①

蛰蛮对小品文的阐释与周作人背道而驰。蛰蛮强调的是小品文的正统根源，而周作人强调的则是小品文的非正统根源。"周作人将中国小品文的源头上溯到'晋文'，以魏晋文学自觉时代对异端的容纳，阐释小品文的非正统根源，认为这种文体在'王纲解纽'、思想自由的氛围中才能获得相应的发展空间。"② 蛰蛮与周作人的差异从一个侧面反映出越华作家与中国现代作家对待传统文化的不同价值取向。

从固守传统出发，蛰蛮小品文的短小精悍，并不只是为了满足读者的需求，也是他自觉向古人学习的结果。在语言上，蛰蛮的文章文白夹杂（这也是越华副刊小品文的共性），呈现出新旧混合的特征，比如《恭喜！恭喜！》（1967 年 2 月 15 日 "无所不谈" 专栏）第二段写道："元旦是年中最欢喜的一日，不论男女老少，未有不喜气洋洋者，以这是新年也。喜新送旧，人之常情。小孩子好穿新衣，开新笔也加意写字。小小之新尚如此，大年之新可知，这是新年之歌的妙谛。"

蛰蛮的"越南狩猎谈奇"刊登期间，不断有读者要求他出版单行本，呼声很高，而他一直未付诸实施。蛰蛮后来在《狩猎谈奇的因因果果》中解释说他"自少受严厉的旧式教育，对浅白的'报纸文章'看不起"，包括自己的"报纸文章"，因而迟迟不愿意出单行本。而当《越南狩猎回忆录》的单行本终于出版的时候，他奉献给读者的是一篇地地道道的文言文序。

　　余生于乱世，因少年在乡间时期，时有土匪扰民，遂以自卫而置枪练习，积日射击略有所成，但苦于附近无山野丛林，不能作逐走射飞之体验，颇以学无所用为憾，南撤之后，此间猎场处处，虎豹犀象皆有，又适逢友辈介绍，认识名猎师江十昆仲，得以引导考取猎枪牌照，随上山打猎之趣，每年旱季猎场开放时，初作夜间小猎，继往僻野山林大猎，举凡打虎、猎豹、屠蛇、击象等，曾以性命相搏而稍获

① 蛰蛮：《不为伧也妻者，其不为白也母》，《远东日报》"无所不谈"专栏，1967 年 7 月 29 日。
② 裴春芳：《"隐士派"还是"酝酿者"：论小品散文初期的分化》，《中国现代文学研究丛刊》2016 年第 1 期。

常识，山区尚有毒虫、瘴气之患、土著降头术、竹筒毒箭、竹筒炊饭等等，若非亲临见识，无法明白危险之极，皆于长途大猎期间，见所未见，闻所未闻，兹作旧事重提，因以我国古籍无猎书，以肤浅简陋之文，专谈狩猎故事，谈不上著书传后，梓此聊佐闲谈而已。

从蛰蛮的角度看，他写这篇文言文序是为了增加单行本的分量。1975年距离"五四"新文化运动已经过去了半个多世纪，蛰蛮仍然对白话文抱着这样的认识，从一个侧面反映了越华作家受传统文化影响之深。

虽然对报纸文章有所轻视，但蛰蛮还是在不断地写作。除了经济因素以外，他还有一个心愿，即以"浅显"的白话向在海外出生的青年普及、传播中华文化。他看中的是报纸文章的传播功能。借助副刊专栏这一大众传播平台，蛰蛮将他对中华传统文化的思考一并打包发送了出去，意在引导华裔青年接近传统文化。除了上述所谓真假文章的小品文之外，他的《旧诗今谈》（1972年12月2日"无所不谈"专栏）、《文坛琐语——文人诗社与宗师》（1966年8月31日"无所不谈"专栏）、《牛山行者晚年学诗》（1966年3月6日"无所不谈"专栏）等都可以视作海外华裔青年的文化读本。比如《牛山行者晚年学诗》介绍的是已故堤岸报界前辈陆文英先生的事迹。陆文英是民国初年《广州共和报》的创办人之一，"他开始学诗时，已在花甲之后"。蛰蛮用陆文英的事例激励青年人不要畏惧学习"文言旧学"，文章结尾写道："因日前谈'读书问题'，忆起牛山行者晚年学诗的故事，故纪之以为青年求学者的借镜。关于各种文艺，原有阶级可循。读书也好，作诗也好，只要初时不畏难，一级一级的历阶而近，就其性所相近的文艺而学，则终能达到预期的成就。若因文言旧学的稍为艰难而畏之，置而不学，这无异因噎废食，求学者不应舍难就易，自塞其学问之途也。"因而，蛰蛮的小品文在貌似轻松的外表下蕴涵着深刻的思想内涵。他企望在传统文化与华裔青年之间搭起一座沟通的桥梁，以建构海外华裔青年的文化记忆和文化认同。

综上所述，越华作家含蓄幽默的审美心理是市场需求与作家文学观念有机调和的结果。真正的幽默必须含蓄而富于韵味，为此文章须简短，短才含蓄、才有劲道、才有幽默感。以蛰蛮为代表的越华作家虽然更倾向文言小品，不过，世易时移，读过旧书的读者越来越少，执笔者也必须随着市场的变化而快速旋转。越华副刊小品文的兴盛反映了越华作家雅俗平衡的心理，同时也是越华知识分子在战乱中为自己披上的一件明哲保身的外衣。

第四章　越华文学中跨文化先锋：
现代诗潮诗群

在吸取不同民族文化的过程中，越华老移民作家与本土青年作家的思路有所不同。前者更注重将不同民族文化观念融合到既有的文体框架之中，也就是所谓的"旧瓶装新酒"，他们对文体革新没有太多的热情。后者从内容到形式都锐意创新，他们跨文化的步伐迈得更大。越华青年作家的革新热情主要聚焦于现代诗的创作。为了更深入地了解越华文学的跨文化特色，有必要对越华现代诗潮进行专题考察。

第一节　现代主义诗潮的兴起和演变

一　青年诗人的反叛

20世纪40年代的马禾里如一道流星闪过，他的现代主义诗歌在越华文坛上几乎未留下任何印迹。越华诗歌长期徘徊在"五四"白话新诗的水平。世易时移，进入20世纪60年代，一大批本土青年作家成长起来。这批文艺新生代在战火中成长，精神上背负着沉重的压力：既不愿意充当越战的炮灰却又无处可逃；既强烈反战，但是又不能直接对战争说"不"；与祖籍国隔绝，但内心却异常渴望回归……所有这些丰富、复杂的时代情感远非"五四"式白话新诗所能传达与负载。无论是诗歌自身发展的需要，还是创作主体身份的转换，都酝酿着越华诗坛的重大转变，所等待的只是一个历史的契机。

南北越对峙期间，受冷战格局的影响，越华诗坛已基本与中国内地诗坛隔绝，而与台港诗坛保持着密切的联系。正是在这样的时代背景下，兴起于 20 世纪 50 年代的台湾现代诗因缘际会地对越华诗坛产生了重大影响。

1967 年 8 月 29 日，仲秋①在《远东日报》第 285 期"学风"上发表了《从"负值"开始》（上），详述了存在诗社、《十二人诗辑》及《像岩谷》诞生的起因，表达了他们力图为诗坛注入新的活力的初衷。

> 一九六六年六月某晨，我和银发，我们在亚洲日报门侧前的露天咖啡档聊天时，偶然涉及本地诗创作的面貌，我们因不满本地那种尚停滞在三十年前徐、胡、朱等类的诗歌和各编者固执过时的撰稿准绳，所以决定成立一个诗社；旨在学习台湾十数年前已经运动过的现代诗创作，并拟由此影响本地写作的低潮风气。当初我们命名该诗社为"少男"。约二周后，我们遇见甫从藩切执教回堤的古弦，言及此事时古弦表示支持并乐意参加。我们相继在餐室为诗名切磋，结果以"存在"社名。"存在"在此之义并非如谢振煜误解的沙特，卡缪，海德格尔，马赛尔等所倡的存在哲学，我们仅欲证见我们的"存在"，"实存"。当天下午，我们并在远东报内会见杭慰瑶，慰瑶愿意身为该诗社之一社员。于是"存在诗社"就此印了卡片决定五位：古弦，仲秋，我门，射身，② 银发。

从仲秋的表述可以看出，越华现代诗的兴起是部分越华青年诗人有意向台湾现代派学习的结果。越华现代诗的发展自始至终都受到台湾诗坛的深刻影响。③ 痖弦在《新诗运动一甲子》中这样写道："越南华侨的文艺活动非常兴盛，诗刊、诗社以及整个诗坛、作品风格几乎可以说是在台湾

---

① 仲秋（1949～ ），本名陈澄海，出生于中国福建省，1953 年移居越南，1977 年移居台湾，2002 年移居美国，2016 年返回台湾。存在诗社创始人之一，作品入选《十二人诗辑》《像岩谷》等。

② 杭慰瑶笔名"射月"，"射身"疑为报纸印刷错误或者作者的笔误。

③ 香港诗坛对越华诗坛的影响虽然没有台湾那么深远，但是香港的诗刊为越华诗人提供了重要的发表平台，尤其是《诗风》月刊。《诗风》创刊于 1972 年 6 月。从现有的资料看，仅 1972～1975 年，《诗风》就刊登了上百首越华现代诗。

的笼罩下发展"。

　　台湾诗坛的影响只是越华现代诗崛起的外部因素。"一个新的诗歌思潮的产生，不仅仅有它所受的外来思潮的影响，还有它自身社会的与艺术的原因。"① 导致越华现代诗兴起的深刻内因是越华诗坛求新、求变的诉求。20 世纪 60 年代，越华诗坛以"五四"白话诗为创作规范的"多是中青辈，求学时期还未有现代诗出现，他们一直接受了白话诗的启蒙，前期是'五四'诗人徐志摩，艾青……后期则是台湾的张秀亚和香港的徐訏等。当现代诗开始涌入，又不能适应新颖的表达手法，更不能摒弃根深蒂固的白话诗（当然也有少数例外）。他们的诗作较'五四'时代成熟，白话文运用流畅，喜用韵脚，读起来朗朗上口。可惜除了写实和抒情外，大多是平铺直叙的写法，淡然无味，缺乏深度，欠缺多层次的感应，有时处理不当，还流失为分行散文，受人诟病。"② 对于这样的诗坛现状，一些锐意改革的越华青年诗人当然不满。当台湾现代诗涌入越华诗坛之时，这些越华青年诗人已经对当时文艺园地的"腐臭风气"到了"愤怒和沉痛"③ 的地步。因而，与其说台湾现代派影响了越华现代诗人，不如说台湾现代派契合了越华现代诗人渴望创新的美学追求。越华青年诗人寻求突破，台湾现代诗为他们树立了可资学习的榜样。《十二人诗辑》的作者之一尹玲就回忆道："完全不同的现代诗表现手法在很短的时间之内吸引着我们。让我们在创作时也希望能脱离以前的影子而有所突破。"④

　　怀着青年人的反抗心理，越华现代诗人开始了新的艺术探索。不过，他们的艺术创新也不是一蹴而就的。在《十二人诗辑》《像岩谷》面世之前，他们已经在探索新的艺术表达，并且创作了一些作品。这些作品的基本共性是"可解"，也就是说无论是意象的营造还是文字的排列组合都还在传统诗坛所能理解、包容的范围之内，因而他们的创作不但没有受到批评，反而获得了相当的赞赏。1966 年 8 月 2 日，在第 231 期"学风"上，

---

①　孙玉石：《中国现代主义诗潮史论》，北京大学出版社，1999，第 47 页。

②　刀飞：《风笛诗社的燃烧岁月》，《新大陆》（美国）诗刊第 125 期，2011 年 8 月。

③　方明：《越南华文现代诗的发展——兼谈越华战争诗作（1960 年 – 1975 年）》，台北唐山出版社，2014，第 47 页。

④　尹玲：《越华诗坛今昔》，《文讯》（台湾）2000 年 6 月号。

我门以"存在诗社"的名义发表了组诗《夏的组曲》。在随后新设立的"学风笔谈会"专栏中，陈玄对《夏的组曲》予以了高度赞扬。《夏的组曲》由《雨》《树》《风》《伞》4 首小诗组成，陈玄尤其称赞了第四首《伞》。《伞》的全诗如下：

> 你是鼓是镯是舞场
> 那些白音符爱在你
> 顶上
> 奏着交响乐章
> 并且跳舞欢呼

陈玄对《伞》的评价是："以其他的艺术气氛来衬托诗的意境，是制造诗意的技巧之一；而作者能以冷静的笔调，处理这个生动的感触，可以说是一个很够水准的刻画方式。"陈玄进而说道："大体而言，这四首诗都可以说很够技巧。现代诗如能以这种表现方法出之，则何愁没有读者与编者欢迎它们呢？"① 在同一期"学风笔谈会"中，陈玄又对药河的诗《写在五月》② 进行了评述。需要说明的是，药河发表这首诗时，还不是存在诗社成员，而属于涛声文社。《写在五月》全诗如下：

> 落罢，这月的雨该是屈子的泪
> 掀去披风让它洗去千古的憔悴。
> 也许情思已窶窶
> 为何仍用眼波问我何处是汨罗江水！
>
> 痛苦的，我们的感觉仍然活着。
> 向日葵迷失了太阳的方向，
> 看檐前燕子又筑起新巢，

---

① 陈玄：《关于我门的〈夏的组曲〉》，《远东日报》"学风"版第 233 期，1966 年 8 月 16 日。
② 药河：《写在五月》，《远东日报》"学风"版第 226 期，1966 年 6 月 28 日。

我们呢，何时结束流浪？

感谢神，我们尚有悲哀权利，
　　于挂起艾草的季节，
垂髻的香囊已不属于吸泪的衣襟
啖一口粽子，啊！吞泪几行？

写于诗人节前夕

　　陈玄对《写在五月》的评价是："作者的诗，一向给我以甚佳的印象；但他这首《写在五月》似较以前他所能保持的最高水准略低。结尾'啖一口粽子，啊！吞泪几行？'颇富情感；不过好像略嫌刻意了些，然而就其与首句'落罢，这月的雨该是屈子的泪'的关系这一点而言，则又似乎很能尽其呼应之妙。诗之难写，就在于其虽'发乎情'，但却不能在字里行间太露痕迹。否则就不成其为艺术；而只是小孩子的哭声或笑声了。"①

　　仲秋的诗歌《夜过三角桥》② 也受到了越华诗坛的高度评价。《夜过三角桥》全诗如下：

桥在我眼里
桥在我脚下
桥在薄弱的鸡蛋外壳上

我在月下行
月在河水面
水面饱饮满天欲坠的星斗

①　陈玄：《关于药河的〈写在五月〉》，《远东日报》"学风"版第 233 期，1966 年 8 月 16 日。
②　仲秋：《夜过三角桥》，《远东日报》"学风"版第 228 期，1966 年 7 月 12 日。

步抵桥头时，

桥在风中乱动

心在桥头陪惊

我的心恰如脆弱的星斗

在天上和水面倒映

在夜过三角桥头时

在第 2 期的"学风笔谈会"中，四维对这首诗的评价是它"是一首非常现代化的诗，作者采取地方性的题材，颇能予本地读者以亲切的感觉。在技巧上也很独特，作者似乎把人、景、物作成许多紧密连结或综错交互的线条，构成近似图案式的意境。如作者能够把握着一些更有意义的题材，则当为现代诗中杰出的作品。"①

我门、仲秋与药河的上述诗作能受到肯定主要是因为越华传统诗坛能从中捕捉到"意境"，也就是说，此时越华现代诗人的艺术创新距离传统的美学观念还相去不远。另一个原因是越华传统诗坛对于诗歌也有革新的要求，比如向雷的《漫谈新诗》（1966 年 11 月 1 日第 243 期"学风"）就批评了当时诗坛的三种状况，他说："至于我对目前的诗坛有何异见呢？一是奇秘隐晦，玄奥而莫测高深。二是开门见山，寓爱情于肤浅庸俗。三是把诗沦为散文的附庸。"可见，越华传统诗坛对当时的新诗状况也是不满的。

虽然受到了主流诗坛的肯定，但仲秋他们并未就此止步。在台湾各种现代诗读物的助力下，他们反叛的步伐越迈越大，终于蜕变为可与台湾现代派匹敌的现代诗人。

二　前进中的受阻与调整

越华诗坛对现代诗的排斥由来已久。马禾里当年单枪匹马、孤军奋

---

① 　四维：《关于仲秋的〈夜过三角桥〉》，《远东日报》"学风"版第 234 期，1966 年 8 月 23 日。

战，结果其人其诗几乎湮没在历史的长河之中。20 世纪 50 年代，在越华现代诗潮兴起之前，台湾现代诗已经引起了一些越华文友仿效的兴趣，越华诗坛也已经出现了围绕现代诗而进行的笔战，只可惜资料不全，目前仅有气如虹的一篇《诗的漫谈》，这篇文章发表在 1958 年 9 月 24 日的越南华文《大夏日报》"学园"版，它是迄今为止笔者所搜集到的、越华文坛最早的有关现代诗笔战的资料。这场笔战的背景是传统白话诗人区剑鸣批评纪弦的诗歌《恋人之目》，认为无韵无律，只是散句的排列，这引起了一些正在学习现代诗的文友的不满，笔战由此发生。

气如虹的文章一开头写道：

> 笔战，最近又在"学园"发生了，且渐趋激烈，使人深感遗憾。我认为讨论时，不应各持己见而以报复的态度下笔。尤其我看到金风逸君第二篇大作《诗的语花》后，我有些意见，想要谈谈。

关于笔战的缘起，气如虹说：

> 迢回笔战，是由剑鸣君的大作《诗的探讨》（见第十五期）而起，接着第十七期就有金风逸君的《诗的语花》，于是，剑鸣君以《诗的质疑》回敬（见第十八期），同期还有飘泊君的《读诗的探讨和诗的语花后的我见》，最后，金风逸君再来一篇大作《诗的语花》，洪宁君的《对于诗的几点浅见》（两篇均刊登于第十九期）。现在我就以最近这篇《诗的语花》来谈一下。

这场笔战主要围绕着写诗是否应该让普通读者看得懂而展开，背后的实质是重视诗歌的社会功能，还是艺术技巧之争。作为传统白话诗人，气如虹肯定了现代诗与白话诗都有其艺术价值，但认为现代诗"曲高和寡"，而一首诗"若是内容意味深长，词藻浅显，也令人觉得完美。"从普通读者的接受角度出发，气如虹是倾向于白话诗的。

气如虹的文章心平气和，没有攻击性的言辞，他的态度代表了部分传统白话诗人冷静的立场。

　　进入 20 世纪 60 年代，在《十二人诗辑》与《像岩谷》出版之前，越南华报已刊登过一些有关现代主义的学理性文章，对于全面、客观地认识现代主义文艺起到了积极作用，比如 1966 年下半年，"学风"刊登过的相关文章有《略谈法国、英国和中国的现代诗》（上、下）（作者不详）、《现代主义溯源》（上、中、下）（作者不详）、台湾诗人胡品清的《法国现代诗的思潮》、已故台湾作家王尚义（逝于 1963 年）的《现代文学的困境》（上、中、下）等。

　　《像岩谷》出版之后，这种较为平稳的探讨氛围被打破了。《像岩谷》引发了越华诗坛新旧两派的激烈论战。这里的新派主要是指以存在诗社为代表的现代诗人，旧派指的是传统白话诗人，代表人物有简堂、向雷、郭晖、剑鸣等。这次大论争主要发生在 1967 年下半年，时间长达两个多月。论争的导火索是《像岩谷》的序言。

　　《十二人诗辑》出版时，只引用了台湾诗人辛郁的一段话作序，还没有明确地提出自己的理论主张。《像岩谷》由仲秋作序，此序是越华现代诗人对文坛保守势力的公然挑战，代表了他们的抱负。"序言"的最前面引用了英国诗人 LANDOR（兰德）的话："我的晚餐或许会延迟，可是餐厅将灯火辉煌；宾客虽少，却都不凡。"接下来，"序言"以轻蔑的口吻对越华文艺园地的现状进行了描述："我们试看这里所谓之文艺园地上的诗和偶然的'诗论'必会感到那确是荒谬的，无稽的，正显示那群写诗者甚至编者们对现代诗的浅识。""序言"讽刺保守派们只抱住几本五四运动时期的新诗集不放，"但自命诗人和谁都会写诗的风气仍盛行不已，仍抱着腐臭的旧鞋子自我陶醉。"文中还点了几位传统诗人的名字，称"我们承认对……之流无法"，但"我们更不想越南是沙漠的诗地带。"

　　《像岩谷》孤傲绝伦的姿态触怒了越华文坛传统人士，引发了文坛的轩然大波。传统派诗人与评论家纷纷在各华文报的文艺版上发文，群起而攻之。反对者们"不但觉得现代诗晦涩难懂，更谓之是'一窍不通'，只是一大堆奇怪文字之组合，晦涩顿时成为现代诗的同义词。反对派认为读者应该唾弃它，以免'纯正'、'传统'的新诗受到误导与污染……"① 代表性的文章有简堂的《正告伪现代诗人》。简堂是被仲秋在《像岩谷》"序言"中点名批评过的诗人之一。简堂的言辞十分激烈，他斥《像岩谷》诗人为"即将成为疯子的大好青年""文坛小流氓"，并且指出他们的八大"荒谬处"：胡拼乱凑、钻牛角尖、狂妄臆测、以革新自负、语言并非现代、拾前人余唾、盲从港台流毒、厚颜无耻。简堂最后说，《像岩谷》诗人根本不懂现代，也不懂诗。其他批评现代诗的文章还有剑鸣的《我所认识的现代诗》、② 晴雷的《令人不寒而栗的从"负值"开始》③ 等。

　　批判现代诗的文章很多，以上仅列举数例。这一大堆的批判文章，以谩骂居多，不少观点都是重复的。不过，由于初生的越华现代诗在理论和创作上还不成熟，语言表达也有所欠缺，因而反对者的意见也有合理之处，比如反对者指出《像岩谷》"序言"中存在着的语病，撇开理论分歧不谈，单就《像岩谷》"序言"的"语文面貌"实难以令传统人士心服。

　　面对保守人士的指责，越华青年诗人予以反驳的并不多，因为他们对此早有心理准备，或漠视、或满不在乎，比如仲秋在《从"负值"开始》（下）中说："存在诗社欢迎对现代诗真正的评价之章，但不是慧心的谩骂式，简堂的前辈口吻式，郭晖的不知所云，矛矛盾盾式，杜妮，打油郎，华新等的无名小卒或缩头藏尾式的东西。"

　　除了仲秋以外，飘叶（即李志成）是参与这场论争的另一位重要的现代诗人。飘叶与向雷的交锋是继《像岩谷》论争之后，关于"现代诗"论争的第二条主要战线。1967 年 6 月向雷发表了《夏夜话诗》（上、下），文中设计了老向与老鲁的双簧，以讽刺现代诗。他们承认现代诗人有真实的思想感情，却不让读者看懂。文章呼吁现代诗人"让你们的喜怒哀乐，和读者共同分担，共同享有！"1967 年 7 月飘叶发表了《关于〈夏夜话诗〉》，飘叶指出现代诗"是文艺中最深奥，最艺术的一种，因此它是比较难于立刻领悟的"。飘叶引用《创世纪》主编洛夫的话说："读者对这

---

① 方明：《越南华文现代诗的发展——兼谈越华战争诗作（1960 年 - 1975 年）》，台北唐山出版社，2014，第 44 页。
② 《远东日报》"学风"版第 287 期，1967 年 9 月 12 日。
③ 《远东日报》"学风"版第 291 期，1967 年 10 月 3 日。

种新的意义，一时不能接受，是势所必然的，因为他们在欣赏诗时，永远诉诸一种'既定反应'，白云状必悠悠，青山色必如黛，这种固定的反应，是艺术欣赏最大的敌人。"他还指出："诗作必须是通过文学的转化作用，间接地传达诗人内心的意象活动，故读者亦必须通过灵智的探索，始可看到文字背后的奥义的。所以台湾名评论家李英豪说：'晦涩不在于作品，而在于读者本身。'是不无道理的。"针对飘叶的文章，1967 年 8 月向雷又发表了《答关于〈夏夜话诗〉》（上、下），① 不久飘叶又发表了《正"答关于〈夏夜话诗〉"》，② 其后，向雷又发表了《再答〈关〉及〈正〉文》。③ 在这场论争中，双方基本上都是各执己见，在唇枪舌战的氛围下彼此都难以保持冷静。向雷在《再答〈关〉及〈正〉文》中就承认双方都不冷静，互相攻讦，而认为肇始之端在飘叶。向雷说飘叶"言过其实，并指着和尚骂秃驴的自语比比皆是，而自肇攻讦之端"，向雷的言辞也颇有杀伤力。这场论争只是显示了对立。传统白话诗人对这样的论战也感到疲倦，向雷在《再答〈关〉及〈正〉文》中就说，这是他的"最后一次答辩，好在'曲直'自有读者公允的评判"，并说如果飘叶续后再发文反驳，他也"不再徒废唇舌了"。一场辩论就此落下了帷幕。

　　总而言之，双方论争的焦点在于现代诗的晦涩，主要的观点有：第一，现代诗人认为晦涩是现代诗的属性，是艺术的必然要求，晦涩与否要视读者的接受程度而定。他们只在乎部分"高端读者"，而不迁就广大普通读者的"固定反应模式"；传统白话诗人强调诗歌要面向广大普通读者，不能让读者看不懂。第二，现代诗人认为传统白话诗人阻碍了文学的进步，他们则要振兴文学；传统白话诗人则指责现代诗人破坏汉语文学传统，令文学面目全非。第三，现代诗人指出当年"五四"新文化运动也是向西方学习，反叛传统；传统白话诗人反驳说"五四"新文化运动是为了普及文化而向西方取长补短，现代诗人则是受台港文学流毒的影响，"钻牛角尖，走死胡同"。④

---

① 《远东日报》"学风"版第 283、284 期，1967 年 8 月 15 日、8 月 22 日。
② 《远东日报》"学风"版第 294、295 期，1967 年 10 月 24 日、10 月 31 日。
③ 《远东日报》"学风"版第 299、300、301 期，1967 年 11 月 28 日、12 月 5 日、12 月 12 日。
④ 向雷：《夏夜话诗》（下），《远东日报》"学风"版第 275 期，1967 年 6 月 20 日。

值得一提的是，传统白话诗人中也有赞成现代诗的，谢振煜就是其中的代表人物。1967 年 4 月谢振煜在《时代的琢磨》上发表了文章《伞·古怪·现代诗》，分析了痖弦的现代诗《伞》（发表于 1958 年的香港《中国学生周报》），他说："一般人只会批评现代诗如何晦涩难懂，却很少肯对现代诗作深入的探讨。"谢振煜指出，《伞》乍看之下似乎没有主题，含意凌乱，其实大有道理，并且说："而只看到表面肆意批评的人，便永远不能发现它的好处了！"这些话受到飘叶的赞扬，并将它们引用到《关于〈夏夜话诗〉》中。谢振煜的另一番话更被飘叶用来作为《关于〈夏夜话诗〉》的结尾。

> 最后，让我引述谢振煜君的话，作为本文的结束吧！
> "在今日，现代诗已经不是新鲜的玩意了！我们研究文学的人，如果仍然因为几首晦涩难懂的诗而不愿去了解真正的现代诗的话，我们的无知与愚昧是不可宽恕的。"

综上所述，在这场大论争中，双方都是各抒己见，彼此都没有改变各自的立场，论争只是凸显了分歧。越华文坛保守派人士在争论不下的情况下，最后决定"休战"，而由广大读者来裁决，这方面保守人士是颇有自信的。战争时期，越华纯文学的读者数量有限，而且大部分读者的审美趣味仍以传统为主，现代诗的"曲高和寡"使它面临着有可能失去读者的危险。这是气如虹早在 20 世纪 50 年代末就已经提出、而现代诗人也不能回避的现实问题。

随着时间的推移，越华文坛的实际状况，也促使一些现代诗人进行反思，尤其是关于晦涩的问题。进入 20 世纪 70 年代之后，越华诗人对于现代诗有了一些比较成熟的思考，20 世纪 60 年代现代诗人有意追求晦涩的价值取向至此出现了调整。

1973 年 8 月萧艾的文章《写诗难》颇能代表越华现代诗人后期的思考。这篇文章长达一万多字。作者的基本观点是：现代人写诗比古人困难，难在创新，"创新的困难，在意境的塑造上尤为易觉"。作者回顾了中国古诗的发展历程，并列举了李白、杜甫、王维等著名诗人的一些经典诗句，指出："以上各例，那些古典诗的意境，现代诗很难做到同样的优美"。关于造成现代人写诗困难的原因，作者认为："生活复杂了，要从这些复杂的各面找出诗的秩序，是一个难题，一个以前人未尝过的难题；此外，用什么形式，什么语言来表达，也是难题。……关键仍然在文字的运用上面。说到文字，便不能不谈意象，节奏和声调。"接下来，作者分别从意象、节奏和声调几个方面进行了详细的论述，尤其是意象方面，论述得非常仔细。关于意象，作者认为现代诗应能利用平凡的意象取得不平凡的效果，这方面他最推崇余光中。作者写道："我们现在的工作不是去营造惊奇的意象，……而是去想办法用现代的语言有韵味地表现同样的意象。"作者还举了郑愁予的诗为例，指出："我说写诗现在比以前难，因为想象出平易而又贴切的意象难，要超越它们更难。"从这一观点出发，作者批评了某些诗人的某些作品中令人不解的意象，包括像洛夫这样的名诗人，结论是："真的，现代诗的意象是太滥太轻易了，……有时意象甚至跟内容冲突呢，……有好多时，现代诗人恐怕自己写的东西易解或浅白，便刻意去经营意象，到头来满头大汗，只有一堆混乱的意象，却不知所谓。"关于节奏和声调，作者认为："现代诗比古典诗另一吃亏之处是音乐性"，"现代诗既然失去外加音乐的帮助，便要依赖字的音乐性和句的节奏"，"许多现代诗人由于偏重内容或意象，冷落了节奏，诗句都不堪朗诵"。

萧艾还谈到现在写诗比从前困难的另一个原因是"诗现在没有形式可依循"。作者主张用现代的语言来继承古典诗的技巧，他说："还有一个问题便是，古典诗由形式迫出来的技巧怎样用现代的语言来运用？……我们不能因扬弃旧有的式便不假思索地将这些技巧也放弃了"，"譬如说韵……怎用新的语言来包容旧的方法。"文章倒数第二段写道："现代写诗是很艰难的，诗人要新，但得借用旧的技巧，他要学习旧东西但小心不要沦为陈腔调……"作者还进一步指出了现代社会诗人的窘境："现在的社会是不养诗人的社会"，作者同时批评香港和台湾的诗人，说他们"都像困在斗室内，见闻不广，胸襟不阔"，比不上古人，如李白、杜甫年轻时已遍游名山大川。作者的结论是："所以现在的诗人只好在被生活迫得喘不过气来时，躲在家里孵豆芽，凭空想象，难怪观察不能入微，难怪意象离奇诡怪！"

萧艾在文章的最后一段又给诗人们鼓劲，指出虽然现在写诗更困难，但"却有更多可臻伟大的机会"，原因在于现代的诗歌已摆脱了"唱酬""应制""音乐"而变成了纯粹的文字的艺术，并且现代社会广阔的题材"比以前的吟风弄月感事伤怀更可以不朽"。作者号召苦吟的诗人们"写吧"，"总有人能冲破这些困难，总有人可以不朽！"

总的来说，《写诗难》提倡向古典诗歌学习，反对离奇费解的意象，这些主张是对于初期越华现代诗晦涩趋向的一种反拨。

1975 年 3 月，谢振煜出版了文学评论集《伞·古怪·现代诗》，① 对现代诗进行了更为详细、系统的阐释。全书的开篇，对"五四"以来新诗的发展过程进行了简略的梳理，指出在现代派兴起的同时，"新诗本身还未寻求到完美的表现方法，给予后来者着力遵循，这是最足遗憾的。"接下来的诗论从内容上大致可分为两大类：第一类是对台湾现代派诗的详述，第二类是从理论上阐述了现代诗"含蕴的意义"及"表现的方式"。

综合起来，作者的重要观点有以下四个方面。

第一，作者强调了台湾现代派诗的示范作用。这从一个侧面进一步证实了台湾现代派对越华现代诗的深刻影响。

第二，作者指出，导致现阶段诗的发展困难重重的原因是诗歌只"接受了现代主义的外观，"而"忽视了现代精神的本质"。作者认为，现代诗的时代价值就在于它表现了现代工业社会的精神，这些在旧文学是根本找不到的。作者强调，"现代诗作者必须先有自己的思想与个性，才能从事现代诗的独立与创造。"

第三，作者明确指出，现代诗的语言追求的是精炼，而不是晦涩。他说："现代诗并非晦涩难懂，一篇成功的现代诗仍然是可以引起读者共鸣的。"

---

① 《伞·古怪·现代诗》分为三辑，共27篇文章。有关现代诗的论述主要集中在第一、二辑，第 1 辑有 6 篇文章，标题分别为：《新诗的发展》《现代诗的发展》《诗评》《现代诗浅说》《现代诗剖析》《伞·古怪·现代诗》；第 2 辑中主要的诗论有：《关于纪弦》《关于饮酒诗》《覃子豪十年祭》《关于现代诗与摇滚乐的结合》《关于〈空洞的人〉》《关于〈献给我的爱人〉》《不要乱骂现代诗》。

　　第四，作者认为，现代诗形式上的革新完全是基于表现上的必要，并非故意使之怪异。现代诗与自由诗在表现上最明显的区别是"语言的运用与排列的方式"。不过，新奇方法的使用不能离开"对其思想与感受的绝对忠实。"针对人们对现代诗的不理解，作者解释说："根据现代主义的思想，表现完全是属于个人的行为；它的出发点是自我的，而终点也是自我的。因此，它往往不易为别人所了解。现代诗表现方法的困难在此，现代诗表现方法的成就也在此。"

　　总之，谢振煜强调了现代诗的思想性与艺术性的结合，反对纯形式主义的创新。他认为，"现代诗也有其深度与价值。事实上，最好的现代诗是有深度、有价值的现代诗。"与激进的越华现代诗人不同，谢振煜也重视读者的接受反应。

　　谢振煜的这本诗论，是当时越华诗坛上难得的一部比较系统的理论著作。它的发表，有助于澄清当时越华诗坛上对现代诗的一些误解，有利于越华现代诗的发展。不过，谢振煜这本专著出版后不久，越南政局发生变化，这本著作没能产生更大的效应。多年以后，方明对谢振煜的评价是："谢振煜之诗作明朗清晰，故现代诗人均将之列入五四新诗风格的作者，而不视之为现代诗的追随者"，虽然谢振煜"早期并不赞同现代诗，只写有压脚韵与口语化的新诗，但却愿意采用、评介与出版现代诗，亦算对诗坛有重大的贡献。"①

　　总而言之，经过将近十年的发展之后，越华诗坛新旧阵营的有识之士都认可现代诗的时代价值。他们既强调现代诗的独创性及形式上的革新，又反对晦涩。创新而不晦涩成为后来大多数越华现代诗人的共识。

第二节　现代诗人审美诉求的移植与改造

　　越华现代诗兴起之前，越华新诗的"内涵，布局和风格，总是脱离不了三四十年代中国新诗流派的影响，都是较为喜欢白描，写实以及重韵

---

　　① 方明：《越南华文现代诗的发展——兼谈越华战争诗作（1960年–1975年)》，台北唐山出版社，2014，第69~70页。

律，重理想，使人读起来音节铿锵，恍如置身其境，很容易走入作者内心的感情世界与其共鸣。这种中国'新月派'和'小诗流派'的现实理想和浪漫作风，一直深邃地影响着越华白话诗坛直到 70 年代初"（刀飞：《现代诗与越南华文诗坛》）。在中国新诗人中，对越华作家影响最大的首推徐志摩。徐志摩与中国诗歌传统有着深刻的联系，这方面李怡的《古典理想的现代重构——论徐志摩与中国传统诗歌文化》（《江海学刊》1994 年第 4 期）、李成希的《徐志摩与中国诗歌传统》（《山东社会科学》1994 年第 1 期）等论文已经论述得非常清楚了。其次是徐讦。有评论家指出，徐讦的诗歌语言"极其重视抒情性和通俗性"，"具有鲜明的音乐性"，徐讦的诗歌"有效地把现代派的人生情绪和通俗性的诗歌形式和谐地统一为一体"。① 徐志摩和徐讦的新诗都体现了它们与传统诗歌的深刻联系，这与越华传统白话诗人的审美追求十分契合，因而受到越华白话诗坛的推崇。

越华现代诗兴起之后，经由台湾现代派吸收了欧美现代主义文艺思潮，从而在文学观念与文学创作上与越华白话诗迥异。

一　从大众化转向精英化

20 世纪 60 年代进入越南华文书店的台湾现代诗读本很多，其中尤以创世纪诗社出版的《六十年代诗选》《七十年代诗选》对越华现代诗人的影响最大，起到了创作范本的作用。这两本诗选代表了台湾现代诗成熟时期的风貌，其中《六十年代诗选》"所采纳的二十六家，绝大部分是中国现代诗发展过程中后半期的代表作，至少包括由象征主义跃进到现代主义各阶段的创作。所谓'六十年代'，并非完全意味着一种纪年式的时间观念，而是表示一种新的、革命的、超传统的现代意义"②。而《七十年代诗选》"其基本立场，亦如《六十年代诗选》绪言所示：并非完全意味着一种纪年式之时间观念，而尤着重于一种革命性与创造性之现代意义"③。这两本诗选带给越华青年全新的创作理念。方明回忆说，"当笔者获得这

① 吴义勤：《漂泊的都市之魂——徐讦论》，苏州大学出版社，1993，第 172～173 页。
② 痖弦、张默主编《六十年代诗选》，高雄大业书店，1961，绪言，第 6 页。
③ 痖弦、张默、洛夫主编《七十年代诗选》，高雄大业书店，1967，后记，第 349 页。

两本诗册时，胜获至宝，一方面爱不释手地细读，但又怕很快阅毕，之后
便无法觅得相同水准的文学读物，仿佛手握一份甜美的蛋糕，细嚼又怕食
罄之感觉，这些现代诗册甘美丰沃的养分，不但可使当时本地的习诗者很
快便能跟上台湾诗作的‘水准’与‘行文节奏’，也是后来竟能培养出数
位出色的越华诗人（银发、药河、西土瓦、我门、雪夫、徐卓英、陈恒
行等），他们的水准绝对可媲美台湾一流的诗人”① 的原因。

　　《十二人诗辑》《像岩谷》的出现是越华现代诗崛起的标志，从中可
以看出越华现代诗与台湾现代诗之间的密切联系。越华现代诗人吸取了台
湾现代诗人反传统的决心与理念。《十二人诗辑》的“序言”引用了诗人
辛郁在《幼狮文艺》的一段话：

　　　　写诗是我生命的一部分，已与我无法分割，用生命写诗，是一件
　　苦事，一个人乐于尝受这种苦况，岂非太傻？我以为，这种傻子精神
　　只要安慰了自己，便不该受苦。然而我尚是一个不够坚实的傻子，往
　　往想驻脚或永久驻脚或永久驻停在另一种安乐里面，可悲的是我生来
　　不适于享受安乐，于是，就这样地干了下去。
　　　　代序：录诗人辛郁语

　　“序言”表明，这批年青诗人们已经预感到了现代诗将面临的文坛风
暴，并做好了充分的心理准备，而台湾现代诗人则是他们的引路者与精神
向导。《像岩谷》与《十二人诗辑》的出版时间相近，作者也多有重合，
因而它们的创作风貌十分一致。

　　受台湾现代诗人的影响，越华现代诗人对诗歌的功能有了全新的定
位，由大众化向精英化转变。长期以来，越华诗坛的主导观点是：诗歌是
为广大的读者服务的，写诗的“关键就是应该叫人家看懂”。② 越华现代
诗人则针锋相对，在《像岩谷》的“序言”中，他们援引台湾诗人楚戈
的话，认为：“诗是文学中的精华，而诗的读者是人类的精华。如果人人

　　①　方明：《越南华文现代诗的发展——兼谈越华战争诗作（1960 年~1975 年）》，台北唐
　　　　山出版社，2014，第 13 页。
　　②　莫忘：《谈新诗创作及其他》（下），《远东日报》“学风”版第 300 期，1967 年 12 月 5 日。

都精华，便无所谓精华了。"从这一观点出发，越华现代诗人将读者分为普通读者与少数高端读者，而他们的目标是后者。他们说："《像岩谷》无须要求千万的廉价读者，我们只求部分具有'诗意'者。明白诗人均无意切断读者对诗的通感，但诗人更无意纡尊降贵或自我圆说。诗之被言晦涩实所必然现象。读者本身对诗的感受如何将决定欣赏程度。"越华现代诗人对读者的切分，对少数高端读者感受的关注，以及对晦涩之必然的论述均与《六十年代诗选》十分相近，请看以下这些来自《六十年代诗选·绪言》的论述：

> 　　至于读者，当然（只指具有素养的读者），他们都知道欣赏即是"再创造"的道理，一个理想的读者必须与作者在感性上取得默契，唯有作者与读者之间的合作才能确定艺术的价值。
>
> 　　……作者在意象上作有意的切断，但如何使读者在联想上加以衔接。在作者的感觉经验传达出来之后如何使读者在欣赏上还原。作者为了表现上的需要而作有意的晦涩时，如何使读者不加质难而认为是一种艺术效果的要求，加以欣然接受。……

从上述这些表述可以看出，越华现代诗人关于诗歌的"精英化"思想直接移自《六十年代诗选》。

二　从外在具象转向内在的宇宙心灵

诗歌观念的改变导致诗歌创作的变化。越华现代诗人的创作方法也与台湾现代派如出一辙。飘叶在《关于〈夏夜话诗〉》中说，越华现代诗"旨在'从外在事物的具象转向内在难以捕捉的宇宙心灵的探索'。亦即是说已从诗的表面实用功效的艺术低级要求转移到向诗的内在作更深刻了解人与自然的本质及启发我们的自觉的真正艺术探索。因此诗人们有时为了表达某种特殊的心里幻觉，便需要作有意的晦涩或甚至毫无顾忌地摒弃了传统的美学观念与表现技巧，以达到诗人独特的体认而赋予一种新的意义。"在飘叶的论述中，"从外在事物的具象转向内在难以捕捉的宇宙心灵的探索"这句话直接引自《六十年代诗选·绪言》。① 其他越华现代诗人关于诗歌的论述也是或者直接引自《六十年代诗选》的"绪言",或者是对《六十年代诗选》"绪言"的消化、理解与吸收,尽管表述不尽相同,认识却是高度一致的。这表明了他们对台湾现代诗人艺术探索的全盘接受。

在实际创作中,越华现代诗人"大量用象征的手法来比喻诗人的意象世界,这种情况演变成自我'孤傲'的播种者,这也是法国诗人波罗(PAUL CLOUDE)的主张之一"。② 他们还刻意追求文字组合与排列的新奇,比如无标点的连续长句,典型的如仲秋的《仲秋的现代悲剧》,这首长诗的主体由剧一至剧十 10 个部分组成,每一部分都是全然没有标点的长句,比如剧一:"下午受委屈已然形同我的厌倦流汗形同双眼决定失眠纵闹钟暴怒因颈断而我漠然目光所及的灭亡战争和混沌曾写诗沙漠已成海海已沙漠"。还有叠字与叠句,比如我门的《不被提及的传说》:"那人在天天吃着自己。天天吃着自己。天天吃着自己。天天吃着自己。吃着自己。吃着自己。吃着自己。吃着。吃着。"这些都与他们之前的诗歌创作判然有别。方明在他的著作的第 41 页总结说:"若没有注明来源,《像岩谷》诗页会误导你以为是一本台湾的现代诗刊物,因为其作品之写作技巧与风格与台湾《六十年代诗选》无分轩轾。"

虽然秉持反传统的理念,但是越华现代诗人在实际创作中并没有完全排斥传统文化的因素,最为典型的是徐卓英③的创作。徐卓英入选《十二人诗辑》的组诗《侧影》,在以反叛传统为旗帜的越华现代诗中显得分外瞩目。《侧影》由一系列两行短诗组成,借古讽今,映照现实语境中民族文化的失落以及作者内心对传统文化的执着,既悲壮又凄凉,比如:

---

① 飘叶的引文与原文略有出入,原文为"从外在事物的具象转向内在的难以捕捉的宇宙心灵之探索"。
② 方明:《越南华文现代诗的发展——兼谈越华战争诗作(1960 年 - 1975 年)》,台北唐山出版社,2014,第 41 页。
③ 徐卓英(1941~2008),海韵文社的创立人之一,后加入风笛诗社。越战期间曾从军。1981 年定居美国,2008 年去世。早年诗作广泛发表于越南华报文艺副刊、越华期刊及台湾诗刊等。

《侧影》之十一

陶渊明。你田园交响曲的意境呢

为何我到南山来，采不到东篱之菊

《侧影》之十六

我们挽不住孔夫子。孔夫子走了

无疑孔夫子不回顾 BB 的作风

《侧影》之十八

依然凭借黄帝那架破旧的指南车

不然我们会在机械争吵中迷失自己

这些诗歌都蕴含着浓浓的民族意识，具有强烈的古典色彩。

三　移植与改造的困境

虽然越华现代诗人以台湾现代诗人为榜样，但南越毕竟与台湾的文化语境有所不同，现代诗在南越不可能像在台湾那样有蓬勃发展的空间。台湾现代诗的崛起是与当时整个台湾文化的西化趋势相呼应的。"国民党政府迁台后，割断了与大陆的一切联系，台湾成为'孤岛'。为了生存，台湾国民党当局在政治、经济上向美国等西方国家求援，随着美援的进入，以美国文化为代表的西方文化和价值观念也随之进入台湾。一方面，与中国大陆母体文化隔绝，另一方面，大量西方文化的涌入，造成了当时台湾文化的西化。台湾现代派正是在这样的情势下，提出'横的移植'这一西化的主张，把西方现代派诗移植到台湾来的。"[1] 但是越战时期西堤华人社会的当务之急是捍卫传统文化（至少在知识阶层是这样），以确保本民族在海外的生存与发展，这是南越华人社会与台湾最大的不同，因而越华现代诗人的审美诉求遭遇到越华主流诗坛的坚决抵制。《像岩谷》出版之后不久，1967 年 7 月 11 日《远东日报》第 278 期 "学风" 刊登了 "编

---

① 刘士杰：《九叶派与台湾现代派》，《西南大学学报》（人文社会科学版）2007 年第 2 期。

者的话"，指出存在诗社最近出版的《像岩谷》"表现了对越华文艺园地的编者、作者、读者们有轻蔑及指责的态度"，编者还特别申明了"学风"版的立场。

（一）本版欢迎现代诗：那是指一些能够表现时代精神，反映现代人的生活、思想，而且为现代人所能普遍接受的诗。

（二）本版以发扬文艺为主旨，原则上不排除任何流派之作品，唯对于一些废弃字义、语法、章法，对中国文学作侮辱性的破坏的作品，则不敢妄加介绍或鼓吹。

（三）本版系以服务于广大读者为目的，不能刊载一些过于晦涩难懂甚至玄秘莫测的作品以服务于少数"高价读者"。

（四）本版欢迎读者暨文友的指导，更乐意接受合理而有建设性之批评。狭窄的、偏激的，或自私的抨击则不是本版所欢迎的。

"学风"一向以兼容包蓄著称，为何这次反应如此激烈？这说明越华现代诗人的创新已经超越了越华主流文坛所能容忍的底线。"学风"的声明将《像岩谷》的作品定性为"废弃字义、语法、章法，对中国文学作侮辱性的破坏的作品"，这是一种愤怒的指责，这种激烈的态度与越南的历史文化语境密切相关。20 世纪六七十年代西方文化对越华社会造成了猛烈的冲击，越华文教界都怀有一种保持传统文化、捍卫民族尊严的使命感，他们对西方文化普遍持一种警惕态度。诗歌作为中国传统文学的重要文体，更是被他们赋予了神圣的文化责任。他们认为"诗是大家共有共享的文艺，从大处着眼，它应该代表民族的心声，时代号角。诗的路向正确与否，是其今后存亡续绝的关键，而诗的存亡，也是我们部分文化的存亡。在这神圣的文化责任的大前提下，我仅希望本地有兴趣文艺的朋友能摒除偏见，认真地检讨一下，现代'诗'遭受异议的症结：是'诗'人以为爬进象牙塔顶层便可攀摘一顶桂冠的创作态度有问题，抑或咎在读者们没具'慧眼'呢?"①

---

① 四维：《从药河的〈约〉说起》，《远东日报》"学风"版第 235 期，1966 年 8 月 30 日。

　　面对主流文坛的指责，越华现代诗人"仍然是以一种近乎狂野和满不在乎的姿态呼啸而来。"① 他们认为自己的创新只是一时不容易被读者接受而已。不过实际情况是，越华现代诗人的创新有些矫枉过正，客观上"将原本属于小众的诗，带入更缺乏共鸣的领域，虽然造就了很多美丽而张力强大的断句，但就整首诗作却无法令读者感受'言之有物'的体会。"② 再加上越华现代诗还处于摸索阶段，诗作的水平良莠不齐，一些"滥作"也影响了读者对现代诗的正确认识。因而越华现代诗人面临着失去读者的危险。仅从发表的角度看，"学风"的声明就是来自越南华文报界的一个严重警告，如果失去了华报这个重要的发表园地，单靠青年诗人自筹资金出版文艺期刊，越华现代诗的发展只会举步维艰，《十二人诗辑》的出版、发行就极为艰难。诗人我门回忆道："当时物质匮乏，印刷费用非常昂贵，我们这些清寒的青年作家完全没有经济能力，更没有任何资助的社会渠道，因此，只好找志同道合，写现代诗的朋友每人集资，出版自己的代表作。……还记得《十二人诗辑》出版后，我们拜会了不少华文书店主人，托他们代售，却一一被拒绝，几经奔走，后来终于只有'伟民书局'愿意代售20本（待确认），……我个人的印象中，《十二人诗辑》的出现，只引起很少数写诗的朋友的注意，一般写作的朋友当时对现代诗大多不甚了了。至于外界更不屑一顾。"③

　　越华现代诗人面临着严峻的形势。历史已经证明，一味地抛开传统、移植西方的现代主义思潮是违反诗歌艺术的发展规律的。孙玉石曾经说过："中国现代诗人，由于传统儒家思想和人文精神深入骨髓的影响，即使在吸收西方现代主义诗学艺术养分的时候，也不可能走上像法国诗人瓦雷里所倡导的那样'纯诗'的道路。历史注定的是：探索新诗自身的艺术创造与现实生活、民族命运、诗人的现实关注与审美追求的关系，始终

---

① 飘叶：《关于〈夏夜话诗〉》，《远东日报》"学风"版第279期，1967年7月18日。这句话也见于《六十年代诗选·绪言》。
② 方明：《越南华文现代诗的发展——兼谈越华战争诗作（1960年–1975年）》，台北唐山出版社，2014，第42页。
③ 方明：《越南华文现代诗的发展——兼谈越华战争诗作（1960年–1975年）》，台北唐山出版社，2014，第47~49页。

是中国现代诗人追求新诗现代化意识中一个无法避开的问题。"① 越华现代诗人也面临同样的问题，由此风笛诗社的出现便是呼之欲出了。

第三节　风笛诗社民族文化的探索与守望

相较于 20 世纪 60 年代现代诗人的激进，20 世纪 70 年代越华现代诗人探索的步履更加平稳。传统文化开始自觉进入他们的创作视野，越华现代诗也获得了较大的发展，并呈现出与 20 世纪 60 年代不同的风貌，这突出体现在风笛诗社的理论与实践之中。风笛诗社的出现是越华现代诗人由西化向传统回归的标记。越华现代诗人的转向与 20 世纪 70 年代台湾现代诗人的回归遥相呼应。

一　回归传统的主旋律

成立于 1973 年的风笛诗社荟萃了越华各文艺社团热爱现代诗的青年，是后期越华现代诗的主力阵容。关于风笛诗社成立之时的具体情形，当年的创社诗人之一刀飞，在《风笛诗社的燃烧岁月》一文中进行了生动的记载。

> 一九七三年二月十一日，各属不同文社的六个青年：荷野、心水、异军、黎启铿（海韵文社）、李志成（飘飘诗社）和蓝斯（自由人）在蓝斯的向南小楼茗茶沉思，各在掌心写上一个名字，最后欢呼一致通过由异军提出的名称，组成——"风笛诗社"。跟着六个因故不在场的诗友：陈耀祖、秋梦（思集文社）、林松风（海韵文社）、西牧（飘飘诗社）、季春雁和蓝兮（自由人）也都鼓掌加入风笛诗社行列成为了笛人。半载后，另外八名诗友：徐卓英（海韵）、石羚、泡沫（飘飘）、古弦（存在）、冬梦、夕夜、刘开贤和仙人掌（自由人）纷纷加盟，结合成一个以纯现代诗为主，现代散文为辅的"风笛诗社"。

---

① 孙玉石主编《中国现代诗导读（穆旦卷）·代序》，北京大学出版社，2007，第 247 页。

　　由一九七三年二月成立至一九七五年四月越南南方易帜前，风笛诗社成员都维持在上述的二十位诗人。

　　由此可见，风笛诗社主要是由 20 位志同道合的青年诗人组成，他们原本属于不同的文学社团，其作品多在越南华报副刊及海外诗刊（主要是台港诗刊）发表。组成风笛诗社之后，他们主要借用越南华报的文艺版展出《风笛诗展》。

　　风笛诗社成立之时，越战已进入最激烈的阶段，风笛诗人中也有 7 位入伍，他们是徐卓英、异军、蓝兮、西牧、蓝斯、泡沫、古弦。除去严酷的战争现实以外，在文坛内部，越华现代诗也面临着严峻的形势。蓝斯在代序《风笛诗社出发时要说的》一文中写道：

　　　　越南中国现代诗坛的荒芜和褴褛是可见的，也许有人根本否认越南中国现代诗坛的出现。这冷酷的事实不容我们隐忍和考虑，应该是团结和出发的时候了，应该是写作生命破蛹的时候了；春天的意象只在我们把心灵的折扇打开的空间才存在的。

　　　　　　　　　　——风笛诗展创刊号《成功日报》1973 年 4 月 3 日

　　"序言"反映了越华现代诗人们的焦虑。为了走出现代诗发展的困境，风笛诗人们进行了新的艺术探索。① 与存在诗社相比，风笛诗社对现代诗的热情毫不逊色，但是反叛姿态平和了许多。

　　风笛诗社在成立之初，诗人们曾经达成共识：只谈诗不谈政治。在这一总的原则之下，风笛诗社的主要观点有：

　　首先，突出了文学传统与民族意识，强调回归。蓝斯的多篇文章都表明了这一点，比如《风笛诗社出发时要说的》（风笛网站之"蓝斯"子页）写道：

---

① 风笛诗社并没有成体系的诗歌理论和艺术原则，只有若干诗人零散的思考。蓝斯是其中比较突出的一位。他以抒情散文的形式写下了几篇评论，相当于风笛诗社的理论代言人。

　　我们被夹在中西文化的夹层，被隔绝在这半岛之外，以短视及浅识的眼光，该怎样写上自己的一页？这是我们时常沉思的问题，或者说是我们时常轻易忽略的问题，这问题给我们的困惑也间接造成诗所给我们的困惑相若。简单一句，怎样表现自己的诗？我们已不是处在七步成诗的时代，酬唱浅酌自己的生活。现代诗自存在以来不断被各阶层的工业制度与物质表象所侵害，甚至被文化人所鄙弃，逐渐形成一股强韧的弹性，受外界的刺激而膨胀，受时代的趋势而完成文学传统延续的新的一段历程；而我们在海外要拿出什么力量来与切身的有形及无形的侵逼抗拒且超越，并在精神上具有民族意识的面貌？

　　……

　　十二颗炽烈的心组合一个行列，向未来诗的远景接近，不必欢呼，不必呐喊，中国在感觉中遥远地呼唤着，我们肯定的将永远在精神上的、乡土上的回归。

在《寻求的轨迹》中，蓝斯又强调："但我们有一个共同的信仰，就是精神上的回归：向遥远的祖国。"如此强烈的回归意识在存在诗社的宣言中是没有的。

回归是基于群体漂泊的生存体验。战争的残酷强化了风笛诗人们的流浪意识，并在此基础上论证了他们回归的合法性，情感色彩颇为悲壮。蓝斯在《敲打风笛的日子》中写道：

　　……这悲壮是我们长期以来循一种无依无靠的信念延续下去，也许这悲壮已成为虔诚，成为我们飘泊的一代精神上庄穆的宣示，你怎能断然拒绝这种遗传，这种风暴式的敲打，你怎能因中国的隔绝连自己的良心与民族的尊严都摒弃在内？历史上的民族意识永远威赫的存在着，国家的屹立，无论她的庶民如何卑颜和羞耻的被覆盖在特定的生活方式，屹立的象征是始终不灭的；唯有在苦难中才能生长出一束怒火的力量，唯有在建设的必需才能献身一颗沙粒。但被祖国隔绝的痛苦，这悲壮的深刻纵迸出生命怒吼的一句长啸也表达不出的。我们年轻的新的一代就是在表达不出的感受中发现自己的生命竟是一株脆弱的芦苇，在狭窄的观念中走着狭窄涩苦的道路，也于斯种体验的狙击下，个性之泯灭愈来愈接近边缘，我们的命运整年无休止的飘泊。飘泊。飘啊飘飘飘飘。泊泊。……

……

我们这些风浪过的脸，兴奋冷静的汇结个体的表现成为一个焦点，成为敲打风笛的金属性；我们对诗的执着，恒感受凤凰火浴的超升的透明燃烧体，那种心灵共鸣的撞击。记得你说过：我的存在就是我的继续。这也是为什么我们朝二十世纪中国七十年代踏上我们飘泊的芒鞋，以回归的精神，在异乡瘦长的土地，忍不住的春天便霍然爆开一朵传统的烟火，升自我们开阔的胸膛。

风笛诗社的宣言突出了创作主体的离散体验，强调了被隔绝的痛苦；而存在诗社的宣言着力于纯粹的诗艺的探索，对于诗人们的现实生存状况并未涉及。

其次，对传统的诗歌价值观和功能观的认同。相较于存在诗社瞄准"少数高端读者"的贵族化倾向，风笛诗人既肯定诗歌的精神超越性，又强调了诗歌的社会性与现实性，突出了集体意识。《风笛诗社出发时要说的》的首段写道："从心灵出发，必回归心灵最高层次哲性的颖悟，我们在颖悟中体验人生；从自我意识提升到社会意识再提升到人类精神全面性的审判的心路，我们执着的从起步中起步，以昂首的姿态追索诗的方向。不！以开放的灵觉走向诗。"这段话表明了诗人们通过诗寻求心灵的提升的决心。不过，他们并非要躲入个人的神秘莫测的内心世界，在《寻求的轨迹》中他们说："诗不是一座供奉的神祇，更非玲珑的象牙塔，当我们从贵族的围墙走出来，接触一些更广度更确切的事物的观念的时候，亦当我们从个人的表现进而集体汇合成一组庞巨的声音的时候，风笛敲打出一些什么力量来？"风笛诗人的集体声音就是用诗来表达他们对民族文化的顽强坚守，以及对于现实处境的悲壮反抗。

风笛诗社的上述主张是对 60 年代越华现代诗人西化的一种反拨。它结束了越华现代诗人对西方现代主义盲从的局面，显现了一种文化的自觉与民族的自尊。这种转型既与现代诗在越南的困境有关，也受教于台湾现代派的转变。对越华现代诗人影响最大的是创世纪诗社，它也是"最能反映台湾现代派产生、发展和衰落历史过程"① 的诗社。20 世纪 60 年代是创世纪诗社的全盛期，到了 70 年代，台湾新诗进入了民族、乡土的回归期，现代派失去了文坛霸主的地位，以创世纪诗社为代表的台湾现代派也在努力适应这股回归思潮，改变西化的诗观与诗风。台湾诗坛的回归浪潮也波及越华诗坛。越华现代诗人一直密切关注台湾诗坛的动向，风笛诗社成员经常写信向台湾诗人请教。《风笛诗展之四》即"台湾现代诗人书简集"（1973 年 8 月 31 日《成功日报》"学生"版），刊载有管管、朱陵、林焕彰、何炳纯、陈秀喜、沙穗这些诗人的来信，他们在信中对风笛诗人多有鼓励和称赞，比如 1972 年管管在给蓝斯的信中说：

> 你们的风笛很好真的很好，尤其叫人感动的是在异国土地开中华的诗花；我们非常钦佩欣赏各位。……你们的诗刊和诗可以说都各有面目，不像有些诗刊的诗一个面目；……

1973 年何炳纯在给西牧、冬梦的信中说：

> 谢谢你们给我一些快慰及一些不寂寞的快感。因为你们连接十四颗星，在炮火的追击下，辉煌成一支《风笛》。
>
> 当你们寄来《风笛》创刊号，着实叫我感动，我想象一些扎实的斧声落在荆棘的路上。
>
> 在文明的现代，"人"用来为点燃艺术而牺牲的确是少之又少。何况虔诚如你们。摒弃虚华，求心灵的提升。等待跨越，等待成气候皆属必然。
>
> 同信一个"上帝"，愿我们能一齐朝圣向现代诗的殿堂。

1973 年何炳纯给荷野的信中说：

---

① 古继堂：《台湾新诗发展史》，人民文学出版社，1989，第 235 页。

西贡想必战事颇频，我想战争能使一在抬头的国家急趋早熟，尤其是知识青年。在诗方面，总有被炮弹追击的痛苦，你们仍愿走自己的路，就似一群被惊慌的鸟，不忘找寻自己的天空。

……

《风笛》是一个起点，相信持续可成气候，不会寂寞的，因为我亦是年轻人。有空请多来信，谈些什么的。

这些来信反映了风笛诗社与台湾诗坛的密切联系，也说明了越华现代诗人的创作转向紧随台湾现代派的脚步。

二　中、西结合的诗风

越华现代诗虽然深受台湾现代派的影响，但是它也有自己独特的美学价值，尤其是对战争的表现。从《十二人诗辑》开始，越华战争诗的特色已经显露端倪，刀飞在《风笛诗社的燃烧岁月》中总结说："其时越华诗坛的作品虽未臻至成熟，但他们在此种'战火纹身'（尹玲语）的亲自体验下，写出的战争诗，对那种无奈、恐惧、愤恨、绝望（爱情也绝望），残忍和死亡阴影的凄美描述，相信是未经历过此种情景的其他国家的诗人无可比拟的。"到了20世纪70年代，随着战争进入白热化阶段，诗人们对战争的感受更加深入骨髓，而他们的诗风也随着诗歌观念的调整而发生了变化。在诗的表达方面，风笛诗人一致主张："创新不弃旧，明朗不晦涩，象征不抽象，隐喻不虚玄。"（刀飞：《风笛诗社的燃烧岁月》）他们一方面吸收了西方现代主义诗歌的表现技巧，运用了断句破行等手段，以取得陌生化的语言效果；另一方面他们又潜心化用古典诗歌的意象，追求一种基于民族的审美习惯和读者接受能力的东方式的现代派诗。这种中、西结合的诗风与20世纪60年代的现代诗作形成了鲜明的对照，主要表现在以下三个方面。

首先，20世纪60年代的越华现代诗凸显了战争的血腥、残酷，情感激切；风笛诗作中的血腥和愤怒减少了，情感相对冷静、克制。前者如余弦的诗歌《讯外》之一："兽在山岭觅食，山悲愤欲裂/也有凄林饮泣的密闻穿来/于喧嚣中，我总怀疑起某些慈善的步伐"，"想，访客必很满足而归的/有血腥的伴送，有骨骼的伴送/但接着该是一连串的深秋了"。还有影子的诗歌《自辩》："在那一踩间。谁能踩出以后的脚印是轮换抑或对称，所以，自我灼臂的少年总爱/跣行于碉堡的弹壳上或者匍匐在匕首享受击墙后的静谧/而不再以指甲撩拨那一滩血"，"我已捏毙窄门以外的鱼钩/无人以绳缚我之血/是我骇惧的惨剧的楔子"。"血"是他们诗歌的中心意象。后者如郑华海的《西贡五行》：

> 清晨是一块面包
>> 剖开的面包
> 是一张　油渍未干的早报
>
> 唯一的消息　乃系
> 死亡

这首诗蕴蓄着愤怒与反抗，表面上却不动声色。还有心水的《年》反映了战争的狰狞面目，情感的表达也颇为节制，比如诗歌中的前两节：

> 贴一对门联
> 摆鲜花几盆
> 春天好像在你开门的早上
> 站在你面前
> 有锣有鼓没有鞭炮
> 戊申年之后
> 西贡就静静的催眠
> 谣言是这样的传着
> 什么时候你听到鞭炮的声音
> 西贡一定睡醒
>
> 年张开口
> 现在谁都能冲过去

而谁都会在那口利齿下

被消化

任你敲锣打鼓

任你放鞭炮想办法

那只怪兽走了

四季以后又回来

今年过后

总有一次你逃不掉

其次，20 世纪 60 年代的现代诗人出于情感喷发的需要，多采用纷繁的意象，给读者带来强烈的情感冲击波；风笛诗人以理性入诗，意象则相对单纯，引人深思。前者如古弦的《轮廓这一代的》，这首诗着重表现了战争在一代人心灵中的巨大阴影，诗的前两节写道：

若你是我宣诉的对象

我不会告诉你关于摩娜丽莎

在这非春非夏非秋非梦的季节

每日我们所接触的是自己被死亡威胁的影子

所以每当我昂首仰望天空

你不要涉及星星我会说星已陨落

你不要涉及月，我会说月已残缺

你也不要涉及云云已呈菌状

我不会告诉你什么是美好的

爱情只是内部腐烂的苹果

幸福只是海市蜃楼

我向你宣诉的是在镜中我的脸你的脸

他们的脸，都苍白都憔悴都孤独

而一直窥视我们的是残酷的命运

谁也不能分辨自己的掌纹

　　　　他们痛苦的去请教瞽叟

　　　　或者向神请求一次预告

　　这首诗意象丰富，而一切美好的事物，如星、月、云、太阳、爱情、幸福等不是死亡就是残缺变形，或者根本就不存在。全诗都笼罩在一片阴影当中，只有"兽"活跃其中。正如诗名所揭示的，这首诗是诗人这一代人的自我写真。他们日日生活在死亡的威胁之下，同时又面对不可预知的未来，未来是否还能有希望，抑或残酷的命运会一直延续下去？他们想求得答案却不得而知，为此他们惶惑、不知所终，这是一种真正的心灵的痛苦与煎熬。后者如徐卓英的战争诗，作为军中诗人，徐卓英对战争有着深刻的体会。蓝斯在《一株芦苇◎走进徐卓英的世界》（风笛网站之"蓝斯"子页）中写道，徐卓英的诗蕴含着"一种绝望的痛苦，一种清醒的愤怒"，这个评价很准确。请看徐卓英的《自画像》：

　　　　1 血自眼眶燃

　　　　　泪向腹中咽

　　　　　我发怒

　　　　　不盲

　　　　2 如石层断柱

　　　　　如断臂空袖

　　　　　我柱着

　　　　　不塌

　　徐卓英的痛苦与愤怒不是由于面对死亡，而是被迫参与一场没有民族感的战争所带给他的精神伤害。《第二十五小时》《在边陲》《高歌的芦苇》等是他表现战争感受的力作。关于徐卓英的艺术表现，蓝斯在《一株芦苇◎走进徐卓英的世界》中指出："徐卓英往往以其单纯的意象去表现他的主题，因为深切的体验与个人的才华，使他表现得很成功，而且超越个人狭窄的情感。他的诗很具民族意识和人类心灵的共鸣。"徐卓英的

《在边陲》一诗就突出了"野百合"这一意象，全诗如下：

> 许多野百合
>
> 一
> 丛
> 丛
>
> 一
> 丛
> 丛
>
> 在谁的钢盔上
> 　怒
> 　　放
> 　　　春天
>
> 陷在异乡的那门重炮看过
> 兽脸的月看过
> 铁丝网上的血衣袖看过
> 战争啊　你看过
> 　不看过
>
> 真的不能边陲静坐
> 　静坐边陲
> 并喝一口
> 中国茶么
> 我的情人

"野百合怒放春天"象征了大自然无处不在的"生机和美"，即便是残酷的战争也不能将它们连根拔起。这样的发现萌发了诗人内心深处蛰伏着的对和平、安宁生活的渴望。作为军人，日日处于生死的边缘，这反而使他更懂得生命的可贵。徐卓英的作品中总有一股生命的热流在涌动，这既是现代人求生的本能，也是正值青春年华的诗人对命运的一种抗争。他的理想的安宁指向的是"中国茶"与"情人"，这正是他的精神寄托之所在。

最后，20世纪60年代越华现代诗的意象拼贴比较肆意、奇特，风笛诗作则较为古典、传统。前者如银发的《地下城》，这首诗由若干个无标点的长句组成，第一句写道："一堆内里冰冷的夏季一团黑影一爬山者被谋杀失足一阵空间的嘶叫如一失桨之轻舟彷徨布满棋局一条条患癫痫症的街道在我眼前竖起。"还有仲秋的《仲秋的现代悲剧》的首段："无神无鬼暗示我双鞋的被弃。无鸟无针无敏感的短髭。我自毙且宣扬纷纷和析离。我的手足和朋友。我的窒息和我的蝟刺决击的彷徨和疲倦。和悲剧。颓废。裸女。燃烧。骚扰。惊惶。预言。破碎。笛。蛇。血。红。涉及"。后者如风笛诗社的爱情诗。风笛诗人笔下的爱情是战争中的爱情，本身也是对战争的一种表现。风笛诗人们当时正值青春年少，爱情是他们重要的人生体验，也是其诗歌抒写的应有之义。对他们而言，爱情是残酷现实中少数能带给他们慰藉与温暖的精神力量。徐卓英就曾说："我们宁可信仰爱，这是比上帝还真实的！"①《风笛诗展之十》（1975年3月19日《光华日报》）就是"情诗专号"。风笛诗人的爱情诗，突出了爱的坚贞与奉献，蕴含着对战争的一种反抗，比如黎启铿的《逍遥的去处》，该诗的副标题是"给爱妻雪清"，这首诗写得一往情深，尤其是诗的最后几行："我复何求　如果三更惊起灾劫/我复何惧　我复何忧　握你的手/永恒垂一道云梯/星河尽我们遨游/黄泉　碧落　人间　地狱/何其逍遥的去处/我们携手"，这几句着重表达了夫妻俩在随时可能降临的灾难面前誓同生死的决心，既是一曲爱的赞歌，也是对战争的有力控诉。再看蓝斯的《写给妻读的诗》的最后一节："别让相思寄给别离 / 如果桥筑在距离的两岸 / 如果蝶停在发上你的 / 灯下我读一本你脸颊写的书 / 书不在战地"，这是一首丈夫写给久别的妻子的情诗，诗的最后一句直接点明了战

---

① 荷野主编《风笛笛郎书简》"徐卓英之笺"，《成功日报》1975年1月21日。

争的背景。在艺术表达上，风笛诗人的爱情诗大量化用古诗的意象，古典气息分外浓厚，比如林松风的《写给爱妻芳芳》(《芦苇诗抄（之十一）》)：

> 据说你是一颗南来早春
> 播下的籽子　而
> 绽放于月光的季节
> 秀发似柔柳
> 你的瞳眸邀来
> 一池清澈的辉明
>
> 以后　许多月月与月叠影里
> 你曾把如铃的笑筛于
> 公园草坪花圃
> 我竟是牧月的牧神
> 且来自苇衣锦绣的湄水畔
>
> 某一个秋天从水中骤然酝酿
> 之尘嚣苏醒
> 云
> 海飞涛
> 午寐的酣梦　烙红
> 山脚初熟的枫叶
>
> 芳芳　今夕
> 踏冰凉青石阶
> 携手至山顶访月
> 虽说姮娥后羿已年代湮远
> 我依然为你而醉
> 　　　　而舞剑

这首诗写得温柔浪漫、深情款款，既有现代诗的灵动，也有古诗的典雅。又比如徐卓英《一袭鸟衣》中的"妆台""小楼""月影""李清照""庄周""红叶""蝴蝶"等无不具有浓郁的古典气息，又融合着现代青年的情愫。

三　多变的创作风格

风笛诗社是一个充满创作活力的群体。在组成风笛诗社之前，这些诗人已经各具特色。1972 年 6 月，秋梦在台湾《笠》诗刊第 50 期上发表的文章《越南中国现代诗诗坛走笔》，是关于越华现代诗人创作风貌的珍贵资料。文中点评了 18 位越华现代诗人的创作，包括多位后来的风笛诗人，他们的风采各异，比如秋梦对蓝斯的评价是"他的诗像一缕云的飘逸"，对郑华海的评价是"诗人郑华海的诗是矫健的，一如他的翅膀，也一如他的飞翔。"风笛诗社成立之后，诗人们追求个性的意识更加自觉。蓝斯在《寻求的轨迹》中指出："我们当初成立诗展的意愿，可谓放纵各已深谋的手段而树立各个风格，而不想打出一面宗派的大旗。"即便是同一个诗人，其创作风格也不是固定不变的，这正是风笛诗人充满创造力的表现。

风笛诗人李志成（即刀飞）的创作是一个典型的个案。他是跨越 20世纪六七十年代的、重要的越华现代诗人之一。李志成前期的诗歌主张是支持"晦涩"的，秋梦在《越南中国现代诗诗坛走笔》中说，李志成"还是一个形式主义的酷爱者，他的一首《山水以及其它》的诗作，所走的形式曾轰动此间的现代诗坛。"1967 年下半年，在与越华诗坛传统人士的辩论中，李志成（化名飘叶）起到了重要的作用。不过在实际创作中，李志成的民族意识一直很强烈，他入选《十二人诗辑》的诗作①都显露出了诗人强烈的民族意识。加入风笛诗社之后，李志成的主要作品有《桥》《一种习惯》《晨雾》《公路夜驰》《载一山的绿》《一九七四·十题》《带一身的咸味归来》（散文诗），以及《十四行短歌》等。李志成的创

---

① 李志成入选《十二人诗辑》的诗作是：《写在异乡》《止于灰色》《潮流的图案》《我们不再属于我们》。

作处于不断的探索之中。秋梦在《不是凄婉哀怨的琴弦》（短评李志成的
《一九七四·十题》)① 中对李志成多样的创作风格有过十分生动的描述。

> 李志成在诗的领域上，探索的触须是敏感性的，多面性的。他向
> 着一个驿站出发，同时又向着另一个驿站回归。在一个现代人种种错
> 综复杂的情绪下，造成他在诗的风格上有着诸种不同的面貌。故此，
> 他有《晨雾》的晦涩，《公路夜驰》的明朗以及《卷帘篇》的古典
> 等各种迥异的诗风出现。
> 《一九七四·十题》是李志成的缪思一个新的面貌。诗中充分展
> 示出一个现代人的悲哀以及无可奈何的愤慨，而又呈现出一种期待，
> 一种苦闷，一种怀念以及一种痛楚所混凝的情绪，却正是他心灵所遭
> 遇到的无限创伤的辐射面。

虽然风格多变，但从主导倾向而言，作为风笛诗人的李志成在创作中
更自觉地将传统与现代熔为一炉。一方面，他将各种现代诗的手法运用得
十分娴熟；另一方面，他又大量化用古诗词的意象，尤其是唐诗、宋词。
因而，李志成的诗获得了一种陌生化的审美效果，比如诗歌《公路夜驰》
（1973 年），全诗围绕着中心意象"灯"而展开，既有现代诗的腾挪、跳
跃，也渗透着古典诗的韵味。一段原本寻常的旅程在诗意的投射下，具有
了无穷的魅力。

诗的第一节写道：

> 一盏路灯
> 过了
> 月光便柠檬起
> 两旁稻草的颜色，风在
> 眉间拉响，也在
> 鬓间铃铛铃铛

---

① 李志成主编《风笛诗展之八》，《人人日报》1974 年 4 月 8 日。

　　我们吟：苏轼的行香子

　　黑暗中的"灯"触发了"我"的灵感与诗兴，诗人联想的翅膀张开了。他充分调动各种感官，"柠檬"与"月光"的混搭造成一种奇异的美感，"铃铛铃铛"比喻风声，别出心裁，它喻示着情绪的欢快，末尾一句有一股古典的气息迎面扑来。

　　第二节，诗人的思绪飘得更远，想象纷至沓来，诗中写道：

　　　　让蛇继续展延它的蛮腰
　　　　让妖异的目光
　　　　继续成为一种魅力
　　　　像唐朝素手的宫灯
　　　　成为一种挑逗的幽香

　　精彩的意象凸显夜的神秘、幽暗，以及道路的曲折。"唐朝素手的宫灯"又给夜增添了一种古典的美。

　　诗的第三节简洁有力，总共两行8个字：

　　　　车行
　　　　时速一百英里

　　短短两行，不仅交代了车行的急速、车外景物的转换，而且还与"我们"心情的澎湃相契合，为下文的进一步抒情作铺垫。

　　诗的第四节中，行程告一段落，人物的情绪达到高潮：

　　　　已过，大铁桥
　　　　已过，海棠春睡的江河
　　　　当最末一盏路灯
　　　　在背后
　　　　成为一种记忆

啊！我的朗诵诗：

不如归去

归去更远

更远的一群萤火虫

在跳动的眼睫间

又一排灯的

亮下去，向前

再向前啊！

这一节节奏短促、用词干脆利落，"海棠春睡"则是妙语生花的一笔。
诗的第五节又重复那两行：

车行

时速一百英里

此节不是简单的重复，而是另一个新的征程的开始。
诗歌进入最后一节，此时的"我"不禁酒性大发，诗中写道：

若停下

若骤然停下

让我徒步走入

路旁那寂寥的

灯火摇曳的酒肆

买半壶醉，归去

　　至此，全诗以一个漂亮的设想结束，尽显青春的潇洒、豪情，又洋溢
着思古之幽情，令人发出今夕何夕的感叹。
　　总而言之，风笛诗社的探索结出了丰硕的果实，他们的作品不仅被数
家越南华报接纳，而且也受到台港期刊的青睐，比如1973年沙穗给冬梦
的信中说："我今天才收到《龙族》八号，也有刊出你们越南的作品，都

很有分量，越南的一群真有干劲，过几年之后，相信你们必将成为越南的中国现代诗中坚分子，这是很有可能的。"（《风笛诗展之四》"台湾现代诗人书简集"）

　　风笛诗社探索的成功首先源于作家队伍的成熟。刀飞在《风笛诗社的燃烧岁月》中介绍说："在一九七三年二月风笛诗社成立前，各笛人已是早期各文社成员。……其中许多笛人在诗社成立前已在越华诗坛享有盛名。后来风笛诗社组成，他们的写作更勤更多"。其次是风笛诗人们百折不挠的探索精神。台湾《龙族》诗刊主编林焕彰在收到《风笛诗展创刊号》的剪报之后，曾回信给蓝斯说："越南诗坛的现况，据你所说的，就像当初台湾的诗坛一样，要想在报纸副刊占一丁点地方，实在不容易；……想要依靠报纸推展现代诗，有如缘木求鱼，好在你们已组成'风笛诗社'，希望不久能出版自己的诗刊，谨先在此祝贺。虽然需要克服很多困难，但不会没有希望的。"（《风笛诗展四》"台湾现代诗人书简集"）风笛诗人们凭着少年的激情，在兵荒马乱之中还在为诗展筹划，"大有'衣带渐宽终不悔'的执着以及'让现代诗在越华诗坛常青常绿'的垦荒者精神。"（刀飞《风笛诗社的燃烧岁月》）由此造就了越华现代诗的辉煌。

　　历史已经证明，以摒弃民族性为代价的纯粹的现代主义诗歌最终都难以独立存在。罗振亚在《中国现代主义诗歌史论》第 160 页指出："流沙河说台湾现代诗是 20 世纪三四十年代中国诗苑流行过的现代派的旁支变异，说到了点子上。"基于越华现代诗与台湾现代诗的密切关系，那么越华现代诗也可以说就是台湾现代诗在越南的旁支变异。由此，越华现代诗的源流可上溯至 20 世纪三四十年代的中国现代派诗歌。关于中国现代主义诗歌，罗振亚总结说："中国现代主义诗歌的入世情怀与出世奇思正是传统诗精神的一体两面，是屈宋以来忧患之思与摇落之秋精神的对应变格，并且它的深厚悲凉色调，虽与现实的纷乱苦难、诗人个体的敏感弱质相关，但更本质深隐的根源还在于时代氛围与诗人身世以外的传统诗抒情基调的影响"。[①] 这段话用来评价越华现代诗，也是恰当的。

---

① 罗振亚：《中国现代主义诗歌史论》，社会科学文献出版社，2002，第 18 页。

第五章　越华文学的历史考察
与文化重构的意义

海外华人在不同民族文化的包围下，民族文化的重构是必然的。"文化重构是一种创新，而创新是社会进步的不竭动力。民族文化的重构绝非是将原传统文化的内容、形式等进行简单的归总和削减，而是在本民族文化与外来文化间取长补短基础上的融合和创新，是包容多元文化差异，构建和谐文化的有益探索。"[①] 越南华人的文化重构是基于生存的一种文化发展策略，它体现了文化主体的自觉。越南华人既要保持民族特色，又要吸纳外来文化，张力自然而生。在越华作家主体精神的投射下，越华文学始终顽强地存在着，并且成为越南华人保存历史记忆及建构族群身份的重要的精神力量。

第一节　时代嬗变中的越华文学的主体精神

文学作品是作家主体精神的投射。从主体精神的角度来观察越华文学，可以使我们更恰当地对越华文学做出判断。越华文学兴起至今，尽管越南政权更迭、兵祸频仍，越华作家队伍的构成也变动不居，但是处于不同历史阶段的越华作家都表现出一致的主体精神趋向——对民族文化的坚守。

一　1975 年之前的坚守

初期的越华文学是在华侨作家们"保家卫国"的激情之中诞生的，

---

① 陶蕾韬：《论多元文化发展视域下的民族文化重构》，《广东社会科学》2016 年第 6 期。

越华作家强烈的民族情感自不待言。"二战"结束之后至 1954 年南北越分立之前，越华文坛在广纳英才的氛围下平稳前进。此时的作家队伍仍以移民作家为主，他们中既有战后回归、具有抗战血统的作家，比如陈维新，也有来自中国的新移民作家，比如马禾里。这些移民作家的共同特点都是身在异域、心念祖国。"异乡人"是他们对自己的命名。

南越政权成立之后，华人被迫入籍，并且与祖籍国隔绝。这使得越华作家的坚守普遍具有了一种悲壮的色彩。南北越对峙其间，越华作家主要由两大类组成，一类是以蛰蛮、山人等为代表的成长于中国的作家，另一类是在越南土生土长起来的青年作家。而对于后者的考察，更能反映越华社会对民族文化的坚守。

叶传华时代的越华青年大多都能回中国接受教育，能够直接获得中国文化的滋养，而南北越对立期间成长起来的越华青年大多失去了回中国接受教育的机会，在这种背景下，越华社会的文教功能更加凸显。在家庭内部，家长们总是想方设法让子女在中文环境中学习、生活。比如尹玲，她的父亲自小离开中国后，"始终以'中国语言、中国文字、中国文化'教育子女，在家仅使用故乡广东大埔的客家话；如此也加强了尹玲'身份认同'中的文化意识。"① 在社会上，"'越南华侨有三多：侨团多，学校多，报社多'。这三多就概括了越南华侨认同传统的宗族观，守望相助的亲和力，传播文化的使命感。"② 20 世纪六七十年代，越南的华校、华报十分蓬勃，为越华青年作家的成长提供了丰腴的土壤。比如陈大哲，他虽然出生在厦门，但他 3 岁时即随父母移居越南，亦算是在越南长大的青年作家。陈大哲走进文艺的殿堂，既离不开父母的熏陶，也与他的中学时代密不可分。在后来的《许愿》一文中，陈大哲写下了这样的回忆：

　　……爸爸、妈妈没有直接怂恿我成为笔杆一族，但他们经常购买一些文艺书刊读物，作为给我的礼物和奖品，每个星期都带我们兄妹看两至三部影片……无形中凝成一种间接的、长期的诱因，再加上中

---

① 余欣娟：《家国想象与自我定位——论尹玲诗的河流意象》，杨宗翰编《血仍未凝》（尹玲文学论集），台湾秀威资讯科技股份有限公司，2016，第 89 页。

② 陈大哲：《越南华侨概况》，台湾正中书局，1989，第 57 页。

学时期的几位老师，又都是文艺写作中的写家名笔，如福建中学的翁
畹华、张天牧（致勤）、何名爱（夏行）、邱超岳、秦川、莫洛，知
用中学的唐富言、贾国恩（晓寰），父执杨弘冠（雷家潭）也给我不
断的掌声鼓励。两校同学里的林超泉、雷祖恩、陈梦萱、黄惠元、徐
善福、徐松和、刘启仁、韩虎光、陆妙玲、李春生，报界中的老友周
文忠、毕潮佳、洪鼎、温华强、姚景燊、文清，也是热爱写作的
"发烧友"（我们之中很多人后来也做过副刊编辑，或成为知名作
家），就这样，"耳濡目染"、"日积月累"、"潜移默化"、"因势利
导"……使我一步步摸索，一天天接近文艺的门槛。

从陈大哲的回忆可以看出，越南华校、华报为青年作家的成长提供了
绝佳的写作氛围。越华社会的培育之功从方明身上也可以得到例证。方明
于1954年出生于越南堤岸，1973年就读于台湾大学，后赴巴黎深造。方
明赴台之后，成为台湾大学现代诗社的骨干成员，获得台湾前辈现代诗人
的赏识。2009年5月，诗人辛郁在《文讯》发表了文章《素描方明——
他的人生历程与他的诗》，谈了他对方明的观感。辛郁对方明"以越南侨
生身份，竟能有深厚的国语文写作基础与能力，表示惊异与感佩"，并得
出结论说，方明"出生在越南堤岸，华人社会的淳朴风气，培育了方明
为人的诚恳厚道。尤其华人社会对故国文化的重视，在教育过程中充分显
现；方明的国语文能力就在那时扎根，到台湾念大学时才能应付自如。"
可惜方明在越南的作品，因战乱而未能留存。

在华人社会的熏陶下，土生土长的越华青年作家不仅获得了民族语言
的能力，更重要的是传承了越南华人的文化使命感。越华知识分子时刻不
忘民族文化的传承，这一点在《中学生》的发刊词中表露无遗。

我们在海外从事教育工作，责任的重大，较之祖国的文教界人士
更甚千百倍的。民族杂处，人文各异，我们的子弟耳濡目染，至易感
化，因此，我们不只是传授知识，更重要的，便是传播中华文化，发
扬民族精神，这是每一位负责教育工作者的总目标，也是不可推辞的
重责大任。

　　在越南，华文创作是一件清苦的事，甚至是一件费力不讨好的事，但是一大批越华青年作家义无反顾地踏上了这条艰苦之路。他们选择华文写作本身就表明了他们的一种文化姿态。单从语言的角度看，他们已经掌握了越文，完全可以用越文写作，但他们感觉只有用中文写作才能直达他们的内心。比如方明，他的感受是："用中文写作，感觉它才能真情吐露，说心中话，作灵魂倾诉。"① 再比如尹玲，虽然她掌握了中文、越文、法文等多种语言，可她从 1960 年就开始摸索华文写作，并尝试着投稿，不久，华文写作就成为她生命中必不可少的一部分。她每天都要书写，否则，她就觉得"当天最重要的事情尚未进行尚未完成。"② 还有气如虹，他对华文写作的痴迷在《征途撷拾》中显露无遗。在越战的背景之下，华文写作还是一件相当危险的事，作家们在措辞上稍有不慎就会面临牢狱之灾，但越华青年作家并未因此就放弃写作，而是采取隐晦、迂回的策略坚持创作。凡此种种，赋予越华本土青年作家创作热情的，正是传承民族文化的使命感。在使命感的召唤下，越华文学在越战的硝烟下走向了繁荣。

　　越华作家的主体精神决定了他们的文学观。他们将文学定位为"精神食粮"，十分注重文学的社会功能与教化作用，强调文学内容的健康，而健康的衡量标准是传统文化。比如《文艺》的发刊词引用了孔子的话为文学设立道德规范，《笔垒》的发刊词在强调了"真、善、美"的基础上进一步指出："我们之所以创办《笔垒》，一方面固然是一种新的尝试，另一方面却更急切地希望用'笔'来巩固文学的领域，借以发扬优良的文化，培养更多的接班人……更欲以笔来唤醒社会上那些昏睡的人，使他们的身心能得文化生活的熏陶和滋润。"《笔垒》创刊号青天的散文《文学创作与民族特色》又重申了《笔垒》的宗旨，青天指出："文学艺术的最高境界在乎它能否表现出该民族的特色，能否激起民族的意志。"青天批评了许多洋化的作品，并且表示"愿《笔垒》一直能做到以'笔'巩固文艺领域、宣扬文化的原旨。"

　　在创作实践中，越华文学的审美领域集中在战争、乡土与爱情三个方

---

① 辛郁：《素描方明——他的人生历程与他的诗》，《文讯》（台湾）2009 年 5 月号。
② 尹玲：《因为那时的雨——书写六〇年代南越》，《那一伞的圆·自序》，台湾秀威资讯科技股份有限公司，2015，第 29 页。

面。越华文学战争主题最鲜明的特点是民族感的缺失，爱国主义与英雄主义的空白。越华作家虽然对越南的土地产生了感情，可是对祖籍国的思念也是如影随形，相互缠绕。至于爱情主题，由于儒家文化积淀深厚，华人社会相当保守，因而越华文学爱情主题的内涵是严格的道德自律，强调要用理智战胜感情，重视婚姻秩序的稳定，所以越华作家笔下鲜有叛逆者的形象。

　　主体精神的差异导致越华文学与五四新文学在对待传统文化的态度上大异其趣。五四新文学以反传统著称，而越华文学则以坚守传统文化自居。回到越华文学的起点，五四新文学产生之初，越华文学并没有随之发动，直至抗战的硝烟四起，越华文学才应运而生。抗战时期，中国"新文学与西方文学的关系日渐萎缩，中国新文学现代性的建构方向已经明显地朝本土的传统文化与民间文学转向"。① 越华文学此时诞生，接续的实际上是中国新文学偏向传统的一面，这也与越华作家的主体精神十分契合。

　　综上所述，1975 年之前的越南华人顽强地保留着中华文化，他们对民族文化充满自信，这份自信不仅源于中华文化的悠远历史，也与越南华人的经济地位有关。越南统一之前，华人经济占据着明显的优势地位，经济实力带来文化的自信，再加上时局的动荡，南越政权无暇严控，因而西堤的华人社团难以被同化。这一时期不同民族文化与中华文化的碰撞，恰好增强了华人的民族意识。越华社会对嬉皮士的痛批，就是生动的一例。

二　1975 年之后的坚守

　　1975 年越南统一之后，华人的地位一落千丈。"在 1977 年以后，西贡的华人社区无论是在事实上还是在象征意义上，都经历了从占统治的经济地位和自感优越的文化地位转向受人统治、并不得不放弃其原有的地位。"②

　　困境并没有挡住华人对民族文化的坚守。越华老、中、青三代作家都有各自的表现。越华老作家就是 1975 年之前活跃在越华文坛的那批作家，

---

① 谭桂林：《西方影响与九叶诗人的新诗现代化构想》，《文学评论》2001 年第 2 期。
② 〔法〕米歇尔·道林斯基：《1995 – 2005 年越南堤岸华族状况的演变》，杨保筠译，《华侨华人历史研究》2007 年第 1 期。

如今在复苏期的越华文坛起着引领的作用，他们一直强调对民族文化传统的继承。比如刀飞（即李志成）在诗集《岁月》的"自序"中谈到，他写新诗是"慎重的积极的继承诗的传统"，他在做着"延续文化传统"的工作。刀飞还在《现代诗与越南华文诗坛》中特意声明：

> 最后，笔者在此声明：笔者个人不反对西方的现代技巧和表现手法，只是希望身为一个作者在吸收现代主义的思想言论之际，要仔细想一想，这些思想言论适合我们的华文世界吗？适合我们的传统诗观吗？或者我们要有所选择和有所取舍？若果是笔者我则希望写现代诗最好是以传统诗学为本，以西方诗学为标，兼容并蓄则为最佳的选项。

刀飞见证了越华现代诗兴起、发展、变化的整个过程。他的观点是越华现代诗人历史经验的总结。一个有意思的现象是，"现代诗"已基本成为复苏期越华新诗的统称，它一方面表明"现代诗"的理念已深入人心；另一方面此时的"现代诗"是与传统诗歌密不可分的现代诗，而不再是最初意义上的"现代主义诗歌"。另一位资深的越华作家刘为安在《文艺季刊》的周年感言（见风笛网站"刘为安"子页）中强调了《文艺季刊》的宗旨是"贯彻、延承与发展民族文学"，要"为重建民族尊严、表现华人活动生态和面貌"而努力。

越华中年作家在 1975 年之前一般都上过华校的小学，受过华校的熏陶，1975 年之后华校被禁，他们只能自己想办法继续学习华文。家境贫困的女生学习华文更加不易，但是艰苦的环境也阻挡不了她们学习的脚步。比如女作家钟灵，她在学习母语方面表现出强烈的韧性。钟灵 8 岁丧父，不得不辍学，她就每天坚持不懈地以听粤曲的方式自学华文，[①] 并尝

---

① 据钟灵自述，父亲去世之后，她负责照看最小的弟弟。她每天带弟弟去邻居家，邻居是一位典型的华人大婶，非常喜爱听粤曲，但要做家务。那个时代放的是唱片，唱完就要换一张。那位大婶允许钟灵在她家玩，就是为了让钟灵替她换唱片。钟灵就每天听粤曲，由于粤曲有书，她就拿着粤曲书来听，无形中是一位老师在给她上课，日积月累，钟灵就学会了华文。钟灵说，粤曲源远流长，一部粤曲是一个故事，很传统，也很深究、动人，而且粤曲的歌词非常有诗意。可以说，钟灵是在粤曲的熏陶下逐渐走进创作的殿堂的。

试写作，后来出版了《钟灵诗选》。《钟灵诗选》就是钟灵孜孜不倦地吸取民族传统文化的成果。这本诗选的最大特色就是展现了抒情主人公置身纷纷扰扰的都市，以诗为媒，对民族传统人文精神的坚守，实际就是钟灵内心世界的显露。请看《漠》这首诗：

漠漠

古代的风沙

漠漠

今日的摩天大厦

科技的钢骨水泥丛丛林立

在高空中睥睨着冷和硬

将天空切割成道道窄缝

也逼迫成人的心胸

原本挺拔迎风的大树

都矮作高墙下的陪衬盆景

栋栋几十层数字比高的方型规格

也规格了猫和老鼠的防范充斥满人心

城中问路是伎俩尔虞

老人摔倒变作诡谲我诈

举手成洽商交易之劳

遗产相争注定兄弟手足的基本反目

房子汽车奠定夫妻白首的明文条件

淡淡

记忆里

摇扇纳凉院过院串门子的温馨亲切纳入历史

弹珠子堆泥沙捉迷藏跳绳绳的童真已成故事

淡淡

风如幽灵

在楼与楼缝壁的阴影中穿梭

独不见阳光抖落

只识人情越来越淡漠

在诗人的笔下，都市物质的张扬，掩盖不了精神的萎缩；外在的热闹弥补不了内心的孤独。置身于喧嚣的现代都市，钟灵思考的是："在车辆密集人潮满挤的今日都市/怎样独持冷眼"（《夜空》）。她恪守中华民族传统的人文主义操守：淡泊以明志、宁静以致远，并从中获得精神力量。

越华青年作家是在华文教育解禁之后成长起来的，他们大多出生于20世纪80年代初，求学时期正好赶上了华文中心最为兴旺的时期（20世纪80年代末、90年代初），他们的华文基础大多就是在这一时期奠定的，还有的在华文教育解禁之前就已经悄悄学习了华文，比如生于1981年的李伟贤，1984年他的父母就已聘请私家教师在家教他学华文了。越南华人传承民族文化的苦心由此可见一斑。越华青年作家虽然创作风格各异，但他们都有意在继承民族传统文化的基础上进行创新。以下请看林小东、曾广健、李伟贤、蔡忠这4位青年作家的创作：

林小东的诗歌十分注意汲取中华古典诗歌的养分，他善于化用古诗的意境与佳句，比如这首《月光光》：

床上独坐的我
前面的窗是一片银色的
明
月
光

疑惑的我，不禁问
是不是李白说的
地
上
霜

举

头

望不见

明月

月光原来是路灯光

低

头

思念中不见

故乡

乡心原来已伴我进入梦乡。

乡愁是华文文学写作的母题之一。海外华人对故土的依恋，早已跨越时空，积淀成他们的一种集体无意识。林小东的这首诗与李白《静夜思》的联系一目了然，同时它也融入了一个现代青年的思想感情，显得自然而贴切。再比如林小东的另一首诗《人习惯在孤独中沉思》，他在诗后特别注明"诗中加黑的前半句是诗人王维的五言绝句《鹿柴》"。这样的例子还有不少。通观林小东的诗作，有一些意象在诗人的笔下反复出现，如"月亮、黄昏、夕阳、夜、风、雪、雨、春、梦、落叶、花、窗"等，这些都反映了林小东与古诗的紧密联系。

曾广健的诗歌在意象的运用上，也注重古今的结合。以"月亮"为例，"月亮"既是古典诗词的经典意象，也是曾广健诗歌的主导意象之一。在他的诗集《美的岁月》中收录了不少的有关"月亮"的诗作，如《月亮》《中秋问月》《月缺》《中秋夜》《中秋月饼》《朦胧月夜访"启端寺"》《醉饮一海月色》《海边月夜》《捞月》等。古往今来，月亮一直牵动着人们思亲、思乡的心绪，历代文人骚客为此留下了不少佳作。面对着亘古常新的那轮明月，曾广健除了油然而生的对亲人、对家乡的眷念之外，还加入了一个现代青年对社会现实的深度思考，比如下面这首《中秋月饼》（一）：

各饼家推出的月饼

个个都是双眼朝天

瞄着富有人家

一起欢度温馨的

佳节

苍空高高挂着的那枚银币

穷人家

望着恼着愁着

要怎样摘下来

买个月饼过节

　　这首诗中，节日的温馨被生计的冷酷现实所取代，圆月所触发的是诗人强烈的社会责任感与正义感。

　　李伟贤的诗集《燃烧岁月》之中的许多作品都融合了传统诗词的韵味，如《望长城内外》《龙说》《望月》《奔月》《残月》《葬月》《牡丹》《六月雪》《冬雨听禅》等。以诗歌《望长城内外》为例，它抒发了海外华裔青年登临长城之后深深的感慨。全诗从长城的视角，俯瞰中华民族的千年风云，通过历史的纷纭变换与长城的坚实稳固，暗示了中华民族传统文化的生生不息。其中，时光的流转、朝代的更替、命运的沉浮等重大历史事件经由一个个鲜活的意象出之，如"楚河汉界不能把我割成断断绝绝/诸葛孔明的扇子搧一搧撅一撅/也只能给历史留下一点风高亮节"，又如"杨华落尽李花开/贞观盛世让我再次享誉浩瀚烟海/则天大帝一笔就将剧情篡改/渐渐把我掩盖"。至此，诗人火热的历史激情经由意象间接抒发，显得凝重而内敛。在语言的排列上，诗歌《望长城内外》句子长短错落，读来颇有宋词的味道，比如"可知张牙舞爪时/男儿泪头颅血/多少往事/无从说"。总之，《望长城内外》这首诗写得既气势豪迈，又古朴典雅。李伟贤在诗集《燃烧岁月》的"后记"中坦言：

　　念小学的时候，给我留下印象最深刻的居然是一首古诗，是李白的《静夜思》，到后来在教科书上读到《诗经》里的风、雅、颂，才惊叹中华文明五千年，其实就在开天辟地的时候，我们的祖先早就站在那个巅峰上吟哦着天地悠悠，万物苍苍，其意境、其视野，时至今天仍散发着耀眼光芒。

蔡忠的诗集《摇响明天》也表现了诗人与民族传统文化的深刻联系。微型诗《文化》表达了诗人对民族文化的体认、吸收，诗中写道：

> 母乳
> 多汲
> 越快成长

蔡忠的诗，愈到后期写得愈精致，古典化的气息愈浓，请看《永恒》一诗：

> 闭目凝神那么久
> 舍不得放松
> 一寸泥香
> 你就这么轻轻去抚琴
> 入夜与鹤为群
> 守住古松老树昏鸦

这首诗的意境不由得令人想起马致远那首著名的《天净沙·秋思》，以及宋代林逋"梅妻鹤子"的千古佳话。蔡忠的诗集《摇响明天》中具有古典韵味的还有《残》《春》《读海》，微型诗《梅》《兰》《菊》《竹》等。

从上述 4 位青年作家的创作可以看出，民族传统文化是支撑他们写作的重要的文化资源。

综上所述，复苏期的越华作家的主体精神与前人一脉相承。这股精神支撑着作家们在困难重重的情况下，自行出版了不少作品集，即使没有销路，他们也要留下自己创作的足迹。

在文学观念上，复苏期的越华作家与 1975 年之前的越华作家基本吻合。复苏初期的越华文坛笼罩在一片悲喜交集的氛围之中，这是一种与创作主体内心深处的民族文化之思紧密相连的情绪反应。出版于 1993 年 12 月的《越华现代诗钞》是越华诗歌复苏的一个里程碑，该书的前言为旭如（即陆进义）所撰，"前言"写道：

> 本市华文现代诗的发展，虽是姗姗来迟，虽是还有许多问题有待解决，但作为一种文学形式，它是本市华文文艺写作园地里的一束凤尾花，虽不是芬芳四溢，却也使民族文化文艺之花的园地，更加多姿多彩。
>
> ……
>
> 《越华现代诗钞》的出版，是民族文化活动的一件喜事，也是本市华文现代诗进展的一个标志，一个纪念。因此，谨书数言以表祝贺。

"前言"的关键词就是"民族文化"，由于诗歌在复苏期越华文坛举足轻重的地位，"前言"的表述也代表了复苏期越华文学的出发点与归宿。

在发扬民族文化方面，复苏期越华老、中、青三代作家共同的审美领域就是寻根、问祖，以及描绘祖籍国的面貌，这是他们不同于 1975 年之前的越华作家的新特点。1975 年之前的越华作家只能在想象中构建故国，而复苏期的越华作家已经能够踏足祖籍国的土地。这得益于中、越两国关系的正常化。长期以来，越南华人一直有着强烈的寻根意愿，但是却受阻于无情的战火，如今道路一旦畅通，他们蕴蓄多年的情感喷薄而出。越华老、中、青三代作家纷纷踏上寻根之旅。他们目睹着祖籍国的山河，感慨万千，并且将之诉诸笔端。越华老作家就不必说了，中、青年作家的寻根情结也很强烈。中年作家如赵明，他的爷爷当年就是从福建永春出发到越南谋生的。赵明于 2003 年底探望福建永春的祖居之后，写下了诗歌《守望寒冬》：

背着一袋子跋涉的足印

在山石中寻找那迟来的雪花

闻说冬天

不再轻易捕捉

一年四季已涨价成稀贵的珍品

曾经许愿的候鸟

在夕阳哀叹声中匆匆南移

不愿离弃的信念

总凝固在北国一个夜晚

这里已是寒冬

我们哑然相望在古屋门外

生锈的手

把思念揉搓成浓浊的泪珠

四十年才熬出的咸味

回首苍天

已染去半边头发

我从此将不再豪放

这剩下的一片寒冬

　　这首诗表达了海外华人对祖籍地的一片深情。他表达类似情感的诗歌还有《老家越远越亲》《春天还会再来》《外婆的纸扇》等。赵明将他的作品集也命名为"守望寒冬"，这一名称象征了作者对于华人精神家园的一种悲壮的坚守。

　　越华青年作家中，寻根情结浓郁的首推李伟贤。李伟贤利用在广西大学留学的机会，完成了祖辈未竟的寻根之旅。散文《千里寻根》浓缩了越南三代华人的故国之思。文章紧紧围绕着"寻根"而展开，开篇第一段写道：

　　　　来中国留学，半年的光景逝去如飞。但在这半年来，我却一直没有忘记临行时父亲的嘱咐："条件许可的话，一定要回家乡去走走，寻找我们已失散多年的亲戚，你爷爷直到闭上双眼亦未能落叶归根，爸也不知道这辈子还有没有机会回去看看，到你们这一代了，理应知道自己的根在那里。"

接下来，作者通过童年的回忆，以及长大以后自己对于寻根的思索，进一步强化了文章的主题：

> 人，慢慢长大后才懂得思考自己从何而来？尤其是对于现今流落在世界各地已有好几代的海外华人来说，这一族人的寻根意识分外强烈，我们都很想知道我们的根在哪里？我们的祖先在哪里？他们为何要离乡背井飘泊到异地他乡去谋生？他们那一代人究竟饱受了多少苦难和不幸？假如我们不追寻这些答复，不知道这些答案，我们就无法理解先辈们当年是如何艰苦拼搏和辛勤创业，也不会珍惜他们给我们今天遗留下来的和我们目前所拥有的种种财富。否则，我们将愧对祖宗。

肩负着三代人的重托，李伟贤辗转寻根，最终得偿夙愿。在和祖籍地的亲人相聚的时候，作者既无比激动，又为家族的苦难而感慨万千：

> 在与叔公的回顾交谈中，我哭了，我很同情，一个家族的两房人几乎都是生活在两个不同的国度但同样互相交叉面对着那些看不到尽头的苦海，他们生存在那个动荡不安的年代，没有选择也不能回头，我也想，他们那一代人何以要承受这么沉重的悲怆与磨难？整代人的岁月都似乎在战乱和饥饿中度过，想及此，我约略体会到太公和爷爷当年是如何背负着凄酸与苦痛走出家园，脑袋里想的就只是一个简易的念头：生存下来，并努力让下一代活得更好。

如此浓郁的寻根之情出自越华青年作家的笔下，它表明了越南华人民族情感的积淀之深。

在中国经济崛起的新时代，中国在越华作家的笔下已不仅仅是寄托乡愁的祖籍地，更是让他们恢复民族自信的新起点。中国的成就也让越南华人为之骄傲，比如中国"神舟五号"飞船上天之后，越华资深作家秋梦写下了诗歌《太阳的午餐》，诗的第二节写道：

> 大哉宇宙
> 我迎你以神舟五号
> 炫你以一把凌空的飞剑
> 诱你以一朵上升的火莲

再比如李伟贤的诗歌《龙说》，这首诗的副标题是"值二零零八北京奥运会开幕式而赋"，全诗从四大发明，到四大古典小说，再到神舟飞船上天，最后落笔到奥运会的领奖台，由古至今、由远及近，充分展现了华夏民族历久而不衰的永恒活力，诗的结尾更是掷地有声：

> 十五个昼夜
> 在鸟巢的上空腾飞
> 有祥云
> 为我护航
> 领奖台上
> 雄赳赳　气如虹
> 胜利的旗帜
> 挥舞着对家国的豪情
> 谁说
> 那不是我的族人

上述诗作都充分展现了海外华人的民族自豪感。

在信息化的时代，越华作家们得以对中国的发展、变化了然于心。每当中国有重大事情发生，越华作家几乎都有作品产生，在创作上与中国国内的作家差不多同步，比如 2007 年 7 月，刀飞"惊闻大陆各处洪水泛滥"，便写下了《洪患》一诗。再比如 2008 年四川汶川大地震后，林小东创作了诗歌《震不碎的心——献给中国四川地震灾区人民》，诗中深情地写道："历尽艰辛的华夏儿女呀/挺起勇敢的脊梁吧"……这些都显示了越华作家对祖籍国割不断的牵挂。

以上对各历史阶段越华代表作家的精神状态、心灵轨迹进行了梳理，从中可以看出，坚守民族文化的主体精神始终是越华作家创作的原动力，由此决定了越华文学的基本面貌和总体特征。

第二节　文化融合中的越华文学的发展姿态

不同类型的文化接触之后必然产生文化互动，它包括文化冲突与文化融合两种基本形式。"文化冲突与文化融合是民族文化发展过程中两个辩证统一的矛盾方面，它们是对立又统一的，是人类文化不断发展和进步的源泉和直接动力。因为由文化交流和传播引发的文化冲突和对抗是一种普遍现象。文化的冲突是必然会发生的，在冲突过程中有融合，在融合过程中亦有冲突，但从长期来看，文化融合是民族文化发展和进步的主流。"① 绵延五千年的中华文明史就是一部不断吸收外来文化、吐故纳新、自我完善的历史。越南华人继承了民族文化的这一优良传统，而置身异域的生存压力又使得他们吸收外来文化、完善自我的诉求显得尤其迫切。

斯图亚特·霍尔认为，"文化身份既是'存在'又是'变化'的问题。它属于过去也同样属于未来。它不是已经存在的、超越时间、地点、历史和文化的东西。文化身份是有源头、有历史的。但是，与一切有历史的事物一样，它们也经历了不断地变化。它们绝不是永恒地固定在某一本质化的过去，而是屈从于历史、文化和权力的不断'嬉戏'"。② 对于海外华人而言，离开了母语的文化生存空间，弱势群体的生存境遇使得他们更易受到所在国的政治、意识形态等的支配。受制于越南的国情，越华作家与不同民族文化之间的融合以 1975 年为界，分为前后两个阶段，这两个

---

① 张飞、曹能秀、张振飞：《文化互动、族际文化互动与多元文化互动之辨》，《重庆科技学院学报》（社会科学版）2017 年第 2 期。
② 〔英〕斯图亚特·霍尔：《文化身份与族裔散居》，罗钢、刘象愚主编《文化研究读本》，中国社会科学出版社，2000，第 211 页。

阶段各有特色。

一　1975 年之前的文化融合

1975 年之前，越华作家出于文化发展的自觉，以吸纳西方文化为主。1953 年 11 月 27 日的《远东日报》头版刊登了题为《越华文化界的责任》的社论，文中写道："至于我们侨胞，为了生存，也应该跟着时代的进步来提高自己的文化水准的。"这篇社论反映了越华社会的文化焦虑和面向不同民族文化的自觉意识，而西方文化是他们"提高自己的文化水准"的学习榜样。

西方文化对中国新文学的影响不言而喻。自"五四"新文化运动以来，西方文化就是引领中国新文学建构的主要思想资源，它反映了中国知识分子的现代性诉求。越华文学源于中国"五四"新文学，它也延续了"五四"新文学的这一传统。华人在越南同样感受到中华传统文化与西方现代文化之间的差异，并由此产生了精神焦虑和身份认同的危机。在这一背景下，他们也向西方文化迈进了。

中国传统文化与西方文化融合的过程"就是现代化转化的过程，在此过程中不断剔除封建糟粕思想，荡涤自身局限性，实现创造性转化与创新性发展，从而彰显当代价值。"[1] 置身越华社会浓厚的传统文化氛围之中，越华作家也意识到传统文化封建性的局限。和中国"五四"作家一样，他们也发出了反封建、追求个性解放等呼喊，尤其是青年作家，比如子诗的散文《窗外》（发表于《序幕》）提道："封建的利刃，刺破了一个美梦"，徐正俭的诗歌《叹息湖畔的叹息》（发表于《序幕》）写道："是封建的旧礼教缠你喘不过气"，还有尹玲笔下的青年发出的呐喊："我们已不幸地出生在这混乱的时代中，在这充满了腐朽的封建思想的社会中成长、生存。"（《飘浮的白云》）越华文学中存在着大量的婚姻悲剧，导致婚姻悲剧的一个主要因素就是传统的、唯命是从的孝道观。这些悲剧的存在就是对传统孝道的一种批判。越华老作家也并非都抱残守缺，他们也

---

[1]　郭英敏：《马克思主义与中国传统文化融合的历史考察与启示》，《学术探索》2017 年第 7 期。

有自己的思考，比如蛰蛮，他既是传统文化的捍卫者，也是西方文化的接受者。蛰蛮自述少时曾在教会学校读过年把书，学过法国文字，也读过《圣经》，不过他并不信教，因为教规他做不到。① 蛰蛮在《青年男女与家庭专制》（上、下）（1970 年 7 月 16 日、7 月 17 日 "无所不谈" 专栏）中强调经济独立才有婚姻自由，他的观点令人不由自主地联想到鲁迅的《伤逝》。

　　除了婚恋视角以外，一些越华作家还从代际冲突的角度对传统的孝道进行了反思。比如韩毅刚的小说《两代》（发表于《中学生》第 2 期），主人公林冷是一名中学生，他的父亲因经商失败而酗酒，母亲一味地忍耐，林冷感受不到家庭的温暖，因而变得 "冷漠而孤僻"，他自称 "一个传统下的叛逆者"。最后在一个同学的劝说下，他幡然醒悟，彻底转变了。小说中林冷的转变有些简单，这里要探讨的是，小说的情节设计反映了作者怎样的思想倾向。小说开篇就追问道：

　　　　为什么两代之间永远横着一道感情上的鸿沟？一道思想上的差距？
　　　　是因为上一代的顽固、拗执？
　　　　还是这一代盲目而冲动地往牛角尖里钻？钻进思想上的死角？

　　在小说的中间，类似的追问又一次出现，它表明父子冲突在当时的越华社会已不少见，并引起了作家的思考。在《两代》之中，作者将反思的重心放在了新一代的反省与悔悟上（这正是传统孝道的影响所在），比如对于酗酒的父亲，悔悟后的林冷想："父亲大半辈子都在愁苦与悲哀中度过，自己为什么不谅解他呢？"于是，"不知不觉中，他对父亲的恨意消逝了。"虽然如此，小说中林冷缺乏父爱的心灵创伤也是对父亲的一种批评。庸人的小说《静思在今夜里》（发表于《水之湄》）比起韩毅刚的《两代》对上一辈的批判进一步加深，作品中的 "我" 对于 "不懂得爱惜孩子" 的父亲充满了怨恨，除夕夜也不回家。"我" 在孤寂中反省的是自

---

　　① 蛰蛮：《信教与信自己》，《远东日报》"无所不谈" 专栏，1975 年 1 月 1 日。

身性格的弱点，以便支撑下去，而不是回头向父亲忏悔。

越华文学中的代际冲突大多发生在父子之间，而且冲突的主要根源是经济。相比之下，小绿的小说《失落的一个》（发表于《水手》）是一篇难得的、立意新颖的作品。它揭示的是母女之间潜在的、精神上的冲突，与物质无关。作品中的"她"从小就喜欢绘画，却被母亲剥夺了兴趣爱好，理由是绘画无用。长大后"她"被母亲送到国外去读书，饱受乡愁以及学习压力的煎熬。文中写道："她知道她是母亲唯一的女儿，也是奴隶，她要负上装满母亲太多希望的一副担子，现在她才发觉她从没有自己，可惜太迟了！"这篇作品反映了一个现代青年自我意识的初步觉醒，在更深的层面上对传统的唯命是从的孝道观提出了挑战。作品暴露出的问题，在今天仍具有现实意义。与小绿的思考相呼应的是立鹤的短文《所谓孝道》（1974 年 9 月 24 日第 1099 期"学风"），这篇文章批评了不适应时代的、落后的"唯孝"论。

上述作品都反映了越华作家对封建文化的批判，这种批判与西方文化的输入紧密相连，最明显的标志就是越华文学中一些新型女性形象的出现，这些新女性虽然身份、遭遇各异，但她们的共同点是追求平等、自由与独立。这无疑是西风东渐的产物。

在越南特殊的文化语境中，越华作家一方面吸收西方文化，另一方面又对西方文化保持了高度的警惕，这是中国"五四"作家所没有的姿态。最令越华作家反感的是由西方的物质文明而导致的颓废文化。这一点从"学风"创刊号就可以看出来。"学风"创刊号刊登了陈玄的文章《世纪末的文学思潮》，释放了重要的文化信息。文章开头提出文学思潮是社会意识的反映，紧接着对"西洋文学史"进行了简略的勾勒，而重点突出了 19 世纪末的文学思潮，文章写道："降至十九世纪末叶，因物质文明发达，人们流于享乐主义，肉欲主义，文学史家便称这一时期的文学思潮为世纪末的文学思潮了。"文章联系越华文坛的现状，指出这种世纪末的"病菌"在今日的文学思潮中依然十分普遍，"今日，只要大家坦白一点，谁不承认流于变态色情的文学作品充斥市面？"作者以讽刺的口吻指出，导致这种现象的原因就在于"文明的大都市的读者有了这种心理需求，作者有了这种意识，于是使今日的文学作品大都染上了这种颓靡的色彩。""在这种情形之下，十九世纪末的文学思潮，便在二十世纪中叶的时代重行泛滥，而且更广大，更可怕！"陈玄进一步分析，读者的心理需求和作者的意识是互为因果的，导致这种现象的根源是"时代使他们不信任传统的道德，使他们神经衰弱，寻求刺激……。"文章最后号召未曾感染到颓废思潮的青年们要负起改革腐化思潮的责任，让"明天的文学清洁，健康，完美！"

陈玄的文章反映了颓废文化在越华社会的泛滥，这种泛滥本身就是传统道德日渐式微的表征，不得不引起越华文坛的警惕。战火之下的南越在美国的扶持下发展着资本主义经济，西方物质文化的弊端在南越首府西贡表露无遗。面对社会的乱象，越华作家越发感到传统道德的可贵。他们要用传统道德的"善"对抗西方物质文明的"恶"。陈玄的文章就是一篇文化抵抗的宣言。

越战时期，对于越华社会冲击最大的是嬉皮士、披头士（The Beatles，英国摇滚乐队）所代表的西方文化。"时值……美国的颓靡风气正在乐坛流行，（披头四乐队创作之乐风正在席卷美国）这种以委靡消极之生存态度来游戏人间，适逢战争带来的死亡与虚无感，很快便影响到越华青年。"① 嬉皮士、披头士散发的颓废气息受到越华文教界的一致抵制，对嬉皮士、披头士的批判构成越华文学的一个重要组成部分，出现了为数众多的作品与评论文章，其中英武的散文《本地狂人》（1968 年 4 月 10 日第 312 期"学风"）道出了广大越华知识分子的心声。英武认为，"披头士"的形象与"我们中国人的温文儒雅作风"有"天渊之别"。他批评了有些华人的崇洋心理，指出这些华人"西方的先进科学和自由民主风气"学得不像，而西方的奇装异服却学得"青出于蓝而胜于蓝"，这样下去"岂不是侮辱了中华民族的尊严？"作者倡导既要学习西方好的东西，"择其善者而从之"，"而我们原有的优良传统更应该发扬光大"。

从上述分析可以看出，越华作家对于西方文化的吸收是有选择性的，颓废文化与儒家文化格格不入，因而遭到了他们的坚决抵制。从更广阔的

① 方明：《越南华文现代诗的发展—兼谈越华战争诗作（1960 年～1975 年）》，台北唐山出版社，2014，第 127 页。

视野上看，越华社会对颓废文化的抵制是东方文化反抗西方文化的一个缩影。当年嬉皮士、披头士席卷了整个东南亚地区，越华社会只是冰山一角，比如施汉威的《浅谈〈我是新潮少年〉》（1972 年 11 月 24 日第 690 期"学风"）开篇写道："自从欧美不良的歪风吹遍东南亚后，此地也出现了不少崇洋的新潮青少年；嬉皮士的诞生是社会的不幸亦是家庭的不幸，他（她）大多数都是些不求上进，游手好闲，爱惹事慕虚荣的惨绿少年。"反对颓废文化是东方各国共同的目标。在越南，政府出台各种规定取缔嬉皮士，越文报纸也不断刊登反对堕落风气的文章，一些文章经由越华作家翻译成中文在华报上发表，反映了华越文坛的同声相应，比如建明翻译的《排除堕落风气》（1969 年 11 月 28 日第 406 期"学风"），"译者按"说明，这篇文章是继"正视堕落文化后"，越文《晨讯报》妇女版编辑在推进"排除堕落文化运动时，对该报读者作出的呼吁"。该越文报虽然是针对"正宗的越南同胞"，但"站在发扬优良的纯风美俗的目标下"，译者认为华裔社会也不容忽视。

越华作家对西方文化的选择性吸收还体现在文体的革新上。抱着"文以载道"的理念，越华文坛关注的重点是文学作品的内容，而相对忽略文体的创新。越华文坛强调学识对于创作的重要性，比如"学风"发刊词第二段写道：

> 不过，我们的学友应要了解的是：本刊不只是为满足大家的发表欲，也不只是为鼓励大家去学写作，而是为诱导大家尽量扩阔和钻深自己的学识。说老实话，我们并不想制造什么青年的作家；在这文化落后的地区，无论老年也好，中年也好，青年也好，都没有做作家的条件的；这不是有意向你们浇冷水，而是我们不想误己误人。而且我们的学友如为满足自己的发表欲而学写作，也需要继续充实自己的学识，才能够言之有物的。如果为写作而写作，就算东拉西扯，凑合成篇，也断不会觉得出色。

1963 年陈玄在《元旦感言》（1963 年 1 月 1 日第 52 期"学风"）中又重申，学风版在"世纪末的低级情调中"是另开辟的一个"清洁的园地"，是为读者提供"新鲜空气"。"本版的最大目的，乃是要激发起青年的学习风气"。

"学风"的创刊寄托了越华文坛对青年一代的厚望，他们希望青年作家能将优秀的传统文化发扬光大，而越华现代诗的崛起显然不在越华主流文坛意料的范围之内。这一新文体的出现使得越华文坛一直潜伏着的革新力量爆发出来。在越华现代诗出现之前，寻求变革的声音已经出现，比如淑辅的《中国文学的特色》（上、下）（1966 年 4 月 26 日、5 月 3 日第 217、218 期"学风"）指出，中国文学的特色主要是"含蓄、雅驯和严整"，"这种特色的养成，与儒教有很大关系"。文章强调要在中国文学的"所谓正统"之外寻找变调，"这样，头脑才不会冬烘，才可以欣赏到中国文学的真面目"。淑辅的文章代表了越华文坛一种另类的声音，释放出渴望革新的信号。同年底，《十二人诗辑》面世，从而掀起了一场文学领域内对传统文化的反叛。长久的压抑使得早期的越华现代诗人有一股排山倒海的勇气与热情，他们对传统诗学表现出极大的蔑视。然而过于反传统导致越华现代诗自身存在的危机，长此以往越华现代诗恐难有容身之地，因而越华现代诗后期开始向传统复归，回归到以传统诗学为本，西方诗学为标的东方式现代诗，这一思路一直延续至今。

二 1975 年之后的文化融合

1975 年之后，在越南政权的强力介入下，华人的"越化"程度日益加深，并且实现了家国观念的转变。华文《解放日报》在这一转变过程中起到了重要的作用。

作为越南境内唯一的华文报纸，华文《解放日报》并不是越南华人自己的报纸，而是胡志明市委的机关报，它在建构华人的国家认同与维系华人的民族认同方面承担着双重角色。一方面，华文《解放日报》接受越南党和政府的领导，其总编辑由越南人担任，华人最高只能担任副总编辑，且必须是越南共产党党员。而从该报的编排设计来看，"整个华文《解放日报》都存在着言论的缺失"，"没有自己的言论一方面反映出了华人对政治的刻意回避，但更多的还是反映了报纸的从属性——只能被动地编撰和发布官方提供的信息，从政治层面上淡化了华人的民族意识，以官方的立场为立场，而不能主动发出华人自己的声音，成为华人利益的代言人，同时也丧失了舆论监督这一报纸基本的功能。这显然与华文《解放日报》的性质、作用有关"①。另一方面，在越南的少数民族的框架之内，改革开放之后的越南政府也允许华族发展自己的民族文化，因而华文《解放日报》的文艺副刊也为越华文学保留了一定的生存空间。

20世纪80年代后期越南实行改革开放之后，华人的境遇得到了改善，华人在越南的民族身份及公民权的确立，使得华人有了真正的归属感。1975年之前华人"家""国"分裂的观念在新的历史条件下获得了统一。越南既是华人的"家"，也是华人的"国"。表现在华文文学上，1975年之前的"越战"书写中，爱国主义与英雄主义是空白的，作家将华人参战概括为"无意义"，而1975年之后的越华文学则对越战予以了重新定位，显示了华人对越南的国家认同，比如刘为安的《今日的堤岸》（《堤岸今昔》第四辑之十三）强调："在卫国战争中，争取国家独立，多少华人的鲜血把越南的国旗染得更红更亮丽。""卫国战争"这一定位反映了越南华人家国观念的深刻变化。前文有述，文化是由精神、行为、制度、物质四个方面构成的复杂的有机体，其中精神文化是最核心、最稳定的部分。作为精神文化的重要组成部分，家国观念的转变反映了越南华人"越化"程度的加深。

在认同越南祖国的基础上，无论是来自北越的文化人，还是原西贡堤岸的作家都自觉围绕越南党和政府的方针政策而展开写作。前者最具代表性的就是旭茹（即陆进义）的长篇小说《梅花女》。《梅花女》曾于1986和1987年在《解放日报》上连载，获得了读者的关注和赞赏。后来，在征求了多位读者的意见，并经过作者修改之后，由《解放日报》联合胡志明市文艺出版社出版。《梅花女》的"序言"为越共胡志明市市委宣训处的武仁理所写，这篇"序言"是越南党组织对华人读者的一个阅读导言。"序言"突出了《梅花女》的政治价值："《梅花女》的面世，体现了党中央及本市市委的正确主张，那就是发挥华人同胞的文化文艺活动和

① 易文：《〈越南华文报纸在越南华人身份认同中的双重角色〉——基于华文〈解放日报〉记者杨迪生新闻作品集〈走进堤岸〉的文本分析》，《广西大学学报》（哲学社会科学版）2010年第2期。

其他革命活动的潜力。党中央早已制定了上述政策、主张。"小说将主人公梅花的命运转变与党的领导工作紧密相连。梅花是个既老实本分，又软弱愚昧的乡下女孩，她在南北统一前受骗上当、饱受蹂躏，南北统一后她的性格软弱依旧，婢女的心态也没有多少改变。"序言"对此的解读是它反映了"党组织的领导与思想教育工作的不足"。后来梅花和其他劳动者一起，以组织为依靠，在与旧社会残余和新社会蜕化分子的斗争中，逐步成长起来，并最终获得了新生。梅花命运的转变就是党的坚强领导的胜利。武仁理还强调了《梅花女》的另一个思想价值就是它体现了华越融合的思想，这与越南政府的华人政策十分吻合。在"序言"中，武仁理指出它"绝对没有华越隔离的迹象，内里只有劳动者的团结互助，甚至有的人物，作者也没有说明是华人或京人。"

后者的代表作家是刘为安，他的散文集《堤岸今昔》深受华人读者欢迎。《堤岸今昔》各篇内容独立，它们先连载于华文《解放日报》，后由作者付梓成书，于 2007 年出版，全书长达 10 万字左右。《堤岸今昔》反映了堤岸华人社会半个多世纪（20 世纪 50 年代至 21 世纪初）的沧桑巨变。在"自序"中，刘为安写道：

> 世界潮流是浩荡无阻，人类已迈到 21 世纪的工艺通讯时代。随着人事的更替，历史、地理位置在不断地改变中，堤岸只 50 多年中，几乎换过另一个面貌。不久的将来，当东西大道竣工时，由西贡章扬河岸到第六郡的平西河岸一带的景观将大大地改变。百年来水陆交锋、熙熙攘攘、来往商旅、百货泊头都交付了历史，只有历史才是隽永不变的。惟面对当前千户万户迁移、空前地理改造的时刻，为了珍惜历史深情，也想新一代华人都能深入了解堤岸的过去与现在，我愿将记忆所及作一个概括的回顾；也为珍重今日的情感，谨录下数行，聊作对过去的怀念！

在这本影响广泛的散文集中，多处可见作者对越南的改革开放与民族政策的赞颂，比如《今日堤岸》的首段写道：

自从 1982 年 11 月 17 日（越南共产党）党中央书记处第 10 号指示肯定华人是越南公民后，到 1995 年（越南共产党）党中央书记处第 62 号指示更清楚地确定，华人是越南公民，是越南各民族共同体中的成员。遵照越南社会主义共和国宪法与法律规定，华人能享有越南公民的一切权利与义务。党中央书记处二道指示是越南华人立身处世的指南。

刘为安是当今越华文坛元老级的作家了，他对于青年文友的创作期许也具有浓厚的政治性导向，比如他在《文艺季刊》周年感言中就表示要"引导文友和学生们深入了解和遵从学习胡伯伯道德榜样，作为基本的创作题材。"这里的"胡伯伯"是对已故越南领导人胡志明主席的亲切称谓，是复苏期越华文学的特有现象。

综上所述，1975 年之后的越南华人已经完全落地生根了。

第三节　双重家园的越华文学与本土特色的不懈追求

"海外华文文学的前途和价值在于落地生根，而非叶落归根，而这也是海外华人的精神历程。"① 这里的"本土"，指的是越南本土。越华文学的本土特色，指的越华文学区别于中国与其他地区华文文学的特色。强调越华文学的本土色彩固然要考虑"越南元素"，但并不意味着可以轻视中华文化的影响。相反，越华文学的本土特色在很大程度上就是它与中国文学的差异的体现。没有中国文学的对照，也就无所谓越华文学的"本土特色"。

在创作实践中，越华作家既以中国文学为榜样，又不满足于对中国文学的模仿，而是立足于越南的现实，力图表现出自己的独特性。从早期的移民作家将越南经验融入文学创作的那一刻开始，越华文学就迈出了本土化的步伐。20 世纪六七十年代，随着移民作家日益融入越南的生活以及越华本土青年作家的崛起，越华文学的本土化日益加深。作为越华移民作家的代表，蛰蛮的"越南狩猎谈奇"的本土特色就是在与中国文学的对

---

① 岳玉杰：《马华文学何以成就百年》，《中国现代文学研究丛刊》2012 年第 10 期。

照中凸显出来。据蜇蛮自述，这个"狩猎谈奇"的篇名是邬增厚所定。当时蜇蛮觉得"谈奇"两字太过分，建议改名，但邬增厚说："我国一向无猎书，短篇猎事以略而不详。兹以本地风光而记载打猎的详情，是一切书籍所无之事，'谈奇'两字当不过分也，篇名遂定。"① 邬增厚所说的"我国"指的是"中国"，邬增厚的话体现了越华作家以中国文学作为参照的自觉意识。现代诗是越华本土青年作家的杰作，它不仅引发了越华文坛的大论战，也加速了越华文学自身的建设。对于这场论争，云英在《泛谈当前越华文坛》（1967年10月17日第293期"学风"）中总结道：

　　　　使我们感到骄傲的是，这一连串的讨论文章，其素材是读者所熟悉的，而笔战的资料，也不再是沿袭或拾人牙慧，作者及辩者全都就地取材，提出自己的严正立场和意见，其间各人所持论据之是非得失，读者也有精湛的看法。但也使我们看到：所谓"后浪推前浪"，"学问之道不进则退"，写文章不但要博览群书，借以充实文章的分量，还需精于整理分析，去芜存菁地把文章的主题发挥出来。

　　从云英的文章可以看出，"就地取材"令越华作家"感到骄傲"，它所彰显的正是越华作家的本土意识。可以说，1975年之前的越华作家已经有了非常自觉的、对本土特色的追求了。

　　1975年之后的越华作家对本土特色的追求一样执着。以影响最大的诗歌为例，诗集《西贡河上的诗叶》的"编后语"写道："其实对这块土生土长的地方，毕竟我们已有了感情与感恩的认同，这是今日越华现代诗也是这本诗集所独具的风貌。"诗集《诗的盛宴》的"序言"也集中体现了越华作家对本土华文创作的期待与雄心：

　　　　现代诗在本土已漾漾荡荡了四十多年，经过了多少诗客的努力，经过了不同环境，不同质疑的应对，当然也得到了不少的认同，在相激相荡的情况下，至今，严格地说，越华的现代诗仍未找到美的

---

① 蜇蛮：《八年笔下》（上），《远东日报》"无所不谈"专栏，1970年2月1日。

定位。

……

我们满怀期待，在大家一再探索某些诗的艺术品位后，让诗随着时代的脚步走向现代，让本土现代诗能璀璨成长，向未来诗无垠的疆界重新出击，冲刺。

我们也满心期待，越华文学得到肯定，能在与区域的华文文学比试中不再感汗颜。

根据上述作家的表述，本土特色是 1975 年前后越华作家的一致追求。那么，越华文学的本土特色究竟表现在何处呢？笔者认为，仅仅文学取材的"越化"还只是表面现象，更深层的表现应该是越华文学经典的建构与越华文学史的撰写这两方面。

一　越华文学经典的建构

文学经典的建构是越华文学本土化的重要标志，这一过程与越华文学的发展相伴。依据留存的资料，越华经典作家主要有代表传统文学阵营的叶传华与代表现代主义文学阵营的越华现代诗群。

叶传华在其诗稿与读者见面之前，一直是以德高望重、学贯东西的学者身份出现。叶传华译介了很多法国文论，他还从事越南文学的整理与研究，比如 1970 年 8 月 2 日，他发表于《远东日报》"人文"版第 15 期的文章《越南文学汉文之部的整理》等，对中越文化交流做出很大贡献。叶传华的诗稿刊登在越南华报之后，他旋即成为越华文坛的一座高峰。以"学风"版为例，"学风"大张旗鼓地刊登叶传华的诗作及其相关评论历时将近一年。"学风"还特地出版了"叶华小诗特辑"（1970 年 1 月 30 日、2 月 3 日第 422、423 期"学风"），由陈玄代序。叶传华辞世之后，"学风"又刊载了许多悼念文章，这份哀荣，只有 1968 年《远东日报》的主笔邹增厚去世时可以与之匹敌。

叶传华的文学经典地位是在越华诗坛新旧两派抗衡的时代背景下建构起来的。叶传华的绝大部分诗作写于他的青年时期，当时正处于"二战"的时代背景下，这些都与越战时期的越华青年诗人有着相当多的吻合，因而叶传华的诗作正好成为 20 世纪 70 年代越华青年诗人的绝佳教材。"学风"刊登的叶传华诗作的内容都积极向上，形式是常见的新诗体，诗风简洁明朗，这些都深得越华传统诗人的心。面对这份迟来的礼物，越华传统文学阵营既遗憾又深感骄傲，他们不断发文，既表达对叶传华的崇敬，也强调了叶传华诗作的经典价值。比如李希健的文章《〈夜太阳〉读后》（1970 年 2 月 13 日第 424 期"学风"）第一段说："《夜太阳》这首诗，作者叶传华先生写于 1945 年，距今天已整整 25 年了，一首诗经过了 25年，1/4 世纪再拿出来发表是一件和时间挑战的做法，《夜太阳》的发表让我们见到了时间对作品的考验，不朽的文艺创作都代表了某一个时代的脚印而又不被时间淹没或限制，其形式及思想内容都是以作后学的楷模，《夜太阳》证明了这一论断。"凡青的《〈叶华诗抄〉与〈活〉的感召》（1970 年 2 月 27 日第 428 期"学风"）写道，叶传华先生的诗篇"现在读起来，还是一样清新，津津有味，不但没有因时代的变迁而受客观条件所规限，而且还是认为值得去读它。"这些评论家对叶传华诗作经典地位的肯定，实则是对传统新诗创作的肯定。越华文坛 1967 年下半年关于"现代诗"的论争虽然暂告一段落，但新旧双方依旧对立。从传统诗人的角度说，他们希望现代诗只是一阵风，很快就消散，但事与愿违。叶传华诗作的发表客观上是一场及时雨，让越华传统诗人大为振奋。"学风"虽然门户公开，实则是偏于传统阵营的，这在有关现代诗的论争中可以看出。因而方明在他的著作的第 44 页有言，《像岩谷》出版后，"随即遭到不少保守派诗人与评论家之恶意抨击……其中竟有领导文坛的《远东日报》'学风版'以及《成功日报》的'学生版'最为剧烈，连续刊登攻击现代诗为'怪胎'之各类文章长达数月"。还有云英在《泛谈当前越华文坛》（1967 年 10 月 17 日第 293 期"学风"）中，也提及："《像岩谷》所引来文友声色俱厉的讨伐（包括'学风'及'学生'）"。云英本人也是反对《像岩谷》的。

　　"学风"对叶传华诗作不遗余力的宣传大有深意。陈玄在"叶华小诗特辑"的代序中表明，发表叶传华的作品，是"以反映上代中国青年文艺风格，用特对比时下'现代诗'品调。"因此，"学风"运用大量篇幅刊登叶传华的作品（这样的待遇是任何一个现代诗人所望尘莫及的），从某种意义上说既是对现代诗的一种宣战，也是对诗作者的一种示范。比如李希健的《从小诗特性谈叶传华诗抄》（1970 年 3 月 24 日第 434 期"学风"）开头一段写道："《夜太阳》发表之后，学风版陆续又刊了数十首叶传华先生的小诗，小诗出特辑对学风版似是首次，这无疑是为小诗辟一条新路，显示了成熟中的文坛广阔而多面的风姿，让诗的作者们能大胆做出更多的创作和尝试，因为这形式是从事诗写作的第一步基础，能更好地提高我们对诗语言的应用、控制，在简朴中求精炼，短少中求完整。而为写较长的叙事诗、寓言诗和抒情诗做准备。"实际上，20 世纪 70 年代叶传华还创作了一首运用现代主义手法的作品《车魂灵》，但"学风"没有刊登。从这一点更能看出"学风"的发表策略与意图。

总之，20 世纪 70 年代叶传华经典地位确立的背后，折射的是越华诗坛的新旧之争。然而，撇开越华诗坛的新旧之争，叶传华在越华文学史上自有其历史价值。痖弦在《新诗运动一甲子》中谈到越南华人的文艺活动时，也提及了叶传华，他说：

> 在年长诗人方面，可以 40 年代便已执笔赋诗的叶传华（1918～1970 年）为例；他在抗战期间返国就读昆明西南联大哲学系，并参与部分文化工作，他的诗较近传统，词意真挚，风格神韵直逼五四时期的白话诗，晚年作品则有现代的倾向，在越南诗坛上，自有其历史位置。

2014 年方明的著作《越南华文现代诗的发展——兼谈越华战争诗作（1960 年～1975 年）》重在介绍越华现代诗，但他也在两处（"诗人拾遗"与"越华早期作家传略"）都介绍了叶传华，而且叶传华都名列首位。书中还附了《叶传华诗文集》的全部作品目录。此举再次表明了越华诗坛对叶传华的铭记。可以说，叶传华在越华文学史上的经典地位基本无可置疑。

1975 年之前的越华现代诗创作最为蓬勃，对外影响也最大。越华现代诗群的主体是存在诗社和风笛诗社，但也包含其他未加入诗社的现代诗人。岁月悠悠，随着现代诗理念在越南的深入人心，当年的越华现代诗人作为一个群体，在越华文学史上已具有不可替代的价值，但是从个体的角度说，彼此各有千秋，而且由于文学史料的散失，谁能执牛耳尚不能下定论。历史上越华现代诗选本很少，评论也很匮乏。《十二人诗辑》几乎是1975年之前唯一的诗选，入选的12位诗人按姓氏笔画顺序排列，不分高下。1972年秋梦的《越南中国现代诗诗坛走笔》点评了刊登于这一期台湾《笠》诗刊上的18位越华现代诗人的诗作，是涉及面最广的一次越华诗坛扫描。秋梦逐个点评了每位诗人，他的评语言简意赅、精辟透彻，是关于越华现代诗群的重要史料，但秋梦并未特别突出某一位诗人。1974年的《风笛诗展之四》"台湾现代诗人书简集"之中，台湾诗人也主要针对越华现代诗群进行了称赞。20世纪90年代之后，随着越华诗歌的复兴，几本重要的现代诗合集的陆续问世，在今昔对比中，20世纪六七十年代现代诗的价值得到凸显，其历史地位进一步得到确认，比如《诗的盛宴》的"编后语"写道："回顾20世纪六七十年代越华现代诗坛的盛况已为外界所肯定。台湾的各大现代诗刊物，如《创世纪》《笠》《龙族》，香港的《诗风》等都有专辑介绍越华现代诗人的作品。"刀飞的《现代诗与越南华文诗坛》包括"中国现代诗的起源""现代诗的特点""现代诗的发展过程简介""现代诗与越华诗坛"四个部分，它既表明了越华诗坛与中国诗坛的紧密联系，又突出了20世纪六七十年代越华现代诗的重要地位。方明详述了港台诗坛对越华现代诗的影响，并盛赞越华现代诗人的作品"不但胜过香港、华马、新加坡之程度，甚至直追台湾现代诗作的水平"。① 方明还提出了五位杰出越华现代诗人的名单：银发、徐卓英、药河、我门、雪夫。这份名单还有待时间的检验。

二　越华文学史的撰写

独立的越华文学史的书写，是越华文学本土化的另一重要标志。越华文学史的建构离不开史料的梳理。历经长期的战乱之后，越华文学百废待兴，真正文学史的建构始于20世纪90年代。越南实行改革开放之后，越华文坛逐渐引起外界的注意，这也唤醒了越华作家及前越华作家的文学史

---

① 方明：《越南华文现代诗的发展——兼谈越华战争诗作》，台北唐山出版社，2014，第2页。

意识。为了让外界更好地了解越华文坛，也为了不让越华文学曾经的辉煌被时光湮没，越华作家及前越华作家都积极行动起来，尤其是对 1975 年之前越华文学史料的整理，更具有"抢救性"发掘的意义，代表人物有陈大哲、陶里、尹玲、方明、陈国正、刀飞等。

随着史料的发掘、整理，相关的争议也出现了。最具代表性的是陈国正的《谈越华诗坛三十年来的嬗递》，这篇文章是针对胡国贤、陶里、陈铭华的文章而发，代表了越华本土作家的立场。文章开篇详述了作者的写作动机。

1995 年 1 月读到香港出版的《诗》双月刊①第 29、第 30 期，胡国贤（羁魂）的《不接亦相接的青黄》以及 3 月初澳门出版的《澳门日报》陶里的《越南华文文学的发展、扩散及现状》，又于 3 月中读到美国出版的《新大陆》诗刊第 26 期，陈铭华的《关于越华诗坛和诗人的几个问题（副题：与胡国贤先生商榷）》3 文。

综观 3 篇文章内容所指涉都有关越华诗坛 30 多年来的演变过程，每篇都有疏漏之处，因为 3 位作者中，胡国贤是外地人，陶里远于数十年前已去国，陈铭华则在越华新诗蓬勃发展的 60 年代中期时，他还未及弱冠……所以谬误之处颇多值得斟酌（反之胡国贤与陶里较准确得多）。

总括来说，其中推介的或商榷的在我们来说都同样喜悦，毕竟，沉寂了十多年的越华诗坛如今又泛起了一点微波小浪，开始受到外界的注视。

我们套用陈铭华所说："如果再不愿凭其当事人的身份来说话，做一些应做的工作，则日子一久，以讹传讹，真正的越华诗史就更无从知悉了。"基于此，我们经过个多月来的商讨，一群还居留故土的众现代诗友都着意笔者应正正式式以今日越华诗坛"当事人"的身份出来说话，总比身在外地或曾经自越南"外放"的某些年轻诗人说得确凿和有据有力，因为我们大多都曾经面对此间诗坛一切的嬗递演变（计自 1962 年至今的近貌），能够掌握，希望外界对越华诗坛

---

① 刊名应为《诗双月刊》，这里照原文未改。

多一点认识与了解，也能把握 30 多年来越华的诗坛的动态供做参考，不要再"以讹传讹"。于是笔者答应下来，但谨只以拾遗补漏和商榷一部分陈述错误或有所不足，（因篇幅所限）笔者着墨只此而已，并无他意。

无论孰是孰非，越华作家与前越华作家参与史料整理的热情是可喜的。论争本身对于促进越华文学史料的去伪存真大有裨益。论争也反映了越华文学史料整理工作的艰巨性、复杂性及紧迫性。

除了纵向的文学史的勾勒之外，越华境内外作家在作家作品的整理方面也动作频频。越华文学史上，作家作品很多，结集的却很少，许多作品都随着报纸的湮灭而不复存在。这是制约越华文学发展与研究的一大瓶颈。为了避免重蹈覆辙，越华作家及前越华作家都展开行动。前越华作家方面，21 世纪借助网络的力量复出的风笛诗社①厥功甚伟。复出之后的风笛诗社在发掘、整理越华文学史料方面不遗余力，比如"Fengti40 第四辑：前尘回顾风笛年表 1973 年 2 月至 1975 年 4 月"，该年表由"（甲）缪思诞生及其展出之园圃""（乙）风笛作品总目"、"（丙）笛郎以及其展出之作品"三部分组成，详尽列举了历次风笛诗展的作品目录以及各风笛诗人的作品目录，显示了让 1975 年之前的风笛诗社重见天日的雄心。复出之后的风笛诗社还将许多越华作家的作品集制作成风笛 e 书留存。如今的风笛网站已经发展成为一个蕴藏丰富的越华文学资料库，供世界各地的文友分享，此举极大地促进了越华文学的传播。

前越华作家陈大哲除了对越华文学史进行梳理之外，他的《越华早

---

① 2001 年，失散多年的风笛诗人经由网络重新聚首，并决心让风笛诗社复出。2001 年 4 月，《新大陆》（美国）诗刊第 63 期刊出了《越南风笛诗社纪念辑》，2001 年 9 月澳洲墨尔本的《广告天下》第 220 期又展出了《风笛诗社特辑——再出发》。2003 年 7 月 18 日的《广告天下》第 266 期展出了《风笛诗社专辑之一》复刊号（上），后面又连续刊出了复刊号（中）、复刊号（下）。2004 年 4 月"风笛诗社网站"（http://www.fengtipoeticclub.com/）成立，由现居美国的潘国鸿担任总筹，荷野担任主编，接受世界各地文友的稿件，体裁不限。紧接着，2004 年 6 月，在周永新（气如虹）的协助下，风笛诗社又在美国凤凰城《亚省时报》上获得版面，定期刊出《风笛诗社凤凰专页》。2007 年，风笛诗社又再次获得美国南加《越棉寮周报》版面，每周定期展出《风笛诗社南加专页》。至此，重生之后的风笛诗社已经由原先的地域性小团体扩展成为世界性的零疆界团体。

期作家传略》留下了有关早期越华作家的珍贵信息。还有现居台湾的前越华作家尹玲，2015 年她将保存了近半个世纪的作品剪报（刊登了她 20 世纪 60 年代发表在越华报纸副刊上的作品）予以整理，并出版了作品集《那一伞的圆》，此举对于深入研究 20 世纪 60 年代的越华文学也提供了难得的信息。

越华本土作家方面，复苏期的越华作家纷纷自主出版作品集，不是为了销量，而是想留下自己创作的印迹。他们还走出越南，加强与其他东南亚国家华文文学界的交流与合作。2013 年，由越华本土作家陈国正、余问耕主编的《亚细安现代华文文学作品选·越南卷》出版。《亚细安现代华文文学作品选》① 是一项系统工程，"主要是收集亚细安各国现代作家的优秀文学作品，内容注重本土性，体裁包括小说、诗歌与散文"②。"越南卷"的出版，表明越华文学已经融入了东南亚华文文学的大家庭之中。"越南卷"在越华文学作品的整理方面具有开拓性的意义，它是第一部较为系统的越华文学选集（包括了前越华作家的作品），时间跨度从 20 世纪 40 年代至 21 世纪初。入选作品以诗歌的分量最重，共收录了 50 位诗人的作品。不过，"越南卷"也存在一些不足：首先，入选的作家作品水平参差不齐，尤其是遗漏了陈大哲、陶里等重量级作家。其次，作家作品的排序也比较随意，比如全书位列第一的是一名"80 后"诗人，而越华诗歌的前辈大诗人马禾里却排在第 21 位，但编者对于这样的排序也未加任何说明。对于不熟悉越华文学的读者来说，"越南卷"容易产生误导，这实在令人遗憾。

总而言之，越华文学的本土化是一个动态、渐进的过程，它早已开始，却远未结束，还处于进行时阶段。受复杂因素的制约，它在不同的时期呈现出不同的特点。中国文学从一开始就参与了越华文学本土化的进程，随着全球化进程的加快，越华文学和中国文学之间的联系将越来越紧密。

---

① 《亚细安现代华文文学作品选》全套分八部，马来西亚、泰国、越南、菲律宾、印度尼西亚、汶莱、缅甸、新加坡各一卷。总编辑陈荣照，编委骆明、希尼尔、谢克、长谣，新加坡青年书局出版。

② 引自《亚细安现代华文文学作品选》封底，新加坡青年书局，越南卷，2013。

结　语

　　越南华人有着强烈的传承民族文化的使命感，同时他们也要适应越南复杂多变的文化语境。作为越南的弱势族群，受越南的政治格局的强力影响，华人与不同民族文化之间的交融以1975年越南统一为界，分为前后两个时期。

　　1975年之前越南的华校、华报十分兴旺，中华文化有相对宽松的生存空间。经济上的优势地位，使华人对民族文化充满自信，对于西方文化的优劣也有较为辩证的思考。在越南迈向工业化的进程中，越南华人既认同西方文化的现代性，也着力批判因物质繁荣所导致的西方文化的颓废性。由于久居越南，他们对这片土地也产生了认同，但未上升至国家层面。20世纪六七十年代，越战对越华社会造成了巨大冲击，华文写作也同时达到了高潮，这一文学现象本身就表明了越华作家的一种文化姿态。越战时期越华文学的情感基调是悲愁，文学主题包蕴着儒家的道德伦理、西方的自由平等，以及越南的风土人情等多重文化内涵，文学的审美取向呈现出中、外融合的多元化特征。

　　在与不同民族文化的交融中，越华青年作家的步伐迈得更大。凭着少年的激情，他们力图改变越华诗歌长期徘徊于"五四"式白话新诗的局面，因而他们有意向台湾现代派看齐，兴起了越华现代诗潮。越华现代诗是越战时期越华文学最重要的新变。从思想内涵上说，越华现代诗是越华青年一代悲剧命运的投射，跃动着他们复杂而敏感的内心，包括被战争裹挟的无奈与愤懑，与祖籍国隔离的痛苦与孤独，夹在中外文化之间的困惑与迷惘，偶尔也有青春期的亮色一闪而过。在艺术表现上，越华现代诗经历了先西化后回归的演变，这既与台湾现代派遥相呼应，也是传统文化力量的显现。纵观华文现代主义诗歌的发展历程，以摒弃民族性为代价的、纯粹的现代主义诗歌最终都难以独立存在，这几乎是不以个人的意志为转移的、新诗发展的内部规律。越华现代诗的发展再次证明了这一点。

1975 年之后，排华浪潮使得越华文学一落千丈。越华文学在越南本土陷入沉寂之时，却在越南境外获得了新生。一批流亡作家的创作延续了越华文学的命脉，扩大了越华文学的影响力。越南实行改革开放之后，华人的境遇获得了改善，华文教育解禁，越南本土的华文文学重新出发。不过，"一报两刊"的格局使得越华文学不能舒畅地发展。这一时期，华人对越南的认同已从地域层面上升至国家层面，越华文学表现出政治认同与民族认同并行不悖的特点。歌颂越南的革新政策与反映中国的时代风貌是复苏期越华文学的新特点。"现代诗"是复苏期越华文学影响最大的文体，不过它已基本成为越华新诗的代称，而与越战时期的现代主义诗歌不尽相同。相较于 1975 年之前，复苏期越华诗人求新求变的热忱消退了很多。

从越南华人落地生根的那一刻起，本土特色就是越华文学的不懈追求。文学经典的建构与独立的越华文学史的撰写是越华文学本土化的深度表现。中国文学始终参与了越华文学的本土化进程。华文文学只要存在，就不可能割断与母语文化传统的联系，而它也必须面对所在国的现实。如今的越华文学还在复苏阶段，一切尚待时间的检验。未来的越华文学如何将民族文化与越南本土经验有机融合，这是令人关注的。

附录1 越南统一之前越华主要文艺期刊目录[*]

《序幕》(《文艺》第1辑)》文艺社1966年9月20日出版

序

敬启者……谢振煜

《序幕》特辑

思想·智慧·文明等①

诗

二弦线……徐卓英

窗画……徐卓英

关于他和她……徐卓英

表示……何杰华

二行……何杰华

---

* 以下这些越华文艺期刊均由越南统一之前的越华青年作家创办，是体现他们的创作热情与创作成就的珍贵史料。有些作品的目录标题（包括标点符号）与后面正文的标题有出入，这里均照原目录未改。

① 这一特辑包括下面14篇文章未在目录中显现：1.《思想·智慧·文明》（梦玲）2.《反映现实》（气如虹）3.《众生相》（异军）4.《执起时代的笔杆》（劳可腾）5.《重视文艺》（黎启铿）6.《灰色·死亡》（思微）7.《现代文学》（谢振煜）8.《我们要考验再考验》（漂泊）9.《渺小》（小苗芽）10.《我对文学的看法》（黄文风）11.《我们需要文艺》（幼苗）12.《感情的野马》（子诗）13.《读者眼睛是雪亮的》（水飞）14.《关于现代诗》（西牧）。

让我们在暴风雨中前进……叶长平

哀鸣的孤雁……黎启铿

醉在黄昏……村夫

悲歌……黎启铿

我是一尾漏网的鱼……黎启铿

图案……石天

爱与恨……石天

火种……李希健

生命的轨迹……梦玲

定律……小草

情话……谢振煜

你恋，我抱歉……徐卓英

心声……蔡义

现代，存在的……西牧

午后……西牧

多种联想……徐卓英

粉红色的伞下……子诗

想你、今夜……异军

去富国……异军

我的爱人就是你……谢振煜

彩虹……陈玉龙

万颗星星……石天

自画像……徐卓英

目击……徐卓英

这不是一尊铜像……谢振煜

现代人……黎启铿

青春期……劳可腾

欢乐的一年……劳可腾

虔诚的诗献……微雨

贝壳的联想……潮声

曾编梦于贝壳……潮声

沉睡的回响……楚珊

夜行人……楚珊

叹息湖畔的叹息……徐正俭

伊始……荷野

诗是仙人掌……徐卓英

心曲……徐正俭

幽默的笑，是你的标志……潮声

晌午……潮声

散文·小说

今天……小草

四题……腾芳生

四月，在凤凰木下……村夫

从痛苦中站起来……小苗芽

游西贡公园……黄文风

网……子诗

莺迁金谷……昉真

窗外……子诗

晚霞……子诗

寂寞的孩子……徐达光

我的家庭……陈时

湄村之花……村夫

恋痕……惊雄

落不尽的雨，在河堤……藤蔓

奇迹……梦玲

我恨你……异军

遥远的路……冯道祥

独木桥的叹息……楚珊

永别了，爱人……雅艺诗

保证……谢振煜

爱，让我放在这儿……小草

雨夜绕愁怀……西牧

浪涛集……夜心

买一张，明天开奖……陈龙

星星，怀念……潮声

蝉声的韵律……潮声

心叶零落……徐正俭

爱的抉择……思微

高原的雾……梦飞

怀念……南琴

蝶影翩翩……小苗芽

《文艺》向你招手……文艺社

编后语

谢谢大家……谢振煜

《时代的琢磨》（《文艺》第2辑）文艺社1967年4月5日出版

论文

伞、古怪、现代诗……谢振煜

诗

月夜……梦玲

在那夜中……露明

夜、死亡交响曲……凝魂

十月、在太阳下……日影

绵绵的冬雨……小草

雨夜思怀……思婉

现代……异军

冷冷的死……徐卓英

我的日记……徐卓英

创世纪……徐卓英

影子……东流

岁月蹉跎……春梦

时代的琢磨……春梦

人生……明田

小舟……明田

我走了……林松风

找你……气如虹

爱的烦恼……舒舒

难忘的微笑……舒舒

谁能告诉我……思诗

格言……徐卓英

古弦的诗……古弦

时间……郁雷

金钱……黄致敬

天使与我……慧敏

心想他……明明

自然的联想……黎启铿

这年代的观感……黎启铿

横断面……泡沫

落叶……周善智

溜走的时光……韵珊

星期天……李志成

少女……艾虹

双乳峰前……心水

四季与你……徐德光

我走在新公路的旁边……劳可腾

雨季之裂……银发

爱症之结……仲秋

风很冷……石天

黄昏……茫茫

神啊，救救他们……日影

采云季……显辉

梦痕……翔风

那夜，雨落着……潮声

大地……李希健

这些日子的预感……石於

此时情……黄其中

想你、想你……施明东

忘记罢，朋友……恨恨

罪恶边缘……心水

吧女……异军

散文·小说

黑夜天……徐蝶文

写在黑夜……徐虹

夜语……小碧玉

月夜……洁贞

夜尽·看人生……叶卫明

遗忘……凤仙

归来吧，朋友……晓峰

忧郁集……雪冰

慈爱的母亲……林复钦

风雨之夜……劳明远

雨，踹了一片凤凰红……藤蔓

雨在重阳……思佩

美你甜睡……荷野

姊与妹……潘懿德

雨夜思故友……沉思

宴会……思佩

海，我与伊……叶卫明

清道夫……小草

轻卷珠帘看星……小芽苗

如意算盘再打不响了……梦玲

我还没死……陈赛叶

新生底生命……景明

我对钱的观念……张海苇

叛离……爱蕙芳

叛……佩文

烟圈·理想……吴远福

回忆……陈裕汉

闻歌怀想……黄文风

怀想……李瑞英

不要让痛苦包围自己……冯道祥

我最爱好的学科……叶志峰

我最敬佩的一个人……佩弘

如思录……楚珊

考验……黄思志

昨夜·我为你祈祷……小蓓蕾

慰劳前方战士的信……李满坤

流浪……异军

再见，恋情……苑苑

爱情与金钱……雅艺诗

有求必应……气如虹

自机动车进来之后……漂泊

文艺与音乐……陈云龙

离愁……王诒高

旅歌……蓝斯

年轮的背景……西牧

第二站······恒行

忆······梦莲

母亲······刘维明

秋的感触······怀玉子

无语寄苍天······腾芳生

情花······海歌

石老头······茫海舟

灯······洁贞

潮石······佩文

二题······覃护汉

紫鹧鹋······徐伟刚

不是为文艺界服务······何国雄

尽力支援······梁华养

初生的婴孩······蔡振翔

举起双手支持文艺······余海燕

健康而值得鼓励······启明

读《序幕》后感······吴志昌

心声······气如虹

聊表诚意······张慧敏

佩服，难得······李球

发扬文艺事业······漂泊

我觉得伤心······碧云

编后话

努力的方向······谢振煜

报道

文艺社春节联欢会盛况······附 1①

---

① 这一页均为春节联欢会图片，未录。

《爱与希望》(《文艺》第3辑) 文艺社1967年5月15日出版

特辑

诗

长相忆……东流

思维在黄昏……风云

你深邃的眸子……宇人

只是相思无诉处……梦环

冬夜忆故人……史思

默言……梁华养

遥寄……贤云香

比你唱得更响亮……马宝珠

信……秋梦

我是一个瞎子……叮噹

站起来吧……翔风

流泪的八月信笺……郭明福

歌在十一月的旋律……周善智

浪子手记……蓝蓝

拜奠……幽雅

请你告诉我……铃声

别再对我说……凡凡

为何不早说……苍苍

我愿……许佩文

愿……冯克文

小窗断章……木乃伊

不题……西土瓦

想你，忆你，也恨你……梦贤

今夜、离别之夜……郭美娟

海伦坡夜……炬灰

乞丐与慈善家……锦

无题……恨恨

劝……茫海舟

谢谢你，《文艺》……茫茫

文友努力……监依

散文、小说

谈灵感……金光

忧悒的灵魂……继光

陌巷……思佩

错误的站……尹玲

归来……冯道祥

剪影……楚珊

情海波涛……冰雪

等待……爱惠芳

期待……王诒高

十三组恋曲……刘蓝兮

花生……韵珊

睡……韵珊

谈用笔名……黄文风

窗外……小草

回步……斯冰

污点……冯翔

小钢的话……陈赛叶

我最喜欢的事情……飞海

论文凭何价……徐蝶文

萍水相逢成知己……覃护汉

何日再相逢……林松风

爱与希望……思佩

雨夜忆母……沉思

父亲与我……周妙玲

爸爸归来吧……林复钦

娱乐与读书……劳明远

离别……欧阳荣

残月……谭子英

漫谈婚姻……张海苇

雨夜的怀念……翔风①

黄昏的怅望……翔风②

读《时代的琢磨》后感……继光

福德小学毕业联欢……张国南

生辰颂……秀贞

毕业……秀贞

今天、昨天、明天……梅慧

其他

关于《文艺》……谢振煜

损害文坛声誉……谢若菲

失败是成功之母……雪冰

诚挚的话……梦环

不十分理想……子耘

健全的精神食粮……颜玉兰

序幕颂……黄炎荣

很爱写作……洁贞

走上成功的道路……小琼

再接再厉……沉思

心里的喜爱……淑芳

一种鼓舞……东流

我将继续写稿……林复钦

新面目……谢振煜

《水之湄》涛声文友社1967年6月20日出版

封面设计……雄志

---

① 此作品只有目录，期刊内并无正文。
② 此作品只有目录，期刊内并无正文。

写在水之湄

文艺与时代……忠中

回棹……尹玲

异国风讯……抗慰瑶①

静思在今夜里……庸人

在那条碎路上……陈国正

再击……斯冰

显辉的诗……显辉

行云……方青

爱湖……斯冰

这不是识梦时……雄志

季节以及其他……我门

作品第十五号……徐卓英

寄语……夏玲

纯然的悲剧……射月

第三十二个处男的春……荷野

沉默的爱……黎启铿

浪子吟……梦影

药河诗钞……药河

忆江南，无题，调寄伊，焚诗……忠中

四月，抖落一分记忆……诗萍

无题的悲号……惊云

纪念册……明田

出了校门的日子……沙照影

河畔悲怀……春梦

小品三章……显辉

椰树下……友爱玲

记忆之钥……尹玲

---

① 应为"杭慰瑶"，这里照原目录未改。

托弦……陈景琦

诗寄异乡人……恒行

梦回……梦玲

赴约……异军

落叶……月出

茫茫的人生……秋梦

黑色的孩子……子诗

悟……许佩文

默默的忏悔……黄有胜

过去，今宵……江锦潜

寂寞心声……何光

联欢剪影……国正

说在编后……封底

《奔流》（创刊号）青年文友社1967年7月5日出版

小说

离乱的季节……远帆

一念之差……刘为安

评论

文学作品的语言内容和风格……莫剑虹

闲谈金钱……水飞

浅论哲学……洪辅国

诗歌

爱的奉献……洪辅国

泪……李希健

湄公河畔的土地……远帆

街灯……牖民

新诗选读……胡适、徐志摩、陆忠伟

成长……李碧云

娘你在何处……李碧云

田蛙……李希健

让我们的手握得更紧……灵峰

散文小品

阿牛日记……幼苗

生命的序曲……牖民

海湾遐想……李希健

我们的园地只种果树……破浪

猫……朱满

伙伴……水飞

文坛缩影……吕平

当梅花盛开的时候……洪辅国

怀故……刘为安

靠你的双手……江峰

都市浮雕……莫剑虹

父亲的话……水飞

浪花集……李希健

眼睛……白恒

心语……建明

大地……陈佳

画布景……朱满

小花席……刘为安

动物园去来……水飞

说天涯……牖民

墨水笔的故事……朱满

雨中寄情……亦理

一段往事……（巴川）梁柳英

冷暖人间……慧雯

酷热的夏夜……依慧

不再向牛角尖里钻……红梅

塑胶花……漂泊

报告文学

大家来播种（代发刊词）……本刊

描写比赛启事……本刊

谈读书方法……漂泊

书简

书简……陈里

拾慧集

作家、思想家、哲人语录

民间谚语

《春语》（《奔流》第2辑）青年文友社1968年4月出版

迎春曲

春的寄语……漂泊

新年感言……建明

希望的脚步……向雷

春天……李希健

春的絮语……四维

描写比赛揭晓

渔歌……鲁子

破浪歌……梦玲

浪舟……舒予

航……威民

不挠……远骥

生命、暴风雨……郑振祥

评论

写在春天……本刊

诗语言的压缩……江衍

诗海巡礼

奔流……向雷

灯塔……李希健

梅……亦理

谁说我没有激动过？……毅美

榨椰油工人……澎湃

你……向雷

爱的花朵……莫剑虹

春天的歌手……漂泊

《现代》人语……不惭

过客……陈里

水库的闸门……莫剑虹

时间……晋明

万年青……亦理

散文小品

糖水生涯……素贞

海颂……南玄

静……依慧

生活剪影……小敏

雨……曦文

雨来了……梁华养

小说

简简单单的启示……莫剑虹

波澜……李希健

冲出云层的月亮……洪辅国

译稿

笼中鸟……徐展译

忏悔……吕平译

大家谈园地

代销《奔流》苦乐谈……云

文艺刊物在此地不受重视吗？……海萍

略谈《奔流》……心樱

编后小语……编者

《笔垒》（创刊号）笔垒文社1971年8月1日出版

序……编者

无限的希望……洪流

文化前锋……梦群

文学创作与民族特色……青天

灾……来天

愿……文歌

读诗……摩星

秋韵……黄广基

下半天雨的诗……西土瓦

琼瑶写作态度研究……黄梅

死亡……捡枝

那些日子远了……文凯

雨之芒……毕若兰

雨径……十四郎

浪歌……小夏

风景线上……小冬

茧外……心水

感觉……方明

海边絮语……瑞沁

踏雨……徐永华

编后……编辑部

《笔垒》（第2期）笔垒文社1971年11月1日出版

蒲松龄写作背景与聊斋志异的精神中心……黄梅

关于琼瑶写作与态度研究……谢振煜

十年……黄广基

谈新诗……逸扬

散落的梦珠……邓铭

邂逅……潘洛

溶在爱里……莎莎

零时作品……西土瓦

小诗二首……刘汉中

等你，在迷濛的雨季……文凯

秋声……忧薇

撑开一伞风雨……梦群

生活的旋律：如此礼貌……青天

名人……名人

行善……永华①

梦与迷信……浪客

散曲……海帆

吃砒霜的夏……冬梦

抉择……黄应泉

---

① 原目录中"永华"遗漏，笔者根据正文所标注的作者名字补上。

花开花落……易森源

夜游园会……摩星

茧外①……心水

虹……郭乃雄

酒之流……方明

六月手札……高彬

笔垒通讯站……编辑部

《笔垒》(特刊)笔垒文社1972年10月6日出版

专栏

现代诗是晦涩难懂？……无尘辑

短章……雨萍

书简

但愿你能读到……大汤

诗叶

中国哦中国……谷风

九月的……②……中一贝

酩酊的你……郭乃雄

老者言……梦群

向晚的秋……小冬

雨在芭蕉……心深

断弦……文凯

痴情梦中……若寒

---

①　续上一期。

②　这里的省略号为原目录所有。

散文

静守满楼明月……小流

天才烂漫的苏曼殊……骆文良

下夜半雨的浓意……方明

清晨的絮语……蓝采文

暮秋断想……瑞沁

学费……曾丽萍

本期专栏

漫谈近代映片①……邓天翔

短篇小说

幸运链锁……黄梅

十年②……黄广基

记锁那段凝望的日子……黄应泉

笔垒学坛

漫谈文艺……姗妮

关于雨径……十四郎

寂寞船……邓铭

台北一札愁情……野宇

《水手》水手诗社1971年9月20日出版

序

吾等之第一胎男婴（写在《水手》编前）

《夕阳船》的序……大荒

---

① 正文标题为"漫谈近代影片"，这里照原目录未改。

② 续上一期。

译介·翻译

梯子……管管

现代诗展……行云

我的领袖们……李志成

黄昏……李志成

小说

花伞下的樱唇……甄冬

诀……心水

记锁那挥手的月夜……艺诗

嘘！静静别说……庄威

散文

花景……萧白

云……异军

浪花……村夫

书店·以及那柔得如水的眸……蓝兮

不为凭吊……尹玲

陌路人……古弦

吾有斗风……荷野

水洼……西土瓦

短调之二……亚夫

失落的一个……小绿

绾结我们的生命……楚珊

一叶追忆……凯欣

在雨天……郑秀珍

书简

山镇手札……静魂

水手书简……编辑室

《水手》稿约

水之流（不用的稿）

水之鸟（征友之页）

气象台（缪思走廊）……远远

水星之貌（文友之验）……李志成

水上诗展 （插页）

北风手札之三（上、中、下）……恒行诗钞

雨季歌……恒行诗钞

晨间……恒行诗钞

过山道……银发的诗

另一种立姿……徐卓英的诗

第六章未题……仲秋的诗

小港……药河的诗

诗

一片红叶……马空群

ALBUM……越王

水手……刘保安

海员……秋梦

塑像……林松风

枫树、知秋了……黎启铿

午后……方鸣

第一季雨……冬梦

窥雨的冷……雪夫

满月夜……越王

九月诗笺……梁德汉

水手之歌……刘健生

冬之夜……文耀辉

梦……隐士

《中学生》(创刊号)耀汉高级中学1973年3月出版

封面：越南南区西部华校校舍集锦

创刊词……张志仁

艺术图片

学术专栏

怎样会学得一手好中国画……何懒熊

对新数学课本一点意见……唐立诚

东西文化拉杂谈……何四郎

户外摄影的研究……亚威

教师是自然的忠仆……夏行

和中学生谈小学……赵大钝

文艺创作

分翼 （小说）……李锦怡

秋怀 （诗）……陈梅

退稿记 （散文）……青斌

别让慈母盼望又盼望 （散文）……朝颜

忘记带来 （笑话）……李应隆

虞美人 （谐词）……洁芳

如茵表姐 （小说）……凝诗

春愁今已随春尽 （散文）……朝颜

订婚 （散文）……尚斌

夜吟 （散文）……淑庄

主人翁的呜咽 （小说）……洪少仪

晚景 （小说）……黄广基

无题 （诗）……遗民

军中书简 （散文）……韩毅刚

盼望之外（诗）……欧国雄、林铭华①

感怀（诗）……长歌

《生死恋》的欣赏（书评）……黄梅

野孩子（小说）……帆影

五百元（散文）……梁丽芬

希望堡垒（诗）……梅余

海滨晨约（诗）……摩星

等待（散文）……云中雁

后街（小说）……陈建中

孤雏泪（诗）……吴明洁

一百四十二块钱（小说）……徐国华

《木兰诗》的研究（论文）……梁远云

王冕的成功与人格（论文）……黄茂德

《范进中举》读后浅析（论文）……黄安法

生之涯（诗）……一风

悼——一个早逝世灵魂（散文）……萧美子

新学期的开始（散文）……蓝鹰

变更的秋（散文）……小汤

玻璃窗剪影（散文）……逸逸

失落的我（诗）……陈达球

小露珠，冷却（小说）……小绵羊

彩虹（诗）……冬夜

坏学生日记（散文）……淑庄

醉了吗？（小说）……大汤

山镇的午道（散文）……林克畴

天理循环（笑话）……李应隆

歌的印象（散文）……刘健生

心笺（散文）……陈慧仪

---

① 应为"陈铭华"，这里照原目录未改。

孤寂的呓语（散文）……牧云

往事（小说）……蜜丽

从牧人到大学教授基云奴列达传略①

编后

学校动态

《中学生》（第2期）耀汉高级中学出版②

封面和封底

越南首都华校校舍集锦

卷首语

我们不牟利……张志仁

青年摄影习作选辑

学术专栏

教育的字义……赵雅博

君子正其衣冠……何四郎

少年问题——问题少年……甘起东

漫谈各地侨校……郭逸之

谭延闿先生学书基本方法

谈谈写中国画的墨法……何懒熊

浅谈学国文……夏行

摄影讲座（二）户外摄影的研究……单雄威

谈《背影》的技巧……处晦

从韩国人学书法说起……徐若虚

越南发行邮票概述……杨良友

---

① 正文标注为"名人故事"栏，这里照原目录未改。

② 具体出版时间不详。

对新数学课本一点意见……唐立诚

越南南部冲积平原农村生活……崔潇然

文艺创作

落第……刘健生

我的童话……区剑鸣

燕巢小语……萧飞鹰

凤凰花落时……世颜

两代……韩毅刚

那个星期天……均均

我爱母校……太阳

我们在南方……大汤

十八岁（外一章）……陈邦超

截断的仇……李锦怡

属于下午的……雷翔

野马……世颜

拾回的友谊……何春英

最后的一课……野门

战魂……斯民

永不被命运征服……青斌

别了，海滩……陈慧仪

回顾母校时……冷火

海滩……川康

心影……陈建中

我们这一群……星辉

石鼓庄……黄广基

故事……小汤

变调……古月

《风车》风车文艺1974年11月15日出版

现代诗作品

---

① 　正文的副标题为"参观中华敦睦舰队"，这里照原目录未改。

姬人……吴望尧

明天……银发

说是梦的……雪夫

士兵话别·一条陈旧的罩乳①……夕夜

半吊子的……大汤

读星的人……海弦

禅笺·五时半的 PASTEUR 街②……方圆

小说

吹个口哨吧……韩毅刚

方向……莹瀛

翩翩云鬓……玮玮

饥渴……黄广基

散文

山城寄简……骆文良

梦回集……陈慧仪

风雨季……洛洛

周日……皑欣

等她自己情愿……小汤

雨夜……蜜丽

翻译·评论

明天·黎明时③……沙曼霞

下午坟场……芭蕾

高豪德……灵石

---

①　这是两首诗的诗名，第二首诗的正文标题为"一条陈旧的乳罩"，这里照原目录未改。

②　这是两首诗的诗名。

③　正文标题为"明天黎明时"，这里照原目录未改。

雾痕……刘健生

一首失败的诗……银发

驾驶风车的速度（序）

风车停泊走廊

附录2 《远东日报》"越南狩猎谈奇"
专栏1～110期目录[*]

期　数	发表时间	发表篇名
第1期	1961年10月9日	先说森林里的蛇
第2期	1961年10月10日	最大与最小的毒蛇
第3期	1961年10月12日	蛇类中最大的南蛇
第4期	1961年10月13日	再说南蛇
第5期	1961年10月14日	猎蟒的恐怖
第6期	1961年10月16日	打蛇经验谈
第7期	1961年10月17日	蛇药与蛇酒
第8期	1961年10月18日	谈虎不用色变
第9期	1961年10月20日	虎亦有所畏
第10期	1961年10月21日	初探虎穴
第11期	1961年10月23日	初探虎穴（续）
第12期	1961年10月24日	越南有黑虎之谜
第13期	1961年10月25日	海云坡与白虎
第14期	1961年10月26日	名猎师击双虎
第15期	1961年10月28日	名猎师击双虎
第16期	1961年10月30日	猎场的毒虫
第17期	1961年11月1日	猎场的毒虫
第18期	1961年11月2日	猎场的毒虫
第19期	1961年11月3日	野猪不是好惹的

---

* 蚩蛮的"越南狩猎谈奇"是越南统一之前影响最大的越南华报专栏之一，连载了3年多，
总计1000多期，囿于篇幅，本书只选取了前110期的目录。

续表

期　数	发表时间	发表篇名
第 20 期	1961 年 11 月 4 日	野猪为灾
第 21 期	1961 年 11 月 6 日	狗熊——兽类的小丑
第 22 期	1961 年 11 月 7 日	欺虎莫欺豹
第 25 期①	1961 年 11 月 8 日	又一次猎豹的惨败场面
第 25 期②	1961 年 11 月 9 日	世界第二猎鹿场
第 25 期	1961 年 11 月 10 日	猎麋经验谈
第 26 期	1961 年 11 月 11 日	猎场杂话（一）
第 27 期	1961 年 11 月 14 日	猎场杂话（二）
第 28 期	1961 年 11 月 15 日	猎场杂话（三）
第 29 期	1961 年 11 月 16 日	猎枪来源与性能
第 30 期	1961 年 11 月 17 日	猎枪的演进程序
第 31 期	1961 年 11 月 18 日	猎枪与步枪的优劣
第 32 期	1961 年 11 月 20 日	携手枪出猎的利弊
第 33 期	1961 年 11 月 21 日	手枪击虎的赌赛（一）
第 34 期	1961 年 11 月 22 日	手枪击虎的赌赛（二）
第 35 期	1961 年 11 月 23 日	豺狼的滑稽剧
第 36 期	1961 年 11 月 24 日	野牛与蛇癫角
第 37 期	1961 年 11 月 25 日	野狸，箭猪和穿山甲
第 38 期	1961 年 11 月 27 日	兔獐松鼠
第 39 期	1961 年 11 月 28 日	瘴气之谜
第 40 期	1961 年 11 月 29 日	兽林毒水
第 41 期	1961 年 12 月 1 日	湄江海口的蝙蝠岛
第 42 期	1961 年 12 月 2 日	孔雀雉鸡鸿皇
第 43 期	1961 年 12 月 4 日	名猎师送脚打虎
第 44 期	1961 年 12 月 5 日	由人类变成野人
第 45 期	1961 年 12 月 6 日	挖野人心炼降头
第 46 期	1961 年 12 月 7 日	百鸟归巢
第 47 期	1961 年 12 月 8 日	家象通灵之一
第 48 期	1961 年 12 月 9 日	家象通灵之二
第 49 期	1961 年 12 月 11 日	象也要避暑
第 40 期③	1961 年 12 月 12 日	可怕的复仇野象群
第 51 期	1961 年 12 月 13 日	猎者被野象包围

续表

期　数	发表时间	发表篇名
第 52 期	1961 年 12 月 14 日	野象林中的凶地
第 53 期	1961 年 12 月 15 日	错击野象被穷追
第 54 期	1961 年 12 月 16 日	狩猎的珍品－犀牛
第 55 期	1961 年 12 月 18 日	散弹猎枪杀犀牛
第 56 期	1961 年 12 月 19 日	山林食谱
第 57 期	1961 年 12 月 20 日	再谈山林食谱
第 58 期	1961 年 12 月 21 日	三谈山林食谱
第 59 期	1961 年 12 月 22 日	四谈山林食谱
第 60 期	1961 年 12 月 23 日	中南越猎场鸟瞰之一
第 61 期	1961 年 12 月 25 日	中南越猎场鸟瞰之二
第 62 期	1961 年 12 月 27 日	中南越猎场鸟瞰之三
第 63 期	1961 年 12 月 28 日	山民生活拾零之一
第 64 期	1961 年 12 月 29 日	山民生活拾零之二
第 64 期[4]	1961 年 12 月 30 日	山民生活拾零之二[5]
第 66 期	1962 年 1 月 1 日	山民生活拾零之四
第 67 期	1962 年 1 月 3 日	山民生活拾零之五
第 68 期	1962 年 1 月 4 日	山民生活拾零之六
第 69 期	1962 年 1 月 5 日	山民生活拾零之七
第 70 期	1962 年 1 月 6 日	山民生活拾零之八
第 71 期	1962 年 1 月 7 日	论水浒传武松打虎场面不合实际（一）
第 72 期	1962 年 1 月 8 日	论水浒传武松打虎场面不合实际（二）
第 73 期	1962 年 1 月 9 日	论水浒传武松打虎场面不合实际（三）
第 74 期	1962 年 1 月 10 日	论水浒传武松打虎场面不合实际（四）
第 75 期	1962 年 1 月 11 日	论水浒传武松打虎场面不合实际（五）
第 76 期 缺	缺	缺
第 77 期	1962 年 1 月 13 日	论水浒传武松打虎场面不合实际（六）
第 78 期	1962 年 1 月 14 日	勇山民挺棍斗猛虎（1）
第 79 期	1962 年 1 月 15 日	勇山民挺棍斗猛虎（2）
第 80 期	1962 年 1 月 16 日	勇山民挺棍斗猛虎（3）
第 81 期	1962 年 1 月 17 日	开围夜猎特写（1）
第 82 期	1962 年 1 月 18 日	开围夜猎特写（2）
第 83 期	1962 年 1 月 19 日	雨水湖中击癫牛（1）

续表

期　数	发表时间	发表篇名
第 84 期	1962 年 1 月 20 日	雨水湖中击癫牛（2）
第 85 期	1962 年 1 月 21 日	两击癫野牛忆述（1）
第 86 期	1962 年 1 月 22 日	两击癫野牛忆述（2）
第 87 期	1962 年 1 月 23 日	为山东人打虎答某读者
第 88 期	1962 年 1 月 24 日	江万高借光击双象
第 89 期	1962 年 1 月 25 日	因击象山林探疫
第 90 期	1962 年 1 月 26 日	因击象山林探疫（续）
第 91 期	1962 年 1 月 27 日	山林内的野果（续）
第 92 期	1962 年 1 月 28 日	潼毛忆语之一：打虎与毒泉
第 93 期	1962 年 1 月 29 日	潼毛忆语之二：夜送京娘
第 94 期	1962 年 1 月 30 日	猎场有鬼？
第 95 期	1962 年 2 月 1 日	猎场斗法记
第 96 期	1962 年 2 月 2 日	榕树林沙罗打蛇 1
第 97 期	1962 年 2 月 3 日	榕树林沙罗打蛇 2
第 98 期	1962 年 2 月 4 日	因比较枪法谈谈射击理论 1
第 99 期	1962 年 2 月 10 日	因比较枪法谈谈射击理论 2
第 100 期	1962 年 2 月 11 日	西宁黑婆山杂记 1
第 101 期	1962 年 2 月 12 日	西宁黑婆山杂记 2
第 102 期	1962 年 2 月 13 日	湮没森林中的大瀑布
第 103 期	1962 年 2 月 14 日	巴漏山径赠鹿记
第 104 期	1962 年 2 月 15 日	巴漏山径的野鬼庙
第 105 期	1962 年 2 月 16 日	春禄山击猪伤队员（上）
第 106 期	1962 年 2 月 17 日	春禄山击猪伤队员（下）
第 107 期	1962 年 2 月 18 日	跟踪犀牛陷四海榄地
第 108 期	1962 年 2 月 19 日	打虎杂话：距离估计与深草寻虎
第 109 期	1962 年 2 月 20 日	荒边猎豹歼狼群
第 110 期	1962 年 2 月 21 日	边塞上看象群出操

资料来源：①应为"第 23 期"，这里照原文未改。
②应为"第 24 期"，这里照原文未改。
③应为"第 50 期"，这里照原文未改。
④应为"第 65 期"，这里照原文未改。
⑤应为"山民生活拾零之三"，这里照原文未改。

附录3 《应毋庸议斋随笔》（单行本） 第1辑序言（2篇）*

第1篇 雷家潭《应毋庸议斋落成志盛》

这是七八年前的事，那时候我刚在筹备出版一本《红豆杂志》，到处拉稿，有一天，顺口拉到我这位老朋友岑君头上，他搔搔头，说试试看。两天后，他的"处女作"交到我手上了，题目是《终有一天》，虽为一篇短句，可是风趣幽默，绝不类出自初写作的笔下。当时因见题目下面欠具笔名，我又等着发稿，来不及征求他的同意，顺手将他的姓斩开三件，弃下庄不用，署上一个"山人"。

《红豆》创刊号出版后，《终有一天》竟抢尽镜头，这种反应非但光彩了《红豆》，也诱发了他的写作兴趣。于是，他无异议采用了"山人"的笔名，不断替《红豆》写稿，也成为当年《红豆》最受欢迎的作者。

之后，《红豆》虽则结束，而山人作品留给读者的印象却始终是鲜明的，令人忆念的。

直至三年前，在《远东日报》副刊上他的"应毋庸议斋随笔"创立，我们又再有机会读到他的作品。凭他一颗天生幽默脑袋，加上多年写作经验，"应毋庸议斋随笔"已成为人人共读的抢手文章。而当年我替他信手拈来的笔名，今日也已成为万千读者心目中幽默的代名词了。

最近，听说他要把一部分作品收集起来编印单行本，这是每一个文人的宏愿，有机会总想把自己的心血串起来，留作生命的里程碑。趁他第一辑《应毋庸议斋随笔》单行本面世，拉杂成篇，算是替他新落成的宝斋补璧。

第2篇 山人《也是序》

三年前，我在《远东日报》副刊开始写"报屁股文章"，编辑先生很客气地要给我一个专栏，我就胡乱起了个"应毋庸议斋随笔"的招牌。命名的由来，我在头一篇《开斋辞》里已经交代过。初时，只是玩玩的，预算顶多三个月就要"收档"，因为自己肚里有数，资产有限，可以写的材料，只能支持三个月，过后便没有货卖。可是，由于读者的赏脸，朋友的①策励，编者的催促，迫使我硬着头皮写下去。一月复一月，一年复一年，直到今天，算来不经不觉写了三年多了，那是出乎自己意料之外的。

这些日子来，在社会混饭吃，一事无成，就只有稿纸一大堆，算是唯一的"家产"。闲来把那些稿子整理一下，数量可不少，不下四百多篇，凡五十多万字。自然，那些东西都是不成样的，胡说八道，瞎扯一通，不值正人君子一盼。不过，它毕竟是自己一点点心血所凝成，任令投闲置散，充作虫蚁食料，未免可惜。一时心血来潮，大发宏愿，要把它装印成书，作为一种纪念，总算在自己空白的生命史上涂过淡淡的墨迹，经过一番辑选工作，多方筹备，并蒙诸友好的指点帮忙，终于了却心愿，印成单行本。

说老实话，我是个不善营谋、生财无道的人，这次出版《应毋庸议斋随笔》单行本，是一种不自量力、非常大胆的尝试。我并无野心想发达，但得收回印刷费，不致负债累累，于愿已足。同时，我不是作家学者，也无意要把它藏诸名山，传诸后世，但得不为读者唾弃，于公余饭后，随手翻翻，化痰下气，能博一粲，于愿已足。

---

① 此处"的"为笔者依据上下文而加，原文此处空白，应为印刷遗漏。

　　最后还得一提的是：这里所收集的只是一部分稿子，是依照发表时的次序编排的，其中有些不合时宜的稿，只好割弃。这是第一辑，也是头一次尝试，如有可能的话，我打算继续出版下去。

山人　　一九五九年元旦　堤岸

附录4 《远东日报》"学风"发刊词[*]

编者《发刊词》

本报为负起促进文化的使命，在各方面的协助下，办了多个专刊，如：医药、邮趣、人生、佛学、影艺、大众科学、体育等，唯有关青年学生的专刊尚付阙如。而这些学友们平时把他（她）们的写作投交本报发表，也因体裁关系，不能不割爱，这都是我们深感不安的事。现在这个"学风"专刊，就是为我们的青年学生而增辟的，它的园地完全公开，希望大家借此机会能够联络感情，切磋学问。如果能够由此养成一种学术风气，以提高大家求知的精神，则固所愿也。本刊之所以名为"学风"，也就是这个理由。

不过，我们的学友应要了解的是：本刊不只是为满足大家的发表欲，也不只是为鼓励大家去学写作，而是为诱导大家尽量扩阔和钻深自己的学识。说老实话，我们并不想制造什么青年的作家；在这文化落后的地区，无论老年也好，中年也好，青年也好，都没有做作家的条件的；这不是有意向你们浇冷水，而是我们不想误己误人。而且我们的学友如为满足自己的发表欲而学写作，也需要继续充实自己的学识，才能够言之有物的。如果为写作而写作，就算东拉西扯，凑合成篇，也断不会觉得出色。

我们勿以为只靠个人的天才，就可以成为一个文学作家，多数成名的作家，都是由三分天才，七分努力做成的。我们勿以为靠个人的灵感，就

---

[*] 《远东日报》的"学风"版在越南统一之前的越华文坛居于领导地位，它的发刊词举足轻重。

可以写出文学作品，如果你认识的词汇不多，很可能为了不懂得一些客观事物的名字而搁起笔来。我们只要看《水浒传》《红楼梦》这两部中国文学的名著，前者对江湖人物的性格写得如何深刻，后者对封建男女的琐事说得这样细腻，就知这两部名著的作家是曾下过一番苦功的了。我们固然不想制造什么作家，学友们如希望将来做个作家，也应该先充实自己的学识。

因此，本刊既欢迎文艺性的散文，更欢迎学术性的论文。使我们的学友能把平日研究学业的心得发表出来以供切磋，同时也欢迎各地学友生活的报道以资联络。这就是我们创刊的愿望，今后能否实现，就要靠我们大家来努力了。至于各地学友对本刊有什么建议，我们也甚表欢迎，并尽可能满足大家的要求。

总之，本刊是我们青年学生的园地，正需要大家来耕耘。我们不希望产生什么作家，只要养成一点学术风气就够了。

参考文献

一 主要作品

〔越〕马禾里：《都市二重奏》，越南妇女日报社，1949。

〔越〕山人：《应毌庸议斋随笔》第 1 辑、第 3 辑，远东日报社，1959。

〔越〕银发、我门、仲秋、药河等：《十二人诗辑》（自刊），1966。

〔越〕《序幕》《文艺》（第 1 辑），文艺社，1966。

〔越〕《时代的琢磨》《文艺》（第 2 辑），文艺社，1967。

〔越〕《爱与希望》《文艺》（第 3 辑），文艺社，1967。

〔越〕《水之湄》，涛声文友社，1967。

〔越〕《奔流》创刊号，青年文友社，1967。

〔越〕《春语》《奔流》（第 2 辑），青年文友社，1968。

〔越〕《笔垒》创刊号，笔垒文社，1971。

〔越〕《笔垒》第 2 期，笔垒文社，1971。

〔越〕《笔垒》特刊，笔垒文社，1972。

〔越〕《水手》，水手诗社，1971。

〔越〕《风车》，风车文艺社，1974。

〔越〕谢振煜：《献给我的爱人》，越南达兴印务局，1972。

〔越〕蛰蛮：《越南狩猎回忆录》，远东日报社，1975。

〔越〕旭茹：《梅花女》，胡志明市文艺出版社暨解放日报社，1989。

〔越〕《堤岸文艺》，胡志明市文艺出版社暨解放日报社，1989。

〔越〕陆进义主编《越华现代诗钞》，河内民族文化出版社，1993。

〔越〕华文文学会主编《西贡河上的诗叶》，华文文学会暨世界出版社，2006。

〔越〕华文文学会主编《诗的盛宴》，华文文学会暨世界出版社，2009。

〔越〕李思达主编《诗浪》，世界出版社，2011。

〔越〕黎原：《向阳集》，民族文化出版社，1995。

〔越〕陈国正：《梦的碎片》，文化—文艺出版社，2011。

〔越〕陈国正：《笑向明天》，文化—文艺出版社，2015。

〔越〕刀飞：《岁月》（自刊），2011。

〔越〕徐达光：《很诗的惋惜》（自刊），2011。

〔越〕过客：《失去的一只鞋》（自刊），2013。

〔越〕林松风：《岁月如歌》，文化—文艺出版社，2013。

〔越〕刘为安：《堤岸今昔》，世界出版社，2007。

〔越〕刘为安：《雪痕》，世界出版社，2017。

〔越〕赵明：《守望寒冬》，文化—文艺出版社，2012。

〔越〕钟灵：《钟灵诗选》（自刊），2011。

〔越〕李伟贤：《燃烧岁月》，世界出版社，2009。

〔越〕李伟贤：《屋檐》，世界出版社，2010。

〔越〕李伟贤：《雨一直下》，文化—文艺出版社，2016。

〔越〕林小东：《冰泪》，世界出版社，2011。

〔越〕林晓东（即林小东）：《那双眼睛》，世界出版社，2015。

〔越〕曾广健：《美的岁月》，文化—文艺出版社，2011。

〔越〕曾广健：《青春起点》，文化—文艺出版社，2014。

〔越〕蔡忠：《摇响明天》，世界出版社，2011。

〔越〕蔡忠：《点亮行程》，世界出版社，2015。

〔越〕林佩佩：《是你给我带来春意》，年轻人出版社，2012。

〔越〕华文文学会主编《越华散文选》，胡志明市民族文学艺术协会暨年轻人出版社，2000。

〔越〕黄璇玑主编《散文作品》，世界出版社，2007。

〔越〕华文文学会主编《采文集》，世界出版社，2007。

〔越〕黎冠文、炳华、旭林、骆文良：《回旋》，世界出版社，2008。

〔越〕陈国正、余问耕主编《亚细安现代华文文学作品选·越南卷》，新加坡青年书局，2013。

陈大哲：《西贡烟雨中》，台北侨联出版社，1986。

陈大哲：《湄江泪》，台北侨联出版社，1987。

陈大哲：《金山脚下》，旧金山中南印刷公司，1994。

陈大哲：《移民的婚姻故事》，亚洲华文作家协会越棉寮海外分会，2001。

陈大哲：《乘著歌声的翅膀》，亚洲华文作家协会越棉寮海外分会，2007。

周文忠：《硝烟下的足迹》第一辑"漫漫天涯路"（自刊），2006。

心水：《沉城惊梦》，香港大地出版社，1988。

心水：《怒海惊魂30日》，台湾秀威资讯科技股份有限公司，2011。

叶传华：《叶传华诗文集》，香港文学报社出版公司，2004。

方明：《生命是悲欢相连的铁轨》，创世纪诗杂志社，2003。

尹玲：《当夜绽放如花》，台湾健弘电脑排版股份有限公司，1994。

尹玲：《一只白鸽飞过》，台湾九歌出版社有限公司，1997。

尹玲：《那一伞的圆》，台湾秀威资讯科技股份有限公司，2015。

尹玲：《故事故事》，台湾秀威资讯科技股份有限公司，2012。

陶里：《春风误》，中国友谊出版公司，1986。

陶里：《紫风书》，香港华南图书文化中心，1986。

痖弦、张默主编《六十年代诗选》，高雄大业书店，1961。

痖弦、张默、洛夫主编《七十年代诗选》，高雄大业书店，1967。

二　研究专著

〔美〕本尼迪克特·安德森：《想象的共同体：民族主义的起源与散布》（增订版），吴叡人译，上海人民出版社，2016。

〔德〕黑格尔：《美学》（第2卷），朱光潜译，商务印书馆，1979。

〔英〕特雷·伊格尔顿：《二十世纪西方文艺理论》，伍晓明译，北京大学出版社，2007。

〔美〕韦勒克、沃伦：《文学理论》，刘象愚译，文化艺术出版社，2010。

李泽厚：《中国古代思想史论》，生活·读书·新知三联书店，2015。

陈望衡：《中国古典美学史》，武汉大学出版社，2007。

方东美：《中国人生哲学概要》，问学出版社，1970。

杨洪承：《废墟上的精灵——前现代中国知识分子思想文化的理路（1898–1918）》，人民出版社，2006。

胡晓明：《中国诗学之精神》，江西人民出版社，2001。

朱立元主编《当代西方文艺理论》（第三版），华东师范大学出版社，2014。

杨匡汉：《中华文化母题与海外华文文学》，长江文艺出版社，2008。

温儒敏、陈晓明等：《现代文学新传统及其当代阐释》，北京大学出版社，2010。

黄健：《意义的重构——中国新文学生成的文化阐释》，中国社会科学出版社，2011。

蒲若茜：《族裔经验与文化想象》，中国社会科学出版社，2006。

蒋述卓等编著《文化视野中的文艺存在》，中国社会科学出版社，2003。

罗钢、刘象愚主编《文化研究读本》，中国社会科学出版社，2000。

朱光潜：《诗论》，北京出版社，2005。

刘继业：《新诗的大众化和纯诗化》，北京大学出版社，2008。

朱自清：《新诗杂话》，作家书屋，1947。

李健吾：《咀华集·咀华二集》，复旦大学出版社，2005。

梁实秋：《浪漫的与古典的·文学的纪律》，人民文学出版社，1988。

废名：《论新诗及其他》，辽宁教育出版社，1998。

袁可嘉：《论新诗现代化》，生活·读书·新知三联书店，1988。

孙玉石：《中国现代主义诗潮史论》，北京大学出版社，1999。

孙玉石主编《中国现代诗导读·穆旦卷》，北京大学出版社，2007。

龙泉明：《中国新诗流变论（1917–1949）》，人民文学出版社，1999。

李怡：《中国现代新诗与古典诗歌传统》，西南师范大学出版社，1994。

罗振亚：《中国现代主义诗歌史论》，社会科学文献出版社，2002。

吴义勤：《漂泊的都市之魂——徐訏论》，苏州大学出版社，1993。

曾敏之、饶芃子、张炯等：《世界华文文学研究文库》（第1～3辑），花城出版社，2012～2016。

饶芃子：《比较文学与海外华文文学》，复旦大学出版社，2011。

刘俊：《越界与交融：跨区域跨文化的世界华文文学》（中国新文学研究丛书），人民文学出版社，2014。

黄万华：《传统在海外：中华文化传统和海外华文文学》，山东文艺出版社，2006。

黄万华主编《多元文化语境中的华文文学》，山东文艺出版社，2004。

黄万华：《文化转换中的世界华文文学》，中国社会科学出版社，1999。

王润华：《越界跨国文学解读》，台北万卷楼，2004。

王列耀：《隔海之望——东南亚华人文学中的"望"与"乡"》，中国社会科学出版社，2005。

王列耀：《宗教情结与华人文学》，文化艺术出版社，2005。

刘登翰：《双重经验的跨域书写》，上海三联书店，2007。

朱立立：《身份认同与华文文学研究》，上海三联书店，2008。

曹云华：《变异与保持——东南亚华人的文化适应》（修订本），台湾五南图书出版公司，2010。

王尚义：《从异乡人到失落的一代》，华中科技大学出版社，2015。

李有成、张锦忠主编《离散与家国想象》（文学与文化研究集稿），允晨文化实业股份有限公司，2010。

张京媛编《后殖民理论与文化认同》，台北麦田出版有限公司，1995。

杨松年、王慷鼎合编《东南亚华人文学与文化》，新加坡亚洲研究学会、南洋大学毕业生协会、新加坡宗乡会馆联合总会联合出版，1995。

郑晓云：《文化认同与文化变迁》，中国社会科学出版社，1992。

〔越〕谢振煜：《伞·古怪·现代诗》，越南冯兴印刷厂，1975。

方明：《越南华文现代诗的发展——兼谈越华战争诗作（1960年—1975年）》，台北唐山出版社，2014。

危令敦：《〈当代文艺〉研究：以香港、马新、南越的文学创作为中心的考察》，香港天地图书有限公司，2019。

孙衍峰、兰强、徐方宇、曾添翼、李华杰：《越南文化概论》，世界图书出版有限公司广东分公司，2014。

于在照：《越南文学与中国文学之比较研究》，世界图书出版有限公司广东分公司，2014。

于在照：《越南文学史》，世界图书出版有限公司广东分公司，2014。

余富兆、谢群芳：《20 世纪越南文学发展研究》，世界图书出版有限公司广东分公司，2014。

陈大哲：《越南华侨概况》，台北正中书局，1989。

王士录主编《当代越南》（当代东南亚系列），四川人民出版社，1992。

徐善福、林明华：《越南华侨史》，广东高等教育出版社，2011。

《越南华侨志》，台北华侨志编纂委员会，1958。

张俞：《老挝、柬埔寨、越南华侨华人漫记》，香港社会科学出版社，2002。

杨宗翰编《血仍未凝》（尹玲文学论集），台湾秀威资讯科技股份有限公司，2016。

古继堂：《台湾新诗发展史》，人民文学出版社，1989。

陈贤茂编：《海外华文文学史》，鹭江出版社，1999。

赖伯疆：《海外华文文学概观》，花城出版社，1991。

李君哲：《海外华文文学札记》，香港南岛出版社，2000。

潘亚暾主编《华侨华人百科全书·文学艺术卷》，中国华侨出版社，2000。

三　期刊论文

陈大哲：《越棉寮华文文艺回顾与展望》，《亚洲华文作家》1988 年 3 月第 16 期。

陈大哲：《中华文化与越南华文文艺》，《香港文学》1991 年 9 月第 81 期。

陈大哲：《越南华文文学史》，《回音壁》1992 年第 1 期。

陈铭华：《关于越华诗坛和诗人的几个问题》，《新大陆》（美国）诗刊第 26 期，1995 年 2 月。

〔越〕秋梦：《越南中国现代诗诗坛走笔》，《笠》（台湾）诗刊第 50 期，1972 年 8 月 15 日。

〔越〕萧艾：《写诗难》，《诗风》第 15 期，1973 年 8 月 1 日。

〔越〕刀飞：《风笛诗社的燃烧岁月》，《新大陆》（美国）诗刊第 125 期，2011 年 8 月。

〔越〕陈国正：《谈越华诗坛三十年来的嬗递》，《华文文学》1998 年第 3 期。

〔越〕银发：《越华诗坛的一鳞半爪》，《新大陆》（美国）诗刊第 159 期，2017 年 4 月。

〔越〕谢振煜：《越华文学三十五年》，《华文文学》2011 年第 3 期。

〔越〕余问耕：《藕断丝还续——越华文坛二十年及寻声诗社的成长》，《泰华文学》总第 55 期，2010 年 10 月。

〔越〕余问耕：《越华现代诗六十年间轶事》，《新世纪文艺》第 7 期，2011 年 8 月。

〔越〕余问耕：《从越华文坛近期出版的诗集说起》，（新加坡）《新世纪文艺》第 10 期，2013 年 2 月。

〔越〕林小东：《越南华文文学发展过程》，《东南亚诗刊》第 4 期，2008 年 6 月。

〔越〕曾广健：《青少年创作对越华文坛的喜与忧》，《越南华文文学》总第 27 期，2015 年 1 月。

〔法〕米歇尔·道林斯基：《1995－2005 年越南堤岸华族状况的演变》，杨保筠译，《华侨华人历史研究》2007 年第 1 期。

〔马来西亚〕黄子坚、潘碧华、蔡晓玲：《战乱与爱：叶传华及其在越战期间创作的华文诗歌》，《外国文学研究》2014 年第 6 期。

阮庭草（即陶里）：《越南南方华文文学的旧貌新颜》，《香港文学》第 84 期，1991 年 12 月。

陶里：《越南华文文学的发展、扩散及现状》，《华文文学》1995 年第 2 期。

陶里：《越南华文文学宝贵文献马禾里著〈都市二重奏〉》，《澳门日报》2004 年 4 月 21 日，第 C10 版。

胡国贤：《不接亦相接的青黄——从桂冠文艺看越南新诗近貌》，（香港）《诗双月刊》第 5 卷第 5、6 期，总第 29、30 期，1994 年 5 月 1 日。

尹玲：《越华诗坛今昔》，（台湾）《文讯》2000 年 6 月号。

冬梦：《越华诗坛的道路》，（香港）《诗双月刊》第 3 卷第 5 期，总第 17 期，1992 年 4 月 1 日。

陈剑晖：《越华诗歌的历史回顾及发展方向》，《华文文学》1998 年第 3 期。

刘晓松：《耕播·坚守·展望——读〈越南华文文学〉》，《华文文学》2009 年第 4 期。

谢永新：《论越南华文文学的创作成就》，《广西师范学院学报》（哲学社会科学版）2015 年第 1 期。

林明贤：《民族意识与文化坚守——从越华文学作品看越战时期越南华人的身份认同》），《人大复印资料·现当代文学卷》2013 年第 10 期。

王海燕、甘文平：《美国越南战争文学研究综览及其走势》，《外国文学研究》2006 年第 1 期。

杨洪承：《华文文学的边界与中国现当代文学研究的问题》，《世界华文文学论坛》2017 年第 3 期。

陈贤茂：《海外华文文学的前世、今生与来世》，《华文文学》2017 年第 2 期。

张飞、曹能秀、张振飞：《文化互动、族际文化互动与多元文化互动之辨》，《重庆科技学院学报》（社会科学版）2017 年第 2 期。

〔马来西亚〕王润华：《如影随形的民族主义：华文文学与文化研究的范式及转换》，《中国现代文学研究丛刊》2013 年第 10 期。

郭英敏：《马克思主义与中国传统文化融合的历史考察与启示》，《学术探索》2017 年第 7 期。

陶蕾韬：《论多元文化发展视域下的民族文化重构》，《广东社会科学》2016 年第 6 期。

李勇：《文化研究：以形象为方法》，《文艺理论研究》2014 年第 1 期。

黄万华：《第三元：百年海外华文文学经典化的一种视角》，《中国现代文学研究丛刊》2013 年第 10 期。

黄万华：《越界与整合：从 20 世纪中国文学史到 20 世纪汉语文学史——兼论百年海外华文文学的意义与价值》，《江汉论坛》2013 年第 4 期。

饶芃子：《百年海外华文文学经典研究之思》，《暨南学报》（哲学社会科学版）2014 年第 1 期。

饶芃子：《多元文化视野中的海外华文文学》，《社会科学战线》2011 年第 12 期。

聂珍钊：《谈文学的伦理价值和教诲功能》，《文学评论》2014 年第 2 期。

李明泉、向荣、肖云：《中国精神：历史内涵与主体性建构》，《中华文化论坛》，2012 年第 3 期。

曹德本：《中国传统文化与世界多元文化》，《清华大学学报》（哲学社会科学版）2001 年第 4 期。

陈平：《多元文化的冲突与融合》，《东北师大学报》（哲学社会科学版）2004 年第 1 期。

王宁：《流散文学与文化身份认同》，《社会科学》2006 年第 11 期。

王列耀：《东南亚华文文学：华族身份意识的转型》，《文学评论》2003 年第 5 期。

蓝峰：《后"民族国家"时代的华人文化研究——话语政治与理论转型》，《文艺理论研究》2012 年第 2 期。

刘登翰、刘小新：《关于华文文学几个基础性概念的学术清理》，《文学评论》2004 年第 4 期。

刘桂茹：《海外华文文学的母体文化传承》，《福建论坛》（人文社会科学版）2014 年第 10 期。

庄园：《乡愁的泛滥与消解——简论华文作家的三种离散心态》，《华文文学》2014 年第 5 期。

张德明：《多元文化杂交时代的民族文化记忆问题》，《外国文学评论》2001 年第 3 期。

罗康隆：《论民族文化互动的特点及本质》，《吉首大学学报》（社会科学版）2001 年第 1 期。

段宇晖：《论海外华文文学与中国现当代文学史的关系》，《中国海洋大学学报》（社会科学版），2015 年第 3 期。

翁奕波：《海内外华文现代派诗的发展轨迹及其审美演化》，《汕头大学学报》（人文社会科学版）2011 年第 6 期。

〔美〕张诵圣著，刘俊译：《论台湾文学场域中的政治和市场因素》，《华文文学》2014 年第 4 期。

岳玉杰：《马华文学何以成就百年》，《中国现代文学研究丛刊》2012 年第 10 期。

刘士杰：《九叶派与台湾现代派》，《西南大学学报》（人文社会科学版）2007 年第 2 期。

谭桂林：《西方影响与九叶诗人的新诗现代化构想》，《文学评论》2001 年第 2 期。

曹帅：《接受与影响：晚清以来中国作家世界文学观念的历时性演进》，《哈尔滨工业大学学报》（社会科学版），2017 年第 2 期。

于桢桢：《中西文学视野中的人文精神及其关联》，《河南师范大学学报》（哲学社会科学版）2016 年第 1 期。

裴春芳：《"隐士派"还是"酝酿者"：论小品散文初期的分化》，《中国现代文学研究丛刊》2016 年第 1 期。

肖伟胜：《怀旧与英雄：浪漫主义的两副面孔》，《西南民族大学学报》（人文社会科学版）2013 年第 2 期。

渠红岩：《古代文学中的桃源意象及其文学史意义》，《贵州社会科学》2016 年第 12 期。

季中扬：《乡土文化认同危机与现代性焦虑》，《求索》2012 年第 4 期。

李灿、罗玉成：《跨文化视域下的林语堂"幽默"论》，《学术界》2014 年第 3 期。

李怡：《古典理想的现代重构——论徐志摩与中国传统诗歌文化》，《江海学刊》1994 年第 4 期。

李成希：《徐志摩与中国诗歌传统》，《山东社会科学》1994 年第 1 期。

易文：《越南华文报纸在越南华人身份认同中的双重角色——基于华文〈解放日报〉记者杨迪生新闻作品集〈走进堤岸〉的文本分析》，《广西大学学报》（哲学社会科学版）2010 年第 2 期。

易文、赖荣生：《越南华文媒体：历史、现状与前景》，《东南亚纵横》2009 年第 12 期。

关英伟：《越南当前的华文教育》，《八桂侨史》（季刊），1997 年第 4 期（总第 36 期）。

李红蕾：《越南华文教育兴起的原因和问题分析》，《现代交际》2016 年 7 月，总第 436 期。

四　博士学位论文

王亚丽：《边缘书写与文化认同——论北美华文文学的跨文化书写》，陕西师范大学，2012。

刘立娟：《东南亚华文文学流脉的跨文化研究》，吉林大学，2010。

张晶：《东南亚华文诗歌的中国想象》，武汉大学，2010。

吕红：《追索与建构：论海外华人文学的身份认同》，华中师范大学，2009。

杨建军：《比较文化视野下的世界华裔文学新大陆：中亚东干文学》，兰州大学，2009。

王少娣：《跨文化视角下的林语堂翻译研究》，上海外国语大学，2007。

胡月霞：《漂泊与离散——东南亚华文文学的精神投向与艺术呈现》，浙江大学，2005。

后　记

　　我对越华文学的研究缘起于兴趣，中越两国的文化渊源激起了我对越华文学的好奇，之后我又进一步了解到越华文学曾经有过一段辉煌的历史，却不幸为战火所掩埋，于是渐生了将这段历史发掘出来的想法。

　　所谓"知易行难"，探究越华文学之路异常艰难。由于长期的战乱，加之年代久远，越华文学史料散佚严重，留存在世的搜寻起来也极其不易。经过长期不懈的努力，日积月累，史料终于略有所成（搜集工作仍未结束，不少史料尚付阙如），研究才得以展开。衷心感谢国家图书馆、风笛诗社，以及所有提供史料的海内外朋友们！

　　虽然搜集越华文学史料已有数年，但真正走上研究正轨的却是在读博之后。2014年，工作多年的我有幸成为南京师范大学杨洪承教授的博士生。中年读博，倍感珍惜！读博期间，我有意致力于越华文学，但却畏于研究的零起点，一度颇有些犹豫，是导师的鼓励让我坚持了下来。导师开阔的胸襟、严谨的治学态度让我领悟到了什么是真正的学术精神。在导师的悉心指导下，我最终完成了博士学位论文。博士毕业之后，我又继续对博士学位论文进行修改、完善，终成此书。不过，我的学术积累尚浅，加之搜集到的史料还不全面，因此本书的研究仅是一个开端，挂一漏万，在所难免，恳请方家指正。

　　读博其间，我还得到了前辈及同行专家的指点，他们是南京师范大学的朱晓进教授、谭桂林教授、何平教授，福建师范大学的袁勇麟教授、福建省社会科学院的萧成研究员等。此外，诸位同门也给予了我关心与鼓励。

　　感谢南京师范大学比较文学专业的汪介之教授、杨莉馨教授，南京师范大学外国语学院的张杰教授、姚君伟教授、倪传斌教授，他们为我提供了宝贵的听课机会，让我扩展了自己的学术视野，在此一并致谢！

谨以此书献给我的父母。我的父母是"文革"之前的大学生，一生为教育事业而奉献。他们不仅养我、育我，更不断鞭策我前行。痛惜母亲在我完成博士学位论文后不久即病逝，父亲也已年届八十，病痛缠身。父母的谆谆教诲是我恒久的精神财富！除了父母之外，我还得到了来自兄弟姐妹的支持，丈夫和儿子也是我坚强的后盾，所有这些亲人的温暖汇集起来，赋予我无穷的动力！

最后衷心感谢华侨大学及社会科学文献出版社的鼎力支持！

涂文晖

2020 年 11 月于厦门

图书在版编目（CIP）数据

越华文学的整理与研究 / 涂文晖著. -- 北京：社
会科学文献出版社，2022.2
（华侨大学哲学社会科学文库.文学系列）
ISBN 978 - 7 - 5201 - 8467 - 0

Ⅰ.①越… Ⅱ.①涂… Ⅲ.①华文文学 - 文学研究 -
越南 Ⅳ.①I333.06

中国版本图书馆 CIP 数据核字（2022）第 030375 号

华侨大学哲学社会科学文库·文学系列
越华文学的整理与研究

著　　者 / 涂文晖

出 版 人 / 王利民
责任编辑 / 孙燕生　崔晓璇　张建中
责任印制 / 王京美

出　　版 / 社会科学文献出版社
　　　　　　地址：北京市北三环中路甲 29 号院华龙大厦　邮编：100029
　　　　　　网址：www. ssap. com. cn
发　　行 / 社会科学文献出版社（010）59367028
印　　装 / 三河市东方印刷有限公司

规　　格 / 开　本：787mm × 1092mm　1/16
　　　　　　印　张：17.5　字　数：275 千字
版　　次 / 2022 年 2 月第 1 版　2022 年 2 月第 1 次印刷
书　　号 / ISBN 978 - 7 - 5201 - 8467 - 0
定　　价 / 98.00 元

读者服务电话：4008918866